图书在版编目（CIP）数据

好男儿情感护理/掩卷，林予改编. —北京：中国广播影视出版社，2015.2
ISBN 978-7-5043-7360-1

Ⅰ. ①好… Ⅱ. ①掩… ②林… Ⅲ. ①长篇小说-中国-当代 Ⅳ. ①I247.5

中国版本图书馆CIP数据核字（2015）第007374号

好男儿之情感护理

掩 卷　林 予　改编

| 责任编辑 | 陈丹桦　叶怡雯 |
| 装帧设计 | 嘉信一丁 |

出版发行	中国广播影视出版社
电　话	010-86093580　010-86093583
社　址	北京市西城区真武庙二条9号
邮　编	100045
网　址	www.crtp.com.cn
电子信箱	crtp8@sina.com
经　销	全国各地新华书店
印　刷	涿州市京南印刷厂
开　本	710毫米×1000毫米　1/16
字　数	250(千)字
印　张	16.75
插　页	4(面)
版　次	2015年2月第1版　2015年2月第1次印刷
书　号	ISBN 978-7-5043-7360-1
定　价	36.00元

（版权所有　翻印必究·印装有误　负责调换）

他是个萌傻小怪物

《好男儿》出书是个让人挺期待的事儿。好男儿的故事里有很多好玩的桥段,阴差阳错的巧合,很逗,阅读起来应该会很愉快。我自己平时也看一些逗趣好玩的爱情小说,既满足公主梦又放松心情。

剧中译哥演的这个郝男儿的确是"好男儿"。他是个很真诚的人,在他身上可以用很多双引号,比如,"二"、"傻",但就是这些东西让他像个"天使",这样的人在今天挺稀有的。

我饰演的晓丹是很可爱的女生,单纯善良,她的要求特简单,就是想要一份属于自己的爱情,可生活没有给她。她很喜欢郝有旺,俩人也在谈男女朋友,但因为他家庭的情况,他死去的太太给他留下了遗产,同时也给他的感情留下了一个框框,限制着他们,他俩的关系在框里被束缚着。郝男儿的出现对于晓丹来说是某种程度上的解放。一开始她跟郝男儿没有什么感情,更不是什么爱情,她只是通过跟郝有旺的关系慢慢产生的一些微妙变化,郝男儿让她觉得很温暖。

在我的爱情观中,比较认同郝男儿,因为我觉得他很质朴,虽然说郝有旺在各方面要比郝男儿强,但是他条条框框太多了,爱情都进展的不自由,会很不舒服。相比之下,郝男儿就适合多了。

郝男儿是个很萌的暖男,我觉得他除了萌之外,还有点"萌傻萌傻"的,不是说善良不好,就是觉得过于善良就变成了傻善良。他是个萌傻类的小怪物,或者说是小天使,让你哭笑不得,也让你感觉温暖。

喝一杯咖啡,读一读郝男儿的故事,认识这个萌傻小怪物,也许会让你觉得很有趣。

目 录

- 他是个萌傻小怪物 ………………………………… 1

1. 我叫郝男儿 ………………………………………… 1
2. 不欢而散的惯有模式 ……………………………… 7
3. 还有一个郝有旺? ………………………………… 13
4. 车子去哪儿了 ……………………………………… 27
5. 倒霉事儿都凑一块儿了 …………………………… 36
6. 车子自己出现了 …………………………………… 51
7. 要我当老板? ……………………………………… 61
8. 鸿门宴不一定是坏结果 …………………………… 73
9. 木器厂厂长走马上任 ……………………………… 89
10. 今天教你怎么花钱 ………………………………… 100

- 11. 老舅衣锦还乡 …………………………………… 107
- 12. 一见钟情 ………………………………………… 122
- 13. 自己的道歉公司 ………………………………… 139
- 14. 海燕来了 ………………………………………… 151
- 15. 浴缸里的一夜 …………………………………… 164
- 16. 海燕误会了 ……………………………………… 182
- 17. 假性恋爱状态 …………………………………… 192
- 18. 叶老板的表 ……………………………………… 206
- 19. 晓丹的秘密 ……………………………………… 215
- 20. 郝有旺索赔 ……………………………………… 232
- 21. 命里有时终须有 ………………………………… 252
- 附录：张译《好男儿》采访实录 ……………… 261

大家习惯了这套说辞，背地里就管他叫"天上飘着五个字"或者"看风景的人"，拿到一些特别棘手的案子，遇到特别难缠的客户就会转给"天上飘着五个字"，让他去看风景。

1. 我叫郝男儿

闹钟已经叮叮叮响一刻钟了，郝男儿虽然很烦，但是不想理它。从被窝里伸出来的手指艰难地张开，向着空中扑腾了两三下，终究还是虚弱地落下来，鸡毛掸子一样乱的头发埋在灰色的被角里，身子一动不动的，看样子还准备再耗上两三分钟。闹钟叮叮叮的声音不绝如缕，以一种平稳绵长的节奏对它的男主人施加压力。没一会儿，裹在被子里的身体蠕动了几下，突然猛地坐起来，鸡毛掸子脑袋冒出来，眼圈乌青，一看就是没睡好，郝男儿揉了揉眼睛，又使劲用手在脸上抹了两圈，嫌弃地瞅了一眼闹钟，果断摁停："吵死了！叫叫叫，闹腾一早上了！"闹钟旁边搁了一个相框，照片里有两个中年男人，一个年长的老妇人，还有个乖巧的小姑娘，一家四口穿着厚厚的棉袄站在晒满玉米的院子里，透着憨傻的喜气，照片的右下角有一行小字，写着"2000年新年留影"。郝男儿看了一眼家乡的老姐姐发了几秒的呆又看到闹钟的分针指在一刻钟上，心里一惊，立马醒神："我去，都八点一刻了！"困意一扫而光，他利索地掀开被子起身下床，火速换好衣服，奔去洗手间。自我感觉良好是郝男儿常年维持良好心态的正能量利器，虽然他总在起床时捱几下，但速度和节奏却是控制得妥妥的，不到一刻钟，被子叠好，洗漱完毕，领带打好，鸡毛掸子也被他弄得服服帖帖。"挺好，"郝男儿对着镜子整了整领带的位置，表示满意，抬起手腕瞅了一眼批发市场买来的50块钱的石英表，"八点半不到，路上跑快点。还可以赶小区对面天桥下的845"。

郝男儿每天上班有好几种线路可以选择，845是直达的最优选择，虽然下车之后少不得要步行跑一段儿，但郝男儿宁愿提着他的大黑箱子脚踏实地一路小跑，也不愿意选择搭公车换地铁的复杂线路。845绕环线走，早上有公交车道，还算快，但车少人多，赶不上八点半这趟基本要再等二十分钟才能来另一趟。郝男儿提包出了门就狂奔绝尘而去，一边跑一边抬腕看表。小区里住着的老人们有许多八点多出来买早餐，郝男儿加速跑着又怕撞上提着豆浆油条的大爷大妈，只能以蛇形跑道的S形弯曲前进，嘴上还叮嘱着，"大爷，您可得慢点啊，这后面有车啊，您挨着边走"，"哟，大妈！可别撞上您"。这样急匆匆地出了小区门，上了天桥，郝男儿远远就瞧见笨重的845车头的标志。"等等我！"一溜烟下了天桥，845刚好靠站，车门打开，里面已经是乌泱泱的人站满了车厢，等得心焦的上班族们生怕自己上不了车，争先恐后朝里面挤，等郝男儿紧赶慢赶跑到站牌下车门已经关上了。他一手拎着黑皮包一手拍着车门，上气不接下气地操着略带山东口音的普通话喊起来："等一下！等等我！"车门重新打开，郝男儿忙不迭跟司机师傅道谢："谢谢师傅！谢谢！"往售票箱里投了一枚硬币，可算歇了一口气。

郝男儿要坐上好几站才下车，就向车厢内部挪，边挤边跟人客气："对不起，让一下啊，不好意思，不好意思，谢谢了！"车厢满满都是人，很难挪动，大家都寸土寸金地霸占着自己的空间，绝不让你感受到他那儿还有一点儿地方能让你侵占，郝男儿受了几轮白眼，千辛万苦才找了个地方站定。他瞅了瞅身边，有个大腹便便的"孕妇"背身站在旁边。

"真不容易，"郝男儿嘀咕着，"这么大肚子还来挤公交车，也没个人给让个座。"郝男儿上下观察了"孕妇"一番，见她身子重，虽然挨着座位，手能扶着椅子后背，但只要车子猛的一停，还是被颠得东倒西歪，心里大大地不落忍，四下看了看，就近的座位上就有个小伙子正戴着耳塞听歌，脑袋东倒西歪的，压根没觉得不好意思。郝男儿看不下去推了推穿着帽衫的小年轻。

小年轻摘下耳机，一脸诧异地问："怎么了？"

郝男儿没好气地回答："麻烦您给孕妇让个座呗？"

小年轻白了他一眼："孕妇在哪儿呢？"

郝男儿拍了拍"孕妇"，和气地说："来，您过来坐！"

"孕妇"转过身来，竟然是一位挺着啤酒肚的胖小伙！

胖小伙回身看着郝男儿，瞪了他一眼："嘛呢，干什么呀？"

这会儿郝男儿正低头盯着小年轻，试图给他压力，让他识趣点让座，头也没抬地说道："来，您过来这儿坐。"

"谁是孕妇啊，哪有孕妇啊？"

"不是，这位不是……"郝男儿回过头来看到胖小伙，涨得满脸通红，硬生生把后半句咽了下去。

胖小伙很生气，斜着眼正颜厉色地质问郝男儿："干什么呀？"

郝男儿这会儿才缓过神来，赶忙道歉："哎呀，对不起，对不起，我……我以为您是孕妇呢！"

胖小伙不依不饶地呛道："我说，你眼睛有毛病吧！"

"不是，我看你这个肚子……"

"谁，谁他妈是孕妇啊！"

郝男儿想解释，也插不上话，只能重复："不是，您消消气，您别生气。"

胖小伙越发得理不饶人："哪儿来的啊，你，分得清公母吗？！"

"对不起，对不起……"郝男儿一个劲儿地赔小心。

胖小伙本来挤在密不透风的车厢里心情就不是很好，越发借着这个由头撒起野来，横得很，这边嘴里骂骂咧咧，"你给我说清楚，谁他妈是孕妇啊"，那边就动手推搡郝男儿。

刚好车子一个急刹车，乘客们一阵左摇右晃。郝男儿一个没站稳就被推倒在地，胖小伙觉得有点过了才作罢，站回到自己原来的位置。谁知道车子一启动，胖小伙一个趔趄，一屁股坐在刚要起身的郝男儿身上！

车里的乘客都看不下去了："妈呀！疼啊，弟弟，这个可不敢坐呀！来来来，赶紧给他扶起来。唉呀妈呀，真沉呐！"

胖小伙自知理亏，不好意思了，柔声道歉："大哥，对不起对不起！"

郝男儿连着被一推一压，彻底没反应了，小伙子吓坏了，关切地问道："哥，哥，你没事吧哥？哥，能起来吗？"

车里的乘客三言两语地出主意："来来来，扶一下啊！来，一、二、三，起！"边说大伙儿边把郝男儿搀了起来。

胖小伙很担心："哥，你没事吧哥？"

郝男儿抻抻西服的衣角，用尽可能平静的语调说："我这个，我应该是没事。"

"哥，对不起啊，刚才啊，一时气性大。"胖小伙这会儿变得和颜悦色起来："没事儿吧哥？对不住对不住！"

车里的乘客七嘴八舌地说："那个来，坐。"边说边将郝男儿给扶到一个空座位上。

845像往常一样在立交桥下堵住了，等红灯，一般都得有个五六分钟，大伙儿没事干都盯着郝男儿看，有的还拿出手机来拍照，郝男儿缓过神儿来见大家都盯着他，很不好意思："这个，谢谢大家啊，我没啥事儿，挺好。"

"刚才可把我们给吓着了……"

"这一屁股给压得啊！"

"唉，好多了吧，大哥。"

"小伙子在哪儿上班啊？还能去吗？"

"叫啥名啊？"

"……"

人聊着天就感觉时间过得快，说话之间就到赭山路了，胖小伙要下车了。

"哥，我们到站了……再见，大哥！"

"哎，好啊，我这儿还有几站，拜拜了，慢点啊。"郝男儿微笑着说。

跟往常一样，郝男儿应该在逍遥津公园那一站下车，接着步行穿过海边的沙滩才能到道歉公司。滨海市的名字就是由海而得来的，郝男儿住在城东的郊区，城西边有海，他工作的道歉公司在海滩的西边。郝男儿很喜欢午休的时候去海滩散步，有什么烦心事看看天上的云彩，就觉得都没什么大不了的。他总觉得，挨着海心就会变宽，跟海比什么都是芝麻绿豆大的屁事儿。同事们最常听到他挂在嘴边的话就是："天上飘着五个字，这都不是事。"

郝男儿是公司里的老好人，却总是被老板骂。比如，"我说老郝啊，这怎么又给搞砸了啊"，"明天，必须给我把这个案子搞定！"老板的玻璃隔间里，一旦郝男儿被叫进去，不是训话就是摔文件夹啪啪啪的声音。然而这位业务员的本事在于拥有超强的自我修复能力、坚不可摧的信心、越挫越勇的勇气和一套逻辑严密的情感修复专业理论。每次出去谈业务之前，他总是口若悬河，一套套说辞闪得你眼花缭乱。无论老板怎么训斥，他总是拍拍胸脯保证："这次您放心，绝对没问题。"即便案子谈失败了，回到公司他也绝不会垂头丧气的，郝男儿有一套比阿Q还阿Q的逻辑："这个案子没谈成，一点也不亏，我是个看风景的人，不能为了生意不顾道义啊！他们的理念根本就不对，我郝男儿不能把黑的说成白的啊。我这个情感护理，为人道歉也播撒真善美。我这一路上看美丽的风景，绝不唯利是图。"大家习惯了这套说辞，背地里就管他叫"天上飘着五个字"或者"看风景的人"，拿到一些特别棘手的案子，遇到特别难缠的客户就会转给"天上飘着五个字"让他去看风景。

郝男儿十一年前就离开家乡出外闯荡了，来滨海市也换了三四份工作了，一直干的就是道歉公司。所谓的"道歉专员"是给人出气的。张三和李四之间，或者公司与公司之间吵架、闹矛盾了，为了解决矛盾、重修关系，就会委托道歉公司处理，给道歉公司费用。道歉公司派遣专员去受受气，被骂一顿，让心情不好的那一方能出出气，气顺了，关系也就算修复了。道歉公司的业务员大多顺着客户装孙子，装得像了，伺候好了，单子也就签了，提成也就拿了。没办法，吃这行饭也就只能受这个罪，下班了，挥一挥衣袖，不带走一片晦气，数着奖金日子也就能凑合过了。但郝男儿完全不这么认为，他管自己叫"资深情感护理师"。他在家乡的村里辈分高，大家都管他叫老舅，爹娘死得早，就一个老姐姐拉扯他长大，老姐姐叫郝姝贤，他原名叫郝有旺，后来进城了，嫌这个名字不够都市化，干脆自己改成了"郝男儿"，听着觉得提气。长姐如母，郝男儿的姐姐拉扯他长大不容易，格外疼这个弟弟。老姐姐还有个女儿叫郝秀，可惜结婚以后没多久就去世了，女婿云山和外孙女媛媛跟着她过。有旺没讨上媳妇一直是老姐姐的心病，平时坐在小板凳上择菜的时候，和村里的姑婆们一聊天就愁着老弟的亲事。

都说皇帝不急太监急，老姐姐替自己操着这份闲心，郝男儿可没当回事儿，他不但要去城里干一番事业，还得考虑全村的发展战略问题。依他看，这儿山清水秀，最适合发展成旅游经济大村，除此之外还得想着给云山续个弦，自打秀没了，云山一个大老爷们儿是又当爹又当妈，不容易，这事儿老舅得给办了。心里怀着这些心思，郝男儿格外地重视自己的工作。用他的话说，这情感护理师是专门解决现代人的情感沟通问题的，所以他在见客户第一面时，总是会相当诚恳地说出道歉公司的宗旨："您说不出口的话我们替您说；您办不出的事儿我们替您办；有人要骂您，我们替您挨；有人要揍您，我们替您扛。"郝男儿觉得工作意义重大、不可代替，更是耽误不得。今天难得有了座位，郝男儿靠在椅背上正琢磨着今天要处理的案子，忽然一拍脑门，今儿上午得替刘白山向他太太道歉来着啊，这是昨天下午快下班时老板交给他的案子，电话约了今早九点在赭山路的花神咖啡馆见，根本就不用去公司！"哎呦，这都过了几站了！"郝男儿噌一下站起来，看着表，都八点四十五了。他等着车子停下来，匆忙下车连跑带颠地赶到对面公交站牌下等"845"坐回到赭山路。情感陪护的工作可耽误不起，郝男儿一直很重视自己的职业道德，等车的空儿他一直不停地看着表。要是客户到老板那投诉，这饭碗能不能保住都不知道。他望眼欲穿地朝马路西边看着过来的车辆念叨着："可别让人家久等了，可别让人家久等了……"

郝有旺倒也是真心想跟晓丹在一起，但跟所有男人爱犯的毛病一样，他们从来不喜欢正视女人提出的问题，对女人真正的需求和智商怀着根深蒂固的鄙视。自以为聪明地平息矛盾，哄哄万事大吉。所以他对晓丹提出来的原则问题从来没太当回事，更别提严肃考虑了。

2. 不欢而散的惯有模式

在浩瀚的宇宙中，各类星体的公转、自转都有自己的轨道，有条不紊，社会中的人也是这样，各栖一隅，以自我为起点将社交关系抛洒开去，缠成或大或小的绳球，这便形成了自己在社会中的活动范围，所谓的人际圈。社交圈像无数个奥运五环，不同人群在不同的圈子里位置稳固，偶有交接，大多相安无事。郝男儿在过去的三十多年都在自己的跑道上转圈。然而今天因为一宗日常的道歉业务，他要去花神咖啡馆赴约，这使他的轨道发生偏移，一不小心跨入奥运五环的重叠圈中，命运也发生了变化。他似乎拥有了从一个边缘小圈跨入圆心大圈的机会。这样的机缘来源于一个相同的名字——郝有旺。拜一顿毒打所赐，他的名字将要在很长一段时间内和这个丧偶的富商纠缠在一起。在两个绳结还未打在一起的时候，郝男儿在焦急地等待"845"，他对未来的企盼仅仅是不要迟到。而富人郝有旺正悠闲地遛狗散步，很难在这样的成功人士身上看出他们心中藏着的窘迫。

过了上午九点，早高峰的拥堵会缓解不少，郝男儿终于坐上了反向的"845"，但在赭山路下车时，已经是九点一刻了，待他拎着自己的黑皮包一路乱窜到对面十字路口右手边的花神咖啡馆时，也只能无望地摇摇头。推开门走进去，他不忘对着镜子整整衣襟，定定神。刘太太坐在咖啡馆最里面靠窗户的位置上。

郝男儿径直走到刘太太对面坐下："请问您是刘太太吗？"

刘太太此刻正漫无目的地看着窗外，目光并不聚焦，思绪飘得很远，脸上有愠色，那是女人脸上常常会有的恨意。她过于沉浸在自己的情绪里，竟然没有反应出眼前的人是谁。

"你谁啊？"

郝男儿二话不说，麻利地打开黑皮箱，从里面拿出纸巾、牛黄解毒片、录音笔、钢笔和一沓文件。然后又从钱夹中取出自己的名片，递给刘太太："您好，刘太太，我是不怕烦道歉公司一号道歉员，我叫郝男儿。我今天呢是专程替您的丈夫刘白山先生来向您道歉的。我们公司的服务宗旨是：您说不出口的话，我们替您说；您办不出的事，我们替您办；有人要骂您，我们替您挨；有人要揍您，我们替您扛！如果说您对我们的服务有任何的疑问，或者您对我个人有任何的意见和建议的话，欢迎您致电我们的客服电话：40080065700。"郝男儿习惯的工作流程是先讲完公司的宗旨，再捋顺事件的前因后果，他会分析矛盾的核心是什么，再替委托客户说上一番好话，当然，会加上自己的价值判断，最后，对两人展开情感抚慰和道德教育，运气好的话，大家谈得来，彼此引为知己。运气不好的时候居多，以对方的不忿、暴怒终结谈话有的是，基于这一点，郝男儿虽然是资深情感护理师，你也可以说他是道歉终结者。

刘太太的情况不一样，她根本没给郝男儿发挥的机会。

"你要我原谅他，是吧？"

"对！"

"你是来替他向我道歉的，是吧？"

"对对对！"

"你算哪棵葱啊？你凭什么替他向我道歉啊？我告诉你，刘白山今天要不来亲自向我道歉，今天这个事咱就没完！"

客户的糟糕脾气郝男儿也是见怪不怪了，他显得平静而温和，以循循善诱的口吻说："您说的这个我早就想到了，或者说您希望我转达给您丈夫一些什么样的意见和态度呢？"

"有！"刘太太斩钉截铁地说。

郝男儿很欢喜："好！"

"你替我告诉他，我要离婚！"刘太太说完拎起包踩着恨天高怒气冲冲地走了，留下发懵的郝男儿。

"这太突然了吧……我们还没有正式开始……脾气也太……"

"好吧。"郝男儿无奈地在合同上写下"道歉失败"四个字。

道歉业务员郝男儿在十分钟内完成了一次失败的道歉业务，几千米外，企业家郝有旺在自家的别墅花园里正费尽口舌跟自己的地下女友晓丹修护关系。郝有旺和晓丹在一起有大半年时间了，但是两人一直处于半地下未公开的状态。秦晓丹是外地来的姑娘，明眸皓齿，修长白皙，在影楼工作，主要是给客户化妆，因为她长得漂亮，人又机灵，很多客户都点名让她化妆。这本来是好事，然而在一个女人扎堆的地方，长得漂亮少不得遭嫉妒。晓丹在平时的工作中并不怎么开心，最不幸的是，找她麻烦的是顶头上司。晓丹是爽朗的性格，简单直接，爱憎分明，应付间歇性找茬有时候让她很烦，但大多数时候私下骂几句脏话也就算了，她一个人在滨海市打拼不容易，虽心里恨得牙痒痒，但也不敢撕破脸，维持着表面的和平。恋爱的女人比起单身女人有一个很大福利就是，她会拥有一个固定的吐槽对象，不分时段听她倾诉，和她站在统一战线痛骂那个让她不爽的对象，外面受气回来，家里有个人正炖着一锅心灵鸡汤咕嘟咕嘟冒泡，心头的不忿也会随蒸汽消散，化作润物细无声的柔情了。晓丹不是个计较的姑娘，但她在只身一人面对挑衅时，也希望身边有个人能在她身边，陪着小心，给她抢白几句，捶两下。然而郝有旺不但不能陪在身边端着鸡汤伺候着，甚至连露面都很难，晓丹在爱情里的需求仅仅被维持在见面这样的低级层次。因为郝有旺有钱，难免有人误会晓丹觊觎豪门，晓丹自己觉得很委屈，凭什么啊，我又不图你的钱，我想跟你这个人在一起，有没有钱都一样，只是碰巧，你有点资产，那是你的，我也不想因为喜欢你，就跟着受你那资产的累吧。晓丹是热血痛快之人，里里外外透着敞亮，她最厌烦这种有着严重苟且气质的关系。明明是男非婚，女未嫁，正大光明，凭什么要东遮西掩，偷偷摸摸。晓丹虽然舍不得郝有旺，但态度还是很明确，要么就大大方方在一起，要么就分手散伙。

郝有旺倒也是想真心跟晓丹在一起，但跟所有男人爱犯的毛病一样，他们从来不喜欢正视女人提出的问题，对女人真正的需求和智商怀着根深蒂固的鄙视，自以为聪明地平息矛盾，哄哄万事大吉。所以他对晓丹提出来的原则问题从来没太当回事，更别提严肃考虑了。他总认为自己所做的才是对他们的关系具有长远意义的战略规划。两情若是久长时，又岂在朝朝暮暮。女人们往往心心念念着的只是长相厮守，省略过程，要求结果。郝有旺和秦晓丹的矛盾从一开始就是两种生活理想的矛盾。郝有旺抱着能拖则拖的态度糊弄着晓丹主要是因为他小姨子陈云珠，说穿了就是个钱的事儿。陈云珠是郝有旺的小姨子，当年郝有旺娶她姐姐的时候一穷二白，年龄还小上女方五岁，任谁都觉得他动机不纯，结婚是为了赚银子，减少奋斗时间。傍富婆、攀高枝的闲言听了多年，郝有旺心里委屈，他确实是对陈秀珠有真感情，两人结婚的时候，陈秀珠的工厂并没有现在的规模，当时二人齐心，郝有旺到处谈业务、拉订单，陈秀珠盯着工厂这边加工出货。慢慢的家族企业才越做越大。但是陈云珠总认为工厂是她和姐姐一手创办的，不能让外姓人空手套白狼地捞好处。她姐姐病倒了她就担心遗产被郝有旺拿走，撺掇陈秀珠立下遗嘱，郝有旺五年内不得谈恋爱，要不然遗产有一半得归陈云珠所有。一来这是试试郝有旺到底有没有真心；二来，她断定郝有旺一定耐不了这么长时间的寂寞，到时候就可以名正言顺地让他净身出户了。然而郝有旺对老婆陈秀珠是动了真心的，生病六年来一直陪伴左右，悉心照料，本来也没想着要在她走后如何地恋爱、享受生活。谁知道就在他去影楼放大与妻子合影的时候认识了晓丹，晓丹重情义，听了郝有旺的故事很感动，两个失落而饱受猜忌的人很容易有共同语言。郝有旺虽然喜欢晓丹，但以他和陈云珠水火不容的架势，一旦公开，势必没有遗产，虽然晓丹一再表明看中的不是他的钱，他总还是舍不得到手的家产。他最常拿出来劝服晓丹的一句话就是："再忍忍，也就再三年，咱的产业不被分走，几辈子也花不完，这才是我们幸福生活的保障啊！"他们之间的矛盾仿佛一场八点档拉锯战。如果陈云珠的压迫仅仅维持这样的节奏倒也还好，让他们一周有几次见面的机会，平衡掉晓丹的怨念。可是随着时间的流逝，陈云珠的危机感越发深重，竟变得如郝有旺的贴身看护一般，出门进门都监视着，有任何电话信息都追着问。陈云珠还有一个当警察的女儿，虽然是片儿警没多大道行，好歹跟踪追访的活儿好使。郝有旺在前后夹击之下几乎窒息，他重新弄了张电话卡，同时也叫了自己不长进的侄子牛木生注意观察陈云珠的动向，知己知彼，也好百战不殆。所以说《潜伏》、《暗算》这样的谍战剧有好的收视率是有原因的，广泛的群众基础是硬道理。

晓丹和郝有旺的会面根据郝有旺的反间谍时间表而定，逮着空了，他单线联系晓丹，定好中间位置，俩人碰头，腻歪几句，争吵几句，万年不变的信息交换完毕，迅速撤离现场，由郝有旺统筹安排下次会面。因为无法预估的突发情况，秘密恋爱支部很可能随时更换碰头地点甚至取消会面，但凡遇到这样的情况，晓丹少不得要大怒一番。所以，依据这样的战略部署，根据所遇到的困难，郝有旺迟早需要一位道歉业务员。

这一回他们又遇到了突发情况，郝有旺本来已经约好晓丹中午在海滩见面，谁知陈云珠突然从外地赶回来，说好的约会打了水漂。要命的是晓丹已经从万恶的影楼老板那请了假，不远万里赶到城西的海滩。可哪里有郝有旺的身影。晓丹形单影只地走在沙滩上，踩着细沙，看着海天一色觉得格外讽刺，她以手机键盘所能承受的最大力度拨完了郝有旺的电话。

"郝有旺！你知不知道我赶到这儿有多远呀？你知不知道我请一次假有多难？！"

这会儿郝有旺还在自己的别墅花园里遛狗，他牵着"妞妞"听到电话响，做好了解释的准备："我知道，我知道，晓丹。我实在是出不去。"

"我好不容易趁中午吃饭的时候出来，你不是说你可以出来见我的吗？"晓丹的火气正旺。

"是啊！我这不是正想办法吗！可没想到她突然就从外地回来了。晓丹，咱们现在可不能轻举妄动。"

晓丹一听到轻举妄动这个词就烦："什么叫轻举妄动啊？你是地下工作者呀？不要轻举妄动；不要操之过急；牵一发而动全身。你除了跟我转这些成语还会什么，我现在就问你，我还是你女朋友吗？还是吗？她凭什么管你呀？我跟你说，你要是再这样的话，咱俩趁早就分手！"晓丹越说越来气。

"别别别，晓丹，你再等我一段时间好吗？"

"时间，你还要多少时间，我给你的时间还不够啊？你单身，我未嫁，我凭什么啊？"

郝有旺在逻辑上失败以后开启情感带入模式："你不知道，自从她姐姐病了以后，我是没白天没黑夜地照顾她……一照顾就是六年，有哪个男人能做到我这一点？你说这遗嘱对我公平吗？"

"可是你觉得你这样对我公平吗？"晓丹很平静，"我认识你的时候，你太太已经去世了……我不是第三者插足，我不是小三。郝有旺，我想告诉你……"

晓丹顿了一下，很黯然地说："如果你再这样的话，我们就真的分手吧！"

"晓丹，你听我跟你说啊……"

"影楼很忙，我要回去上班了，挂了。"

这是他们不欢而散的惯有模式。

按照常规，接下来，郝有旺会拼命道歉，晓丹假意不接电话，晾上他一会儿再搭理，暂时言归于好。这万年不变的模式因为好男儿挨打找上门来而推迟了。郝有旺好奇，今天怎么会有这么多不请自来的人，而郝男儿也算是正式搅进这个遗产争夺的圈子里了。

郝有旺扶了一下金丝边眼镜，看着眼前这个陌生人，左眼青了一块，嘴角还肿了，衬衫被扯破了，无辜又好奇地望着自己，仔细在脑海里飞速搜寻可能认识的人的名单，CPU高速运作也没找到一张图可以和眼前这货匹配。

3. 还有一个郝有旺？

　　郝男儿在滨海市能混下去跟他的好哥们儿刘京有很大关系。他们认识很早，刘京打心眼里欣赏郝男儿的单纯、善良、理想主义，也常常和郝男儿一起犯二，在郝男儿梦想照进现实，把现实弄得一团乱的时候，刘京往往是那个陪他一起遭罪、收拾残局的人。如果说郝男儿长得粗中有细，单眼皮小眼睛显得憨傻可爱的话，刘京的长相比之郝男儿还要奔放些，圆脸蹙眉，很厚道的倒霉相，看上去没什么匹夫之勇，内里是仗义之人。刘京并没有女朋友，郝男儿也至今单身，两人顺理成章地成了愉快的好基友。刘京在Q市开了个台球厅，这地方是俩哥们儿的乐园。来上两局，胡吹海侃一番，也甚是舒心。

　　前面说到郝男儿收拾好黑箱子，准备离开咖啡馆，刘京的电话就到了，他催好男儿过来打台球，刘京怎么也没想到，等人出现的时候，已经是一瘸一拐，鼻青脸肿的，很显然被暴扁了一顿。刘京被吓一跳。赶紧倒了杯水端过来。

　　"我说，你这是咋了？掉沟里了还是让车撞了？"

　　"打架了。"

　　"你是不是让人抓住什么小尾巴了？让人给揍了？真被削了啊！"

　　郝男儿急了："什么真是啊！我是真跟人打架了。让人给打了！什么小尾巴……"

　　"怎么回事啊？"

　　郝男儿歪在沙发上比划着："有两个小子就站在门口，俩人在那儿说话，我正好从他们身边过去,我听到他们说好像什么郝有旺……我说天涯无处不相逢,我就过去跟人打招呼了。我说,你们认识我吗?我就是郝有旺。他们说滚!我说你看,来,我身份证在这儿呢——郝有旺。他们俩一看,就把我打了一顿……"

刘京撑了眼镜框瞪着眼问:"你就站在那儿让他打?"

郝男儿瞥回了一眼:"我没反应过来,我被打蒙了。他们一边打一边说,让你外甥不还钱,我让你外……我说我没有外甥啊,我只有一个外甥女,过世了,欠什么钱哪?冥币呀?我还有个外甥女婿,云山吧,在我们老家呢,怎么可能欠他钱啊?"

刘京突然地一巴掌拍在脑门上:"你刚才说他们找谁?"

"郝有旺啊。我不是本名叫郝有旺吗……"郝男儿揉揉肩膀说。

刘京脑袋塞到吧台下面一阵翻找,嘴里应着:"你等会儿啊。"不一会儿递给郝男儿一张报纸,"你看看这个,我知道你为什么挨打了。你看!"

"著名企业家郝有旺专心慈善,为满亡妻陈秀珠心愿"大大的标题看得郝男儿目瞪口呆,"企业家郝有旺热心……我……"

刘京那边拿着球杆往地上一砸:"兄弟,你是替人挨打了!"

郝男儿歪着红肿的脸:"这个,我……"

"我说,以后啊,大街上不认识的人叫你,你别答应不就完了吗。"刘京拿着球杆推了一杆。

郝男儿急声反驳:"怎么可能啊?我以前叫郝有旺啊!他叫我,我说老相识,那你说人家大街上喊刘京,你能不吱声啊?"

"我不吱声。"

"那你是彪。"

"对,我彪。你不彪你让人打成这样。你看那衣边撕的。"

"衣服撕了我不心疼啊,就是,我心疼那球杆啊!"

刘京一听,放下杆子窜到跟前:"哪个球杆?不会是那次你过生日我送你的那副球杆吧……折了?你这必须得找他去!"

郝男儿不以为然地说:"找什么找……息事宁人吧。吃亏事过去就过去了,算了。"

刘京是真恨铁不成钢，就瞧不得郝男儿吃亏是福的说法："你就算挨打你得挨个明白吧！再说了，你……你挨打，你别把球杆搭进去呀！"
　　郝男儿嘟囔着："你看你还是心疼球杆嘛……哦，两千多……"他突然回过神来，"那得找啊，真得去找他！"
　　俩人撂下手里的杯子球杆，说走就走，先百度了郝有旺公司的地址，跑到公司又各处打听。终于找到了郝有旺的家里。郝有旺的家是幢独栋别墅，跟安保人员纠缠了半天才混进来。
　　郝男儿第一次要见跟自己同名同姓的人，心里压不住地有点兴奋，可是这地方是个高级别墅区，hold 不太住，免不了还是有点露怯。找到别墅区西边的二层小洋楼，郝男儿小心翼翼地按响了门铃。
　　"出门不带钥匙，说多少回也没用！"郝男儿听到一声火气很大的推门声。
　　"谁啊，人呢？"
　　郝男儿的脑袋从门后冒出来，"大哥，是我按的门铃。"
　　郝有旺扶了一下金丝边眼镜，看着眼前这个陌生人，左眼青了一块，嘴角还肿了，衬衫被扯破了，在脑海里飞速搜寻相关名单，最终也没找到一张图可以和眼前这货匹配。从郝男儿的乌青眼看来，这男人和报纸经济版常常刊登的商界精英没什么两样，挺括的衬衫扎进了休闲西裤里，戴着眼镜，头发一丝不苟，没有年轻人的随性，也没过分显出年长的深沉，虽然精神倜傥得很，但微锁的眉头里透着明显的烦躁，克制又苦逼的脸和报纸上的照片倒是很像，郝男儿在心里确认再三，认准了就是这个人。
　　"是你，是你，就是你！"
　　"你是谁啊？"郝有旺觉得莫名其妙。
　　"你叫郝有旺吧？"
　　"我是啊，你是谁啊。"
　　"我也叫郝有旺。"郝男儿从口袋里掏出身份证，开启了话唠模式，"你看这事儿好玩儿吧，你看！"
　　郝有旺见怪不怪，很无趣地说："怎么了？你找我有事吗？"
　　"我今天让人给打了。就是因为你外甥。你外甥欠别人钱了吧？就是因为你外甥欠人钱了，所以呢，人家找他找不着，人家就想找你，结果呢，也没找着你,一听说我叫郝有旺,就把我给打了。你看我这被打的,你看。里子都,你看这儿……"郝男儿翻出衬衫下摆的边儿絮絮叨叨。

"是是是……我我我……看见了看见了看见了……"郝有旺可不想多废话,心里想着最多是个讹钱的,赶紧给打发了要紧。木生这浑小子,正事儿顶不了几个用处,就知道闯祸,改天再找他算账。转身回屋拿了张支票递给郝男儿,很官方地说:"你看,平白无故的,让你替我挨了顿打,这个呢,不多,是个意思,你拿着。"

"不不不,别别别。我没跟你要钱。"郝男儿一个劲儿地摆手:"你觉得我是来讹你钱的,对不起,我不是干这个的。"

"那你不要钱,你是要……"

"我什么都不要。咱俩这是个缘分!"

"没错,没错。"

"对吧?"

"没错。"郝有旺配合郝男儿的节奏敷衍着。

"所以呢,我觉得,我有必要,也有义务,有责任来提醒你,这两天你要注意安全,这出来进去呀,你绕着点儿,对吧?这是其一;其二,我建议你好好教育教育你外甥,欠债还钱,天经地义,现在挣钱都不容易……"

郝有旺对于郝男儿的"关心"一个劲儿地点头称是:"是是是……"多一事不如少一事,顺着他不接茬才能把这爷爷赶紧请走。

"我就跟你说这两条。"郝男儿总结陈词。

"你放心。我肯定帮我的外甥把这钱给还上。"

"那就好,那就好。"

"不是,那你看你这……衣服也破了……"

"我真的什么都不需要。因为你看我,哪儿都没坏,我这箱子也没磕着没碰着,对吧,我就折了根杆,这也不重要,什么事都无所谓。"

郝有旺一听到"杆",想着这小子还打高尔夫?

"什么杆坏了?"郝有旺边说边比划着打高尔夫球的动作。

"不不不!是台球杆。"

"哦,你再等我一会儿。"郝有旺又回屋拿了一个盒子,很豪气地往郝男儿这边送过来,"来,兄弟,拿着!"

"这是台球杆?"

"对呀!台球杆。好杆!"

"不不不,我不要。我不是这个意思。"郝男儿还是推辞,他心里只是想给郝有旺提个醒,这样他这顿打也算是没白挨。一根台球杆在郝有旺那儿值不得什么,自己平时玩高尔夫,这个送出去还人情正好,他跟郝男儿比划起高尔夫的扫地 pose,解释自己不好这个,让一定收下。

郝男儿想着这老郝大哥也真是性情中人,非送他不可,心里很感动,不收也是浪费了人家的心意。

"那我……那就……太不好意思了我!"

"没有什么不好意思。"

"反正你就注意安全。"

"好好好!对了,你看,咱们这都聊了半天了,你是做什么的?"

郝男儿放下球杆,掏出一张名片递给郝有旺,"这是我的名片。"

"不怕烦道歉有限公司?"

"对的。"

"情感护理员郝男儿?你不叫郝有旺?"

"对,郝男儿是我的艺名。我原名叫郝有旺。我是替别人道歉的,也是情感护理……情感护理员。"

"情感护理?这是正经职业吗?"

"是,国家工商局注册的。我给你详细说一下这个工作的职业特性。"郝男儿拉开架势准备给郝有旺上个课:"我们公司是这样,您说不出口的话我们替您说……"

郝有旺赶紧制止:"不不不,兄弟……咱们这样啊,改天你再来跟我说这个事,好吧?"

"也好也好。那我就先走了,多加小心!还钱!"郝男儿扭着脑袋边走边摆手。

郝有旺回屋拿起手机就开始拨,他现在最关心的是怎么把晓丹哄开心。彩铃响了好几次,一直没人接,郝有旺知道晓丹生气不接,越发一个劲儿地拨。

他知道女人从来都是嘴上说让你滚得远远的，心里巴不得你一直跪在面前乞求垂怜。晓丹也不例外，她虽然面上不搭理一声声的夺命连环 call 以示冷漠，心里却因为郝有旺对她的紧张舒坦了好多，随时都有可能接起电话。这时候，影楼的客人给了晓丹一个台阶下。

"姑娘，你就接个电话吧，我听着都烦，真的烦死了！"

晓丹正在给这位顾客化妆，人家见电话不停地响，这姑娘也不接，耐不住性子埋怨了。

"对不起啊，那您稍等。"晓丹借着这由头心安理得地接了电话，"你干什么呀？你这一个电话换一个卡，你是神州行代言人呐？"

郝有旺听晓丹接了电话，心里长长舒了口气，他一面讲电话一面警惕地四处张望："没辙呀，不敢大意，关键时刻啊晓丹。"

"你给我打电话干吗呀？快说！"

"我就是求你跟我见一面，好不好？"

"见面？不用了吧。"

"请求你的原谅啊。"

"行啊，我原谅你了，也不用见面了。"晓丹没好气地回绝了。

"那你要不同意的话，我一会儿给你打一个，一会儿给你打一个。"郝有旺一把年纪也撒娇耍无赖起来。

"真够烦的你，行，你说吧，在哪儿？"

"好，那下午，下午在我的厂子见？"

晓丹懒得跟他啰唆也就答应了，上午窝一肚子火没处发，下午刚好撒气。挂了电话的晓丹心情不错，回到顾客身边继续为她化妆，很客气地说了声："对不起啊。"

郝男儿拿着球杆回到台球厅里，刘京一眼认出是把好杆，能值个五千多块。刘京提出在网上卖了它折点钱，也算是挨揍挨得有所值。郝男儿坚决不同意，这杆里头有人家老郝大哥的情谊啊，哪能当买卖给做了，嘱咐刘京好好保管球杆自己也就回了公司。跟往常一样，屁股还没坐热就又被老板叫到里间去了。郝男儿推开老板办公室的玻璃门径直走到桌前坐下。

"老板，找我？"

"小郝啊，你是不是不想跟我这儿干了？"老板头都没抬，语气很温和，有些山雨欲来风满楼的诡异气氛。

"我怎么了？我……我工作很诚恳啊。我每次道歉都非常诚恳啊！我怎么了？"

"你是很诚恳，你太诚恳了吧！"老板语速开始加快，语气开始加重："我们岗前培训就一再强调，有时候客人那个心里他会很烦，你就不要一股脑地盯着人家不放啊，要见缝插针，懂不懂啊？你可好，不管人客户心里什么状况，你都一个劲儿地热情，哥哥，我拜托你了，咱这热情咱能不能有个度啊？"

郝男儿很有经验地说："热情这个东西，还不是越热情越好嘛。"

老板一听就火大了："什么越热情越好啊！太过了就适得其反了！你真不懂啊？……对了，还有，你怎么那么爱充大辈啊？人家客户投诉，说你道歉就跟那爷爷教育孙子似的。"

"这个东西是冤枉的。大辈这个东西是我骨子里的，长在我身上的。为什么呢？我在老家我的辈分很高，五十多岁的人见着我，都管我叫老舅。"郝男儿不紧不慢，语重心长。

"嘿！"老板心里也是郁闷，这老哥也干这么久了，怎么就是没法跟他讲道理呢，倔得跟驴一样，还喜欢当导师，烦人得很，教训他一下吧，还非跟你抬杠。

"你在你们家是老舅，你在客户面前就是孙子！你要是再这样的话，我马上解雇你。"

"解雇"俩字没对郝男儿起什么作用。

"刘总，我觉得您的经营方针是有问题的。"

"我有什么问题啊？"老板更是恼火。

"你看啊，我们这儿培训出来的，一个个，油腔滑调，一点都不真诚。真的，每一个人跟客户道歉的时候，我都觉得像在舞台上跟演员演戏一样。有一个想真诚道歉的吗？好不容易有一个真诚的了，你觉得我，过了。"

"行行行……行了，刚说完你爱充大辈，你马上就跟我这儿摆起谱来了是不是？"

"不是，我看到一些问题，不能说吗？"郝男儿很不服气。

"得得得，我呀，也不跟你说那么多废话，我告诉你，你要想干，就按公司的规定做！出去好好想想。"

郝男儿正憋着劲准备跟老板理论一番，还没张口，老板手一挥，就把没出口的话给斩了。

"出去！"

老板看着郝男儿悻悻离开的背影摇头："这人怎么一根筋啊！"

不怕烦公司规模不大，只有老板的办公室是独立隔出来的单间，外面一间大厅切割成若干个格子工位，容纳了所有的员工，郝男儿出了门就碰上赵明。赵明比他干得久，年纪也大，平时是个比较有正义感的人，也愿意听一些郝男儿的大道理，所以和他算谈得来，俩人都瞧不上经理的商人气息，嫌他太唯利是图了，缺乏人文修养，没内涵。郝男儿每每都跟老赵表示将来要开自己的道歉公司，完全贯彻自己道德为主、经济为辅的经营理念。

今天老赵又劝他："我说你这人，干吗还跟他一般见识？这么长时间，你还不了解他？"

"他不是嘴损的问题，他是经营理念跟我不一样。"

"理念！你的意思我明白，理念这个东西就是求大同存小异，等有一天你要开了公司，全按你的理念。"

"老赵，你是明白人。但是你看着，总有一天，郝男儿要开一家自己的道歉公司！"

赵明皱皱眉头说："干活！干活！"他虽然跟郝男儿一样都看不上经理，但也不喜欢这位老哥动不动就夸夸其谈。

可以想见，她在中午下班后是怎样飞快地吃饭、坐车、径直而来。晓丹穿着一件波西米亚的碎花长裙在大牌匾"有利木器厂"旁来回踱着步。郝有旺还没到。不妨借这个时间看看我们女主角的样子。晓丹个子高，腿长肤白，走动起来，长裙摆一圈圈涟漪，晓丹喜欢编辫子，长头发脑后分成两拨，编好挽起来显得活泼爽利。晓丹近来因为在影楼受折磨，爱情也不顺，皱眉头的时候多了，然而一旦她咧嘴笑起来，露出白白的牙齿，看了让人觉得蓝天白云一切都挺好。

等了有一会儿，晓丹远远瞧见郝有旺的黑色奔驰开进来，不自觉地笑了，快步走到车前，郝有旺打开车门关切地问："怎么不进办公室等我呢？外面多晒啊！走走，赶紧上车，来。"

"我也没来多会儿。"晓丹听到关心的话心里很受用，郝有旺会来事，他总有办法在晓丹不开心的时候哄哄她。

刚进木材厂办公室，郝有旺就把晓丹搂在怀里。

"我知道，让你受委屈了。咱们都忍了这么长时间了，就再忍忍，几年的工夫很快就会过去。你再等我几年，到时候我肯定风风光光把你娶进门。"

晓丹很委屈："我能等，但是我父母能等吗？他们最近老是给我打电话，说让我回家，让我相亲，让我结婚。有旺，再说咱们老这样偷偷摸摸下去，那我成什么了？"说着就挣脱了郝有旺的怀抱："你当初，咱俩好的时候，你就应该告诉我，你老婆给你立下什么遗嘱的事。"

"我那时候不是怕失去你吗……晓丹，我真的爱你。"

"那你现在就不怕失去我吗？"晓丹走近一步，偎在郝有旺身边柔声说着："咱们就把钱分给陈云珠一半吧，凭你，或者说我们两个人一起，将来一定能过上很幸福的生活。"

"不不不，"郝有旺连连摆手，"晓丹，你知道，这个公司是早年她们姐妹俩成立的，但这里面全部都是我的心血，你这样让我拱手相送，我不甘心。"

"那你有考虑过我的感受吗？"晓丹脑袋微微侧着，重重的眼神打在郝有旺脸上。

"我就是考虑到你的感受，所以才有这些顾虑的嘛。"

"那行，如果你考虑我的感受，那么你现在就把钱分给陈云珠一半，然后咱俩踏踏实实地过日子，行吗？要不然咱俩就分手！"

郝有旺听到"分手"还是害怕，但他自信可以劝得了晓丹。"不不，晓丹，我不能没有你，你就是我的一切，你要是离开了我，那我做这些还有什么意义啊？我知道，晓丹，我一直对你都很愧疚，我觉得现在唯一能补偿的只有钱了，你看我这个木器厂是背着陈云珠开的，我就是想把公司的钱挪到这里来，到时候这里的钱全部都是咱俩的，你说呢？"他采取的策略还是表达爱，以爱之名替自己的恋人做选择。

"钱钱钱……你就知道钱！有钱就一定可以幸福快乐吗？"

"那没钱怎么幸福？怎么快乐啊？"

不欢而散的模式二。

惹毛了两次，打电话也不奏效了，郝有旺想到了求助郝男儿。他在一堆名片中翻找"道歉公司"四个字，终于翻到，拿起电话就拨过去。

"喂，是不怕烦道歉公司吗？"

"……"

"……"

"您确定没弄错？"经理再三地问，确定了，摇着脑袋挂了电话。他想不明白，为啥郝老板单单挑中了这位祖宗，难道因为都姓郝？是亲戚？就是熟人也不能让老郝给搞砸了啊，还指着这金主做别的单子呢。

老板出了玻璃门环视一圈，发现偌大的格子间里也只有郝男儿和另外一个人。他不耐烦地对郝男儿招招手。

"怎么了？"

"我告诉你……本来我是对你失望透顶，但是这个客户呢，非要指名让你去……"

郝男儿很欢乐，露出贱贱的小酒窝："我就说我的业务是没有问题的！肯定！你看回头客都有了嘛。"

"这个客户叫郝有旺，可是个大老板，你认识他？"

"我们俩打过架……"

"什——么？"经理吓了一大跳。

"他替我……"郝男儿顿了一下，"我替他挨过打……我们俩是过了命的交情。"

"怪不得点名让你去，那行，那这张单子你做吧。"

"好。"

"快点啊！"

"包在我身上。"郝男儿意气风发，接过订单，提着他的黑宝箱一路绝尘而去。

经理叹了口气。

郝有旺一个人坐在办公室抽烟。有利木材厂完全是郝有旺的私有财产，和陈家没有半点关系。陈秀珠去世后，陈云珠虎视眈眈，郝有旺怕自己一个不小心被发现，遗产就会被分成两半，那样公司的流动资金不够，生意也不好做。于是，他想出木器厂这个法子，不断和自己的公司签单，把大部分的钱都转移到木器厂来，这样剩下那点零头也懒得跟陈婆子抢了。自己苦心孤诣地谋划，受小姨子监控，女朋友只有埋怨，郝有旺觉得胸口闷着很有些委屈，平时还好，一个人抽闷烟的时候，烦心事都浮出来，袅袅地飘在青烟里，望了叫人眼花。郝有旺狠狠吸了两口，这么多年，他也是不容易，在商界打拼多年，口碑一直不错，尤其是酒品，属于能喝敢拼脾气又好的那种，跟人说话都乐呵呵地陪着小心，现在钱有了，老婆却没了，想谈个恋爱还他妈受这个罪，跟做了什么缺德亏心事似的，郝有旺真为自己不值，发个牢骚也没人听，小姨子为了抓住他把柄干脆搬到自己的别墅来住，这都叫什么事儿，郝有旺一根烟快吸到头，无边的槽也没吐完，捏着烟头往玻璃烟灰缸里来回碾了几下，拍拍衬衫上的灰，扶正了眼镜框，烟抽完了，该怎么着还怎么着，该装孙子的时候还得分分秒回归那个心理素质超高的郝老板。

敲门声响了。

"请进。"郝老板很有礼貌。

门被推开，郝男儿走进来，脑袋上冒着汗，大概是急匆匆跑过来的。

"老郝大哥，又见面了！"

郝有旺很热情，站起来一把握住郝男儿的手："是，又见面了！兄弟，我说咱们俩是真有缘吧，缘分还不浅呐。"

"你这儿真不错！"郝男儿扫了周围几眼。

"还行吧，上次我给你那个球杆用得还顺手吧？"

"所向披靡，无人能敌！"

"那就好。"

"我上一次，可能这个老郝大哥，对我个人的这个职业呀，包括我们公司的性质可能多少有一点疑虑啊。我没想到，您这么快，就找到我们了。"郝男儿兴致颇高。

"见谅见谅！"

"那咱们这样，咱们先谈公事，私情后续。"郝男儿打开黑皮箱，从里面逐一拿出降压药、面巾纸等为当事人情绪失控所准备的东西，还有录音笔。

郝有旺笑眯眯地看着郝男儿逐一摆弄着。

"那么下面我们正式开始。"

"好！"

"被道歉人的姓名？"郝男儿拿出纸笔。

"秦晓丹。"

"性别？"

"女。"

"年龄？"

"26岁。"

"被道歉事由？"

"前一阶段，我可能惹她生气了，我现在打她电话她不接，给她发信息也不回，所以我想我就算找到她，估计她也不会理我。"

郝有旺拉开抽屉，拿出了秦晓丹的照片，递给郝男儿。

"这样，这个是她的照片。"

照片上的姑娘微微笑着，长裙飘扬，很漂亮，郝男儿接过照片，仔细端详客户的样子，试图从这姑娘的五官中分析出一些有利于此次道歉的性格特征。

郝有旺交代完晓丹道歉事宜也就回家了，这边刚停好车走出来，就看到门大开着，陈云珠扯着脖子往外看。

"这陈婆子又找我麻烦！看得也太紧了点。"郝有旺阴沉着脸，真心烦躁。

"郝有旺！"陈云珠瞧见了猎物，圆睁着眼尖声喊起来。

其实这"陈婆子"是郝有旺自己的叫法，带着自己的厌烦和恨意。陈云珠非但一点不老，还有着富家太太一以贯之的雍容贵气。而且作为在商界打拼的女性，她属于把职场范儿带回家的那一类女精英。套装、丝袜、高跟鞋、小坤包是永恒不变的着装主题，再加上盘发，低调的珍珠耳钉和胸针，走的是各国政要夫人接见外宾的路线，但优雅的气质仅止于静止的形象。当女人被物质的占有欲控制时，她们就会困于实用的气质而丧失美感。女人的生活圈子有限，户外活动也有限，当她们关注一个东西时，目光容易被锁死在这个对象上，这就是为什么女人专一、细致，容易纠缠。陈云珠看着郝有旺的目光总有一种猎人发现猎物的贪婪，恨不得立刻上前饱餐一顿。揪住郝有旺的把柄成为他的一块心病。遗产争夺是这场游戏的根基所在，而追猎是这游戏的趣味所在，陈云珠上了这瘾，而这瘾也无情地撕碎了香奈儿粉饰的优雅，跌入一个欲望的深坑，那儿只有单调的庸俗，没有伪饰。而郝有旺叫陈云珠"陈婆子"也是因为她聒噪烦人的气质。

"郝有旺！我老公的台球杆哪儿去了？"

"什么台球杆？"郝有旺很不耐烦，给郝男儿球杆的事儿早不知道忘哪儿去了。

"我放在大门口那个球杆，你别跟我说你给我扔了。"

"那可不好说，你家的东西放我们家门口……我家门口是放垃圾的，我知道是不是小时工给清走了？"

"那是我老公生前最宝贵的东西，你怎么随便给我扔了？"陈云珠很激动，金线珍珠耳坠跟着脑袋摇摇晃晃的动。

郝有旺也没好气："好东西你搁你们家啊？不是，你什么时候从我这儿搬走啊？你自己又不是没有房子。"

"我告诉你，这是我姐姐家……我姐在世的时候我想住就住……怎么？我姐姐去世不到两年，你就想六亲不认、想把我拒之门外？你想带谁回来住啊？我姐的遗嘱可是写得清清楚楚明明白白：在五年之内，你要是谈恋爱或者再娶，我姐的遗产有我一半，这个别墅也有我一半！"

在据理力争方面，有些女人很有天分，有激情、有逻辑，条分缕析。从这一点来看，与邻里之间闹矛盾互相呛白的胡同大妈，公司里钩心斗角进而拌嘴的掐腰小姑娘，菜市场里提着菜篮为了肉价讨价还价的卷发阿姨们没有本质的区别。陈云珠数落郝有旺时白瞎了那一套白色的真丝套裙，与这个城市里无数个怨妇隔空神交。

郝有旺向来听不得遗嘱这两个字，尤其是从陈云珠嘴里说出来，一听这话就吼出来："我告诉你，陈云珠！那份遗嘱是你们逼我签的，根本就不具备法律效益。"

"谁逼你啦？我们是拿刀还是动枪啦？那不是你自愿签的吗？律师和公证人员都在场。而且人家律师说了，我姐的钱属于婚前财产，你只是赠与对象，你搞清楚了，要不然我把律师叫来，再给你补习补习法律常识？"陈云珠可不怕他，越发嚣张跋扈起来。

郝有旺占不到便宜也只能忍着气服软："不用了，云珠，我不是不让你在我这儿住，你说你姐姐都不在了，姐夫跟小姨子同住一个屋檐下，让外人说闲话嘛。"

陈云珠撇撇嘴："我人正不怕影子斜，谁爱说什么让他说去吧！"说完蹬蹬蹬就上楼了。

留下郝有旺一个人在楼下郁闷。

如果郝男儿现在丢的是其他的任何东西，估计他都会洒脱地说上一句"天上飘着五个字，这都不是事"。但现在他丢掉的是客户、尤其是还跟他有着同名情谊的郝老板的车，这下郝男儿非要关注一下这些隐遁的东西不可了，这些在每个人生命中都曾有过的，因丢失而被遗忘的事物。

4. 车子去哪儿了

　　大日头底下，郝男儿在为他的道歉业务奔走，他拿着记录地址的小纸片找到城西的一个小区，这地方比郝有旺的别墅区好找多了，贴着街道，很吵，但树多，知了炸裂裂地叫，郝男儿很快找到秦晓丹的楼号，挨着门口的一单元、一层。可敲门一点动静没有，只好坐在楼梯上等。邻居出门瞅见他以为是男朋友来道歉的，好心地告诉他这女孩儿上班去了，离回来还早呢。郝男儿索性就安心坐下玩手机，一直等到屁股坐麻了，终于看到一个姑娘上楼，郝男儿仔细盯着看，确实是个瘦高个儿，跟照片上很像，赶紧起身举着照片迎上前去。

　　晓丹刚刚走进楼道就看到一个男的直直地朝着自己的方向来，心里就有了警觉。

　　"对不起，请问是秦晓丹小姐吧？"

　　晓丹警惕地打量他："你怎么有我照片啊？你谁啊？"

　　"我是不怕烦道歉公司一号道歉员，我叫郝男儿，我原名叫郝有旺。"

　　"你叫郝有旺？"晓丹嘴张得跟桃核一样大，愣住了，煞是可爱。

　　"你看这事好玩吧！你看啊。"边说就边拿出名片递给晓丹，"你看啊，这是我的名片——郝男儿。"接着又从口袋里拿出身份证，展示给晓丹看："郝有旺。这好玩吧，你看。"郝男儿最大的天赋就是他清晰的语言思路，这证明郝男儿是个头脑很清楚的人，跟你掰扯什么道理都能理得溜光水滑，清清楚楚。

"我是不怕烦道歉公司一号道歉员，我叫郝男儿，我们公司呢专门替别人道歉，以及替别人向您道歉。您的那位朋友，就是那个郝有旺，特意委托我今天向您表达一个歉意，就是这么一个情况。"

两个证件把重名的事儿讲清楚了，道歉业务员又把自己的身份给交代明白了。晓丹听懂了，可惜并不买账。

"你来替他道歉的？"

"对喽。"

"问您一下啊，这第一，您觉得道歉这事有替的吗？第二，我为什么就相信你是替他道歉呢？"

"是这样，秦晓丹小姐，首先呢，替别人向另一方道歉呢，确实是我们公司的一个服务宗旨，那么我的身份呢，也的的确确是您的那个朋友，那个郝有旺先生对我进行了委托，他让我行使这个道歉的权利和义务。"

"……那我可以不接受吗？"

"不是，您听我细说啊……"

"我就是问你，我可不可以不接受？"

"可以，这是您的权利。"

得嘞，有这句话晓丹睬也不睬他，侧身就绕过郝男儿开门进屋了，啪的一声门响之前甩下一句话："我不接受，再见！"

晓丹本来心情就不好，回家还遇上这货，心里埋怨我这是招谁惹谁了，怎么不靠谱的事儿偏都找上门了。拿了听冰啤酒坐在沙发上降火。谁知道一阵细细碎碎，不知哪儿传来的声音跟知了声混在一起，吵得她烦死了，索性打开电视，调到娱乐频道，声音往高了调，管你什么茬儿也不理。

这不绝于耳的声音其实是郝男儿，他想来想去觉得还是得向客户表示他的立场和职业操守。正门进不去，好家伙，就爬窗了，刚好晓丹住一层，他索性走出楼道绕到楼的南侧，跷着脚扒到晓丹的窗户就开始敲玻璃。

"秦晓丹小姐！秦晓丹小姐！您不接受我的道歉没有关系啊，但是作为一个业务受理者，我有权利有业务来行使我的职责，请您理解。我们现在就隔着窗户开始了好吧？秦晓丹小姐……秦晓丹小姐……"

晓丹烦着呢，才懒得搭理，全当音响年久失修，噪音污染了。

郝男儿颤颤巍巍的扒着窗台，好几次差点掉下去。虽然吓得肝都颤了，还是坚守在岗位上啰唆："我是不怕烦道歉公司一号道歉员，我叫郝男儿……我的当事人郝有旺先生全权委托我向您进行道歉……那么现在我就开始实行……"调整了一下扭曲的身体姿态接着说："秦晓丹小姐，郝有旺先生向您表达诚挚的歉意，希望您能够给他一个机会，改过自新，重新做人。"

如果晓丹能看见他销魂的站姿，忍俊不禁，气也就消了，但偏偏最美好的画面在这青天白日之下独自沉醉，也是可惜。

郝男儿就只能维持造型，像很多频频遭拒的酸楚推销员一样，拼时间、拼真诚，所谓念念不忘、必有回响。郝男儿继续着他的喋喋不休："他愿意承担一切后果，并愿意接受一切惩罚……希望您能给他这个机会，他决定永不再犯，痛改前非，请您仔细考虑考虑我的话到底有没有道理。我是这样想的，人非圣贤，孰能无过？十个手指头伸出来还不是一般长呢，秦晓丹小姐，改过自新，善莫大焉，您想一想，冤冤相报何时了？对不对？是不是这个道理啊？相逢一笑泯恩仇，才是人生的至高境界……"按理说，这么半天的絮叨，也该有所回响了，但可惜这回响的方式大大出乎他自己的预料。青天白日里来了个人瞧见了他的美态，重重拍了下他的肩膀，郝男儿吓了一跳，"扑通"就从窗户上掉下来，揉揉屁股，皱着眉头瞧着眼前这个不速之客。

这人是晓丹的老乡，叫黄建华，平时带着几个小混混吆五喝六的，四处打架惹事。黄建华老早就认识晓丹，心里也一直喜欢她，眼见着有人扒晓丹的窗户，这还了得。冲上去就给拍下来，不等郝男儿解释就一顿粗口乱骂。

"赶紧给我滚，滚蛋！"

"你怎么爆粗口呢你这个人！"

"爆粗口？我还……滚！快点！"

郝男儿的温文尔雅在握紧的拳头跟前一下就被击碎了，只好讪讪地走了。

这一下世界倒是清净了，晓丹不禁朝窗户那儿张望了几下。她没有意识到，仅仅过两天之后，她也有用得着郝男儿的时候，在这一点上，她和郝有旺的心态是完全一致的，她也是在万般无奈的情况下翻看名片，被"道歉公司"这几个字吸引，抱着试试看的心态去寻求帮助，可见道歉公司虽然名头听上去有些诡异，但实际上还是很有作用的。郝有旺和秦晓丹的求助无一例外都被郝男儿搞砸了，唯一的区别就在于郝有旺指定了这位同名同姓的大哥，而晓丹是在被迫并且千万个不愿意的情况下接受了这位不靠谱大哥为自己道歉。

虽然郝男儿最近在自己的专职工作上一再失手，但这还远远没有达到衰运的顶点，真正让他震撼的是自己居然在工作之前先把客户的车给弄丢了。

发现车没了的当下，他跟刘京大眼对小眼地看着彼此，愣住了，嘴上还有没抹干的油，大中午头底下蒸发出他们身上销魂的砂锅汤味儿。

"你是把车放这儿了吗？"

"我是……我是……我是放在这儿了。我车哪儿去了？"郝男儿吓得脸都有点变色，"不对呀，怎么回事呢？"

"完了，是不是车让人给偷了呀？你冷静，冷静。"

"什么玩意儿？！肯定……肯定让人给偷了！"

"你冷静。"

让人在情绪失控的非常情况下冷静的确是一件很讨人嫌的事儿。

"冷静个屁！"郝男儿喊起来。

此刻他的心里一团乱，且不说这车子值多少，他压根就赔不起，关键是，他辜负了老郝大哥的嘱托啊，这白兜了一圈风，还没开始办正事就把车给丢了，他郝男儿哪是这么不靠谱的人。

"这样啊……行不行？郝老板，您能不能帮我手写一份证明？您证明我的身份，这样的话她看到了，说白了吧，相当于您是皇上，我是您的钦差大臣，您送了我一把尚方宝剑，我到了前线之后，我该杀杀该斩斩，我什么事都好办了，您觉得这样行不行？然后您方不方便再写一个只有你们两个人之间独有的、有代表性的、典型的话，就是让她一看就知道是您的语气。您的习惯用语。或者您这么说，您写我保证以后，再也不如何如何……"

"人家郝老板什么都给写了，还非得给他钱，不要钱还非得把他自己的车让给我开，连证件都不压。自个儿是愧对啊，要来了尚方宝剑，又给弄丢了，连座驾都赔进去,还上什么西天取什么经……"这当口,郝男儿脑子里走马灯似的乱转,完全冷静不下来。

可刘京这哥们儿还是泰山崩于前而不变色:"你冷静!"

郝男儿额头三道白线,懒得搭理他。

刘京胳膊抱着胸,单手抵着下巴琢磨了一会儿。突然,脚一跺,脑子被开天光了一样喊出来:"这是个阴谋。"

郝男儿斜眼瞥着她:"你有病啊?"

"肯定是个阴谋!"

"阴什么谋?"

刘京开始抽丝剥茧:"一辆车有两把钥匙对不对?你有一把,郝有旺一把,郝有旺跟踪咱们到这儿,咱们进去吃饭了,他拿那把钥匙把车开走了,回头管你要车,你怎么办?你赔不起呀,对不对?"

"你说得有道理。那你说现在怎么办?"郝男儿一下子开悟了,枉他心心念念地一路责备自己,原来生意人心机这么深,咱是被算计了。

"找他去!"刘京一声吆喝。

郝男儿立刻响应:"走!走!"

两人打了辆出租车直奔有利木器厂。

所以说人生无常,不过短短一顿饭的工夫,郝男儿的志得意满就像被吹爆的皮球一样,瘪了。刚才开着奔驰叱咤而来,还准备带上兄弟兜兜风。这就……

"呀!"郝男儿又是一声尖叫。把刘京吓一大跳。

"又犯什么病了?"

"那个,你想想,包没了啊?"

"什么包啊?"

"就是那个,你在后座找到的,包里装了纸条和好几万块钱,那纸条可是给我的尚方宝剑!这都给骗回去了,我还怎么道歉?!"

"什么乱七八糟、尚方宝剑的,该吃药了,你。"刘京撞了一下郝男儿的肩膀,倒着八字眉苦着脸。突然,倒八字舒展了,刘京一拍脑门:"想起来了,就是搁在副驾驶前面的储物箱那个吧。好几万现金呐!你让我放进箱子,我就给搁进去了。"刘京仰头回忆着:"我还问你,哥,咱接下来干啥去?你说咱们先吃口饭再踏踏实实干活。咱就把车开到饭店门口了不是?"

"对啊。"郝男儿接过话茬儿来说:"谁料到呢?这出门车就没了。按说吧,这就是一单道歉业务,对吧,本来帮助别人快乐自己,就是我一贯的宗旨,但为这个郝老板道歉,我还不止这样,为什么你知道吧?同名同姓!你看这事好玩吧,最重要的是,我第一次见到他,其实他对我的工作并不信任,他以为我逗他玩呢,你看现在不一样了,主动找着我,要见我,然后求我办事,还车提供着、这么多钱放到我这儿,所以说,一个人,当他从被别人不信任到信任,这个过程当中他是愉悦的。他会找到一种成功的,成就的一个快感。我这刚贮备了一点肯定,增加了自我认同,那边他还是不信任我,居然还把我当猴儿耍,太可恨了!"

"对对对,咱们就为了庆祝这成就感去干杯了,茶喝完了车也没了。"刘京摊着双手很无奈,"你说现在这可如何是好。"

郝男儿跟刘京你一句我一句瞎侃着,没一句对找车着调靠谱。说着出租车也就开到了木器厂。

俩活宝并排往厂子里走。刘京想事儿周全,跟郝男儿商量说:"哥,咱俩是不是得想好了啊?这进去唱红脸唱白脸,怎么说呀?"

郝男儿还怒着呢:"什么红脸白脸,我就唱黑脸!"

"黑脸?唱什么黑脸?"

"敢耍我!看我怎么收拾他!走!"

刘京:"那不行啊,咱得想想,总有个办法……"

郝有旺正抽着烟,坐在办公桌后面琢磨等郝男儿道歉成功,一会儿怎么着也得抽个时间陪晓丹吃个饭,就瞧见两个怒气冲冲的人走进来。

郝有旺一看到是郝男儿,乐了:"怎么这么快就回来了。"

郝男儿黑着脸讽刺他:"对呀,我们再快没有你车快吧。"

"你这说什么呢?"郝有旺仔细打量着两个狼狈的人,是丈二和尚摸不着头脑,"我那个包呢?我不是让你把包拿回来吗?……还有,晓丹说什么了没有?"

"你问完了没有?你要问完的话我问你。车呢?"

"什么车呀？"

郝男儿抹一抹头上的汗，开始痛斥郝有旺："你什么意思呀？郝老板，咱不带这样的，我就是一个普普通通的小办事员，我大热天的一趟一趟的、几次三番的，我跑到秦晓丹家干什么呀？我是在帮助你办事，我们是小本经营，你不带这样一下子把我们整死的！你如果说对我个人有什么意见，你对我们公司的服务质量有什么疑问或者是建议的话，你可以给我们打客服电话，40080065700。你不能背后捅刀子，这么不地道的呀！"

郝有旺是越听越糊涂了："兄弟，你听我说。不是，你这说半天，我怎么一句也听不懂啊？"

郝男儿双手模拟方向盘东转西转地很滑稽，语气还很傲娇："车呢？我问你车呢？是不是你开走的嘛！"

郝有旺一头雾水："什么车呀！"

"你是不是开回来了？"

"你是不是开回来了？"

郝男儿和刘京一人一句问得郝有旺一愣一愣的。

"我开什么回来呀？"

"你什么意思？我们俩在晓丹家楼下就吃口饭的工夫车就没了，不是你开走的是谁开走的？这一把钥匙在我身上，另一把钥匙肯定在你那儿，你是不是把车开走了？不是你是谁呀？"

郝有旺的脸色变了，瞪圆了眼睛看着郝男儿："车丢了？是不是？是不是车丢了？我问你！是不是车丢了？"

郝男儿和刘京一下子感觉事态严重了，像两个做错事的小学生一样背手站着，懵住了。

郝男儿小声嘀咕着："不是你开走的吗？"

刘京咕哝着："车好像真丢了……"

郝有旺看着这俩货的丧气样儿懒得搭理，追问道："你告诉我，怎么丢的？在哪儿丢的？"

郝男儿彻底没了气势："就是在……我们俩在吃饭，秦晓丹这……她楼下有个饭店，我们吃个饭……我们……我们吃得特别短暂，我们……弹指一挥、转瞬一视，没了……我拿着钥匙出来的……"

郝男儿扭头问刘京："我之前是不是落锁了？"

"锁了！"刘京斩钉截铁，"对！四个门都锁了！"

郝有旺腿一软，简直要抓狂了，控制不住地想象纸条落到陈云珠手里的悲惨结局，一边还试图劝说自己稳住思绪，嘴里不住地重复："听我说听我说！纸条呢？"

郝男儿安慰道："纸条没关系，纸条和车和钱好好放在一块儿的。"

"那钱呢？"

"钱在包里嘛。"

"包呢？"

"包在车里呢……"

郝有旺重重地把手里的文件摔在桌子上，"你知道你丢的是什么吗？你、你……"

"车。"郝男儿上前一步

"钱。"刘京上前一步。

"包。"郝男儿再上前一步。

两个人仿佛演双簧一样，郝有旺简直要崩溃了。

郝男儿看着郝有旺焦躁不安的样子，很是疑惑。纸条和钱不都在车里好好地搁着吗？车子没事不就行了，不识趣地上前问道："但是你这个车没有问题呀……"

好兄弟顺着话杆儿爬下去："对了，我想起来，你那车不有保险吗？有盗抢险的话，你车丢了也没有问题呀！"

郝有旺摘下眼镜，指着这俩货说："我告诉你们，车什么的都不重要，重要的是那个纸条！"

郝男儿一听立刻咧嘴一笑露出白牙："不，郝老板，纸条就好办了，你肯定是急糊涂了，纸条上所有写的那个字啊、词啊、标点符号，我都记得很清楚，一清二楚的，我给你再重新写一遍，保证一个字都不错。"

"我告诉你，我要的就是那个纸条！那个纸条一旦要是落到某个人手里，我就完了……"郝有旺简直无语，闭眼按压着眼眶有气无力地解释。

"怎么了？"

"落谁手里呀？"

郝有旺戴上眼镜终于怒了："别管！你们马上去给我找那纸条！我再叮嘱你们一遍啊，车、包、钱都不重要，重要的是那个纸条！还有，不管你用什么方法，不许报警！一定不许报警，听见了没有？"

有求知欲的人无论在什么情况下都有盘问根由追根究底的精神，刘京正是这样的人，憨憨地问道："为什么不能报警呢？"

"没有什么为什么！赶紧去！"郝有旺就差被逼成咆哮帝了。

"好好好！"郝男儿陪着小心，和刘京灰溜溜跑了出去。留下郝有旺一个人杵着桌子大喘气。

丢东西在任何一个人的生活中都出现过，人们焦急郁闷的程度往往和遗失物品的价值成正比。若丢的东西是些小物件且有可替换性，那再碍事也是有限的，譬如钥匙，换把锁就好了；手机，借机换一台也是好的；皮包，里面装着证件，全部销掉补办也成，费些时日罢了，丢掉的旧物也就像昨日之时、流逝之水一样不问津了。因为它从我们的生命里兀自绝迹了，仿佛消亡了一般。而其实它们在短暂地属于我们之后又去别的地方周转了，完全不会消失，只是有别的因缘际会了，换个地方继续存在罢了。如果郝男儿现在丢的是其他的任何东西，不包括他视若珍宝的黑色工作箱在内，估计他都会洒脱地说上一句"天上飘着五个字，这都不是事"。但现在他丢掉的是客户、尤其是还跟他有着同名情谊的郝老板的车，这下郝男儿非要关注一下这些隐遁的东西不可了，这些在每个人生命中都曾有过的，因丢失而被遗忘的事物。事实上，这辆车也不会人间蒸发。在郝男儿和刘京这对难兄难弟垂头丧气地往回赶的途中，目标物黑色奔驰车正载着某位肌肉男和欠他钱的小弟风驰电掣呢。谁让车子刚好停在离晓丹家不远的沙县小吃门口，而经过的人刚好手里有钥匙呢？谁又让倒霉催的怂人刚好碰到他的债主呢？

犯太岁的真谛在于你不找事儿,事儿会找你。郝男儿的麻烦们大概都觉得今日惠风和畅、天朗气清,适宜登门拜访,于是约好一拥而上,像年底收账一样,预备把事儿都在今天给了了。

5. 倒霉事儿都凑一块儿了

郝男儿没精打采的,用郝有旺送他的那把好杆拄在地上,支撑着自己的身体。

"去哪儿找啊?"刘京先说话了,打破了沉默。

"满世界的……找!"郝男儿用几根手指勾着台球杆在地上漫无目的地瞎戳。

"这郝老板也是的,干吗不让报警啊,就咱们两个平头百姓还抓偷车贼呢?哎哟,你是真倒霉呀,哥!"

"是我们真倒霉!"郝男儿恨恨地站起,准备来上一杆,哪知道用力过猛,嘎吱一下球杆头弄坏了。

刘京立刻凑过脑袋来检视状况。瞪着俩大眼珠子问:"头儿掉了?"

"我怎么这么倒霉呀!"郝男儿扒拉着他的脑袋,眉毛快拧成一根麻绳了。

"你打个球使那么大劲儿干吗呀你?"

"我哪有使劲儿啊?"

"没使劲儿怎么能这样?"

郝男儿断片了一下,搜索半天台词终于回了一句:"好东西不经使。"

"一会儿放吧台,我再找人修修吧。"

俩人你看着我我看着你,重重叹一口气也就各自坐下,这一回是连动也不敢动。

然而犯太岁的真谛在于你不找事儿,事儿会找你。郝男儿的麻烦们大概都觉得今日惠风和畅、天朗气清，适宜登门拜访，于是约好一拥而上，像年底收账一样，预备把事儿都在今天给了了。

什么事儿呢？思华来了。

思华是郝男儿新认识的第三个人。郝有旺、秦晓丹、陈思华，三个人都和郝有旺有关，归根结底，还是他那名字惹的祸。

"你好，请问这儿的老板在吗？"

女孩儿的声音，清亮悦耳。

两颗蔫了吧唧的脑袋本来都埋在胳膊窝圈成的温柔睡枕里，猛地有一颗脑袋倏地抬头，像被点穴了一样定住，再没低下去，呈现出中风病人嘴巴微张、欲言又止的标准表情。另一颗脑袋抬头了一秒迅疾耷拉下去，像奥勃洛莫夫埋首床榻一样继续趴在胳膊窝里懒理世事。

台球厅里大部分人的目光都被吸引住了，这女孩儿长得真好看，皮肤透亮泛着粉色的光，眼睛亮晶晶的，恰到好处地镶嵌在小巧的脸庞上。一身黑色真丝衬衫裙，偶尔动一下，真丝的料子就像风吹过的芦苇一样荡漾起来。脖子正中细细的铂金线坠了一颗珍珠悬在锁骨中间，清丽而动人，刘京看得眼睛都直了，内心像平安夜被点燃的烟火一样，无来由地灿烂美满。

陈思华可没空管她占领了多少目光，此刻她只关心能不能找到她爸的球杆，让她那整天被追踪和各种臆想折磨得神经衰弱的妈能安心一点。就为了这根球杆，她妈已经专门去派出所找过她。陈思华觉得近来她母亲的焦灼有渐涨之势，和姨夫争得鸡犬不宁，还专门从家里搬出来，住到姨夫的别墅去，说是要看着他郝有旺耍什么幺蛾子。自己今天顶着大太阳漫无目的地找也是没办法，不给她找到母亲肯定不能消停，也只能一家家地碰运气了。

刘京看了老半天终于意识到自己发了半天愣不搭理人家实在很不礼貌，不好意思地说："我就是，你有事啊？"

"我丢了一根球杆，想到您这儿找找看。"

"你丢球杆为什么在我这儿找啊？"刘京很少有这种既疑惑又温柔的语气。

思华急急地解释："其实我已经找了很多家了，想再到您这儿碰碰运气。"

"我这儿好几百根球杆呢，你知道哪根是你丢的呀？"

"我有记号。"

"什么记号？"

"刻了一个名字，您看到过吗？"

那位一直在冬眠中的"多余人"终于抬起头来了，听到刻了名字，他立即意识到昨天郝有旺给了自己一个台球杆。郝男儿思索的时候就爱撇着标志性的苦瓜眉，此刻他便抬起头这样地看向陈思华。

"没有、没有！我们这儿没有这样的杆，没见过！"刘京醒过神来，那么值钱的球杆可不能就这么被领走了。

郝男儿一声不吭地从吧台下拿出那根坏了的球杆。

"是这根吗？"

思华接过来一看就是父亲生前常用的杆，心里立刻雀跃起来："对！就是这个！"

刘京一把把球杆抢过来，小心护着说："你认错了！这根杆是我的。"

"你敢让我看看吗？那球杆上面刻有我父亲的名字。"

陈思华说完一把抢过球杆。杆上赫然刻着三个字，"陈浩天"，眼前这人还在狡辩，不由得怒从中来，瞪着他们俩说："怎么解释啊……你们俩？这台球杆怎么在你们这儿？"

郝男儿老老实实地承认："好，那就是你的。我们也不知道怎么回事。就是……你……你认识一个叫郝有旺的人吗？"

"我姨夫啊？"

"全知道了！拿走！"郝男儿甚是痛快。

思华不依不饶："什么情况啊？怎么会在你这儿啊？"

郝男儿脱口而出："这是你姨夫送给我的。"

"我姨夫送给你的？这个球杆是我父亲生前最喜欢的东西，我姨父能把它送给你？！"思华觉得这哥们儿在开什么世纪玩笑。

郝男儿急忙手脚并用地解释："不不不，姑娘，我们不知道，这是您父亲生前……但是，真的是你姨夫送给我的，我不骗你。"

"到底是怎么回事？"

郝男儿有了精神，开启话唠模式。

"你姨父叫郝有旺对吧？"

"对呀。"

"我也是郝有旺！"

"你什么意思呀？"

"不不不，我没有，我没有任何攀大辈的意思，"郝男儿双手摊开，以示清白，"我不是这个意思，我们俩是同名同姓，这个东西很巧合，有人呢……说你姨父的……是外甥啊，欠了他们十万块钱没还，就想打你姨父一顿。"

"对！"刘京在旁附和。

"但是呢没找着你姨父，就找我，我不叫郝有旺吗，就把我给打了。"

"为什么打你呀？"

"他要打你姨父。"

"你刚才不是说你挨打了吗？"

"是，他要打你姨父，但是他没打着你姨父……"

思华越听越糊涂，很不耐烦地摆摆手："行了行了行了！你挨打跟我爸的球杆在你这儿有什么关系啊？说重点！"

郝男儿很无奈："我也不知道是怎么回事，就是我一看我挨揍了，我得提醒你姨父啊，我就去找到他了，我说咱俩同名同姓啊，你赶紧让那个外甥把钱还上，要不然人家找着你就把你给打了，没必要啊对不对？我已经挨打了，是吧？你姨夫呢，对我千恩万谢，要给我钱，我不能要啊，我不是那样的人，对吧？"

刘京生怕郝男儿解释不清楚，脑袋摇晃着附和比划，没少忙着。

"所以他就说那不行，那我得感谢你，我说真不用感谢，他说那你看你损失什么了，我说我什么都没有损失，衣服破了没关系，身上有土没关系，就是毁了一根台球杆，这都是小事。你姨父说，我这儿还真有一根球杆，你要喜欢你拿走，就这么着就给我了"

思华听得将信将疑："我姨夫知道我爸生前最喜欢这个东西了，他能随随便便地就送给你？"

"姑娘……你什么意思呀，那你的意思难道是说这根杆是我偷的呀？"

"这可是你自己说的。"

"不是不是！"

郝男儿心里着实憋闷，怎么话赶话就上套了，他郝男儿何曾偷过一针一线，这是污蔑，明明是人家送的，到头来落了个偷的罪名，这可是原则问题，不能不说清楚。

思华可没工夫搭理他没边儿地扯闲篇，拿着台球杆就要走。

"行了，没时间跟你废话，台球杆我拿走了。"

郝男儿腾一下站起来，伸出胳膊拦住陈思华。

"你干吗？"

"球杆你拿走一点问题都没有，但是你必须要把话给我收回来。什么叫我偷的呀？"

"你自己说的呀！"

刘京一看情形不对，这边劝和："哥哥哥，这是人家父亲生前的球杆，你给人家吧。"那边对着思华挤出盛放花儿的笑脸："姑娘姑娘，没事没事……"思华没吭声，两兄弟开始对讲模式。

郝男儿又怒又气，老脸都要拧成囧字了："是，我知道，我都理解……但你不能冤枉我啊！"

"哥，没事……"

"我这辈子偷过东西吗？这是人家的东西，我这辈子没偷没抢……"

"我是这儿的老板……姑娘，你听我的……拿走拿走……"

"你不能这么侮辱我呀！你把话讲清楚了！我一辈子当好人，我偷过东西吗？"

"行了，哥……"

"不是，我得讲原则……"

思华听得烦，介入对话，与郝男儿进入对讲模式。

警察就是任性，冲郝男儿说道："好！跟我讲原则！OK！你跟我走一趟吧！"

"去哪儿？"

"咱们去派出所把这事说清楚了，你知道这个东西不是你的你还拿着就有问题！知道吗？"

"我跟你讲了，这东西不是我拿的，是你姨父送给我的！……是人家送给我的,我凭什么跟你走?你是谁呀?我凭什么跟你上派出所呀?"

"……它不是你的,你拿走就有问题!"

"你是谁呀?让我跟你去派出所?!"

高潮来了,思华亮出了警官证,闪瞎了俩倒霉弟兄的狗眼。和发现车没了的时候一样,郝男儿和刘京再一次面面相觑、瞠目结舌。

"……怎么还坏了?你拿我的东西还给我弄坏了!我告诉你,今儿事大了!走吧!有原则的人!"思华检查球杆时发现杆头坏了,又是严厉又是蔑视地对郝男儿说。

刘京灵活一点,赶紧打圆场:"警官警官,你听我说一句行不行?我是这儿的老板,这位郝男儿是我的好朋友,我证明他确实不可能偷东西,那天的事我都知道,这个台球杆的确是你姨夫给他的。"

"我一辈子我没偷没抢啊!你是警察你得讲道理对不对?"

刘京因为对思华的感觉很好,以己度人,认为思华应该对自己的印象也不错,很有使命感地说公道话:"不是偷的,你问你姨夫去,这个事我可以作证,这事我知道。整件事我是最清楚的,现在不是坏了吗?没关系!你把球杆放在这儿,我负责把它修好,我再给你抛光,再给你打蜡,我保证让它跟原来一模一样!你看这样行吗?"

"真的能修得跟原来一样?"

"没问题!"

思华原来也没想和他们纠缠太久,反正拿到球杆就好了,琢磨了一下说:"OK,看在你的面子上我就不和他计较了……这个球杆你一定要给我修好,一定要修得跟以前一模一样。"

刘京听姑娘说是看自己的面子,立刻存在感爆棚:"您放心,我保证完成任务。"

陈思华把球杆递给刘京:"行,那我过两天再过来拿。"说完狠狠白了一眼郝男儿,转身走了。

"警官,你叫什么呀?"刘京差点忘了问。

"陈思华。"

"陈警官……再见,再见。"刘京又露出面瘫的呆萌表情,目送了很远。

"再见啊。"郝男儿拖着囧字脸,也很弱地回了一句。

自打关键词"倒霉催"在生活里出现后,郝男儿一直担惊受怕会有什么新的打击到来,倒也还好,所谓"太阳之下,并无新事",这几天没惹新麻烦,只是连累了好兄弟刘京跟着他满世界找车找包找纸条,幸亏刘京还有辆破面包车,不然,光是打车票也让郝男儿吃不消了。

说是找车,其实跟大海捞针一样,心里一点头绪也没有,也就是跟思华找球杆一样,瞎碰瞎忙活。常常是刘京当司机兜了一圈没什么收获,两人无功而返,瞎走了许多路,郝男儿累坏了,就索性拿副驾驶座当沙发,脱了鞋,任性地抱着腿发愁,苦逼兮兮的,可怜又无辜。

眼看着三天过去了,一点进展也没有,这天还是刘京开着车,郝男儿左看右看,盲目四顾心茫然,话明显少了不少,搁平日,这货就是一话唠啊,眉飞色舞说他的理念啊、理想啊什么的,今天整个一病猫了,恹恹的。刘京知道他心里郁闷,故意打趣道:"你得看车,别光瞅着美女看。"

郝男儿瞪了刘京一眼。

"幽默嘛,我那是让你放松一下紧绷的神经。没有幽默感!前面就是个大停车场,进去溜一圈找找。"刘京商量的口气等郝男儿的意思。

郝男儿听话地点头。

刘京将车开进停车场,两个人下车一趟趟的找着。

停车场管理员是个大爷,看到两个人鬼鬼祟祟地盯着车子,不像好人,走过来就训:"哎……我说你们跟这溜达半天鬼鬼祟祟的干吗?想在我眼皮底下偷车,你们休想!"

"不是,我们偷什么车,我们自己车丢了,我找车!"

管理员把郝男儿当做T台上的模特从上到下上下打量了一圈,撇撇嘴,瞧不上地说:"你丢车?看你这样也不像有车的啊。"

刘京一听火就来了:"你说什么呢?那你看我像不像有车的呀?你说你一看车的,你怎么瞧不起没车的呢?就你这样的人,狗眼看人低,车被偷了,你都不知道上哪找贼去!"

"你这人怎么说话呢?"

"我就这么说话！"

两人就争起来了，郝男儿是浑身一点劲儿没有，这都什么时候了，还有工夫吵架，拉住刘京就往外拖，一边躬身给大爷道着歉："对不起对不起。"

一无所获还被一个大爷给羞辱了。

两人有气无力地瞎转，走到一个天桥上。郝男儿双手勾住白漆的铁栏杆，心里没着没落的。这桥下来来往往的车只让他感觉飘忽，不知道身在何时，不知道身在何地，不知道自己的生活为什么会这样，也不知道要怎么走下去，甚至也说不好自己对于这样的情况是郁闷还是满意，郝男儿心里堵得慌又乏得很。

隐约听到刘京的声音："你说这车要是找不着你怎么办呢？"

郝男儿幽幽地回答："那我就等车最多的时候从这儿跳下去。"

这一答可把刘京给吓坏了。

"哥，你可不能有这种想法啊！你这是抑郁症的前兆啊，这样可不好。"

郝男儿连头都没回，把脑袋放在两根栏杆的中间："没办法，我赔不了人家。"

"那车丢了有保险公司赔。"

"保险公司赔是保险公司赔，我欠老郝大哥一个大人情，我还不上！"

刘京着急了，抓住郝男儿，跟煎牛排似的，180度翻过身来，使力过大，一下子给按倒在地上了。刘京自己也蹲下去，握住好基友的手说："人家郝老板都说了，车不重要，纸条最重要啊。"

"你没有车哪有纸条？"

"你……你能告诉我那纸条上写的什么吗？"

"我不能告诉你。"郝男儿偏过脑袋。

"你跟我说说，我帮你分析分析啊。"

郝男儿一直引以为傲的就是自己的专业素质和职业道德，他坚决报以呆萌的摇头以示拒绝。

"这是我职业操守，我不能告诉你，我得对客户负责任。"

"行，你这样，你不告诉我内容，你告诉我大概，我说对了你就点头，我说错了你摇头行不行？这可以吧？"

继续报以呆萌摇头。

"银行密码？"

继续报以呆萌摇头。

"藏宝图？"

继续报以呆萌的摇头。

"那能是什么呢？你跟我说说，你跟我说说啊！"

"爱情！"郝男儿心里装不住事儿，几下挑逗就认真玩起游戏来了，还不好意思，憋不住呵呵笑了。

"那就对了！如果你是一个偷车贼的话，你偷了车最想干什么？"

"把车卖了换钱花。"

"那包里的钱你会怎么办呢？"

"直接当钱花。"

"那张对你没有用的纸条呢？"

"我就扔了。"

"扔哪儿？"

"扔到我发现它的地方。"

俩绿豆眼眼对眼一瞅，就碰出了火花，撒开丫子就跑，往晓丹家楼下那个小吃店奔。

他们俩决定先从垃圾桶开始搜寻，两人蹲在地上，放倒了垃圾桶，把垃圾跟摆夜市一样全部摊在地上，刘京和郝男儿捏着鼻子用手指尖提起几个东西再搁到一边，样子狼狈得很。不了解内情的肯定认为此处有宝物。一个捡垃圾的阿姨走到跟前，全程围观，阿姨披了块头巾，穿了条时下流行的阔腿碎花亚麻裤，与犀利哥一样，都是混迹艺术圈的。俩货的流程就是逐个翻看，逐个筛查，阿姨火眼金睛，没发现任何值钱的东西，却也深藏不露，看不出对他们俩的行为有任何不解或者大惊小怪的神情，所谓高人当如是。仿佛电影快镜头一样，三个人的画面快进了一个小时，啥也没有，光剩下唯美的画面不敢看。

刘京终于累瘫了，一屁股坐下。指着那摊垃圾说："这……这玩意儿没法找。报警吧！让警察找去。好歹还是专业啊。"

"人那个老郝大哥不让报。"

"怎么那么糊涂呢。你是道歉公司的员工,在客人糊涂的时候你得保持清醒,做出一个英明的决定嘛……"

刚好有辆警车开过来,刘京这厮也是累傻了,直奔车头冲过去,大鹏展翅拦住了警车,一顿乱喊。

"停车!我要报警!"

于是,今天不但找纸条未果,郝男儿和刘京还莫名其妙被警车给带走了。而人与人之间的不同就在于,相同的机遇带来的结果完全不同,去了趟警局,刘京为自己争取到了一个良好的见面机会,郝男儿则得到了一顿痛骂。

两位巡警带着刘京和郝男儿进来的时候刚好撞上思华了。也巧,思华是今天的值班民警。看见这俩人心里疑虑,迎上前去问:"怎么是你俩?"

刘京可开心了,没想到隔这么短时间,他又见到女神了。今天是上班时间,女神穿着警服,越发显得英姿飒爽。他 hold 不住面部神经,尤其是控制不了笑肌,尽量抿着嘴很有喜感地说:"是我们俩。"因为要笑不笑的,反而显得轻薄油滑。

巡警见他们跟陈警官认识就跟思华交代两人是来报案的,说丢了一样重要的东西,干脆你处理一下吧。

郝男儿趁思华不注意,向刘京使眼色,用小到几乎听不到的气音给刘京递话:"一会儿千万别提车丢了的事儿?"

"不提车丢提什么呀?"

"就说纸条……"

思华拿出记录本,准备做笔录。

"你俩嘀咕什么呢。"

"……没事没事。"刘京赶紧凑上前去,销魂地趴在桌子上,挨着思华。

思华白了他一样:"丢了什么重要的东西了?"

"丢一纸条!"

"什么内容?"

"内容不详。"

"在哪儿丢的?"

"没记清楚。"

"纸条什么形状啊？"

"没看仔细。"

一问三不知，还来个一唱一和，惹得思华颇为恼火。

"什么意思啊你俩？你是来报案的还是来捣乱的！"

刘京看思华不高兴了，收起慵懒的姿态，诚恳地解释："警官，你……你别生气啊。他语言逻辑有问题，我跟你说，是这样的，从家里出来，我们找了一家饭店吃饭，我要了一碗牛肉面，要了一壶茶……"

"等会儿，吃饭的饭店叫什么名字？"

刘京看着郝男儿："叫什么名字？"

郝男儿听着问的是饭店就放了心："饭店没事，可以说。叫什么……什么……什么喜……"

"对！是喜……喜……"

"喜什么？"思华追着问

刘京和郝男儿挖空了脑袋琢磨："喜喜喜……喜什么……"结结巴巴的还没回忆个所以然，郝有旺的电话就催命符一样响起来。

郝男儿一看是郝有旺打来的，赶忙跑到一边捂着嘴接起电话。

"喂！"

…………

"您别着急……我们现在已经拜托警察了。"

…………

"不是，我也是在本着一个为客户负责任的态度啊。"

…………

"不，你别着急嘛，我们还没有跟警察讲的嘛。"

…………

"你怎么……你看你这个人脾气这么大呢！"

郝有旺本来就担心纸条出意外，落到谁手里了，打电话催郝男儿赶紧的找，哪知道这货居然主动跑到警局送上门，这要是被陈云珠闺女知道了还了得。任是郝男儿这边捂着电话细碎声儿说话，也有震怒的声音余波传出来。

郝男儿只能一个劲儿赔不是，"好了好了，我知道了，知道了……赶紧找。"

思华看着郝男儿神神叨叨的，盯着他看，另一边刘京只顾欣赏思华姣好的面庞。

"那个人，你什么时候把电话打完啊？"

郝男儿挂上电话，走回来。

"赶紧过来！你刚才说那个饭店叫什么？喜什么？"

"我说饭店的名字了吗？"

"你说了呀？喜什么？"

"喜……洗……个澡嘛！"郝男儿做出一个搓背的样子，对刘京笑眯眯地说："咱们……咱们洗个澡吧！咱们洗澡去吧！咱们浑身都是味！"

"什么？"刘京丈二和尚摸不着头脑。

"你……你身上都有味了，你不洗澡吗？"郝男儿边说边向刘京挤眉瞪眼地使眼色。

刘京只好机灵点，配合他演戏："……对……"

郝男儿拉起刘京就要往外走："得洗澡。对对对，洗澡去，洗澡去。"

"站住……你俩干吗呢？既然来报案了，就得把案情说清楚了。"思华恼了，这两个人简直胡闹，跟跳梁小丑一样一下报案一下洗澡的，太过分了，站起身来就喝道："你们俩那是耍我呢是吧？"

"没有没有没有，我们真……"刘京生怕思华不高兴，影响了对自己的印象。

郝男儿也上前灭火："对……它是这么回事，我今天确实丢了张纸条……"

刘京附和："是啊。"

"很重要很重要的。"

刘京附和："对啊。"

"然后我们当时就想，说人民警察为人民，有困难要找警察嘛，所以我们才来报的案。"

刘京附和："对对对！"

"那么现在我们不能报案了……我刚才我不是接了个电话嘛，人家跟我提示了一下，所以我就知道这个纸条在哪儿了，那我就可以不报案了，所以我们就可以走了，对吧？"

"你们俩以为这是自由市场呢？！想走就走想来就来的！"

刘京赶紧的，上前一步，好脾气地劝："警官你看，我们这纸条也找着了……就实在是不合适再让你累着嘛。"

轮到郝男儿附和了："对对对。"

"这么说我还得谢谢你了？"

"不客气不客气。我们走了。再见。走了走了。"二人忙不迭地说着走出了派出所。

思华也只能叹口气："什么人呐这是……莫名其妙！"

从派出所出来天已经黑了，虽然这倒霉哥俩经常遭遇各种窘迫，但郁闷中总还有乐呵的事儿。叔本华说，人生是从快乐到失意的钟摆，好歹还有乐事儿呢，可是他郝男儿这两天可是栽了，尽在失意那边打摆子。警局前面的社区绿化做得不错，路灯光照得两边的灌木丛绿草地影影绰绰的，郝男儿天天穿戴齐整的西服外套被脱下搭在胳膊上，领带也歪了，黄色灯光把他哥们儿以及他的影子投在方砖砌成的窄道上，拉得长长的，像被透支弹性的橡皮筋一样，脆弱、紧张、丧气。和大部分在城市打拼的草根境遇差不多，自己处处碰壁，心力交瘁，老家的亲人牵肠挂肚的惦记着。就好像许美静的歌里唱的"城里的月光把梦照亮，请温暖他心房，看透了人间聚散，能不能多点快乐片段。"郝男儿纵然有着天然的谐星气质，也不免在失落的晚上心头泛起哀伤。张九龄在几千年前的唐代就吟出"海上生明月，天涯共此时"。郝男儿不知道，此刻家中的老姐姐也正在一轮弯月下挂念遥在他乡的弟弟。不怪老姐姐心里格外惦记着，今天其实是个特殊的日子，媛媛十八岁生日，乡里乡亲的都来了，院里张灯结彩，树枝上挂了许多气球。大家都为媛媛庆祝，大伙儿热热闹闹的，举杯的时候，就缺她舅姥爷，郝姝贤不由得滑下几滴泪，拿桌布角擦了。她王婶子还哪壶不开提哪壶，凑到跟前说："嫂子，媛媛肯定跟她舅老爷一样，越来越有出息。"老姐姐心中酸楚，吃了一会儿就独自离席走到石砌的院子外。郝男儿从小长大的村子坐落在几座大山的背面，所以每次刘京夸他心宽大度时，他都叨叨着是这山铸造了他包容的性格，刘京只是嗤之以鼻不当回事。其实或许真的有关，有山有水，柔中带刚，可不就包容乃大了。郝姝贤跟女婿云山住，云山长得粗犷，微微有点胖，可你听他说话，恭谦礼让，像个温和的教书先生。云山和媛媛妈感情很好，可惜媛媛妈没福气，生病走了，别人给说了几个对象，云山就是不愿意，一门心思只想把丈母娘和女儿照顾好。云山为人老实稳重，对母亲极其体贴细心。这会儿见妈一个人踱到院子外面，就知道她心里想老弟了，招呼了一下桌上的客人，跟着出来了。月亮高高挂在天上，哪里管人间的团圆。碎石块砌成的墙把柿子树圈在院里，独留下一位年迈的妇人瘦小身子的剪影。月光打在墙面上，投在碎石子沙土路上一团暗影，与院里的灯火映衬得格外分明。云山不忍心，给老舅拨通了电话。此时的郝男儿感伤心塞之余正在跟刘京争论要不要收工休息，连好哥们儿都要回家不干了，这让可怜的人心里难过，表面上还撒娇卖萌拼命劝着。这当口电话响了，郝男儿一看是云山有点儿慌了，这几天自己这么背，别是家里出什么事了吧。

"云山，这么晚了打电话，家里出啥事了？！"

"没事。"云山这一声回答让郝男儿放了心。"这不今天是媛媛生日嘛……亲戚啥的凑一堆热闹，媛媛姥姥触景生情，想跟你说两句。"说完就把手机递给郝姝贤。

"喂，有旺啊。"

"老姐姐，你挺好的？你怎么这么晚没睡不困哪？"

"媛媛今天生日不是，睡晚点不打紧。"老姐姐说话慢慢的，又质朴，让郝男儿心里着实清透了不少，在城里打交道的人语速都很快，走路也快，他们的说法是讲求效率，难有人和他一样在意沿途的风景。他的口头禅"我是看风景的人"反而被人当做笑柄。这几天疲于奔命，心里头也不平静了。老姐姐声音一响起来，他郝男儿一下子就清楚自己想要什么了。

"这样，老姐姐，你替我……你给媛媛带个好儿。你就说她舅姥爷祝她生日快乐！"郝男儿怕老姐姐听不见，提高了音量，放慢了语速，一字一顿慢慢讲出来。

"好好好，你看你……"郝男儿的终身大事始终是老姐姐的心病，想问又怕影响孩子她舅姥爷的心情，还是没有启齿，只说："好好好，俺给带好儿啊……带好儿！"

"你……你怎么样啊？你挺好的呀？我那个有时间……我回去看你去行不行？"

"回来吧，你看全都到齐了，就差你了。"

"差我不重要，我是啥呀，又担心我，你不用担心。"郝男儿为了让老姐姐放心又开始胡编起来："我跟你说，你放心，我可好了。我自己在这边，我现在……我顺风顺水，我身体也特别好！对不对，我工作事业都特别蒸蒸日上，我一切一切都很好，反正你就不用担心我，好不好？主要是你，你身体得好……你得享福你听见没有？"

"好，好，好。"老姐姐有点哽咽，把手机给了云山。

郝男儿挂了电话，坐在黑色的工作箱上，低着头，轻轻拿脚尖踢着地，瞳孔里看到的地砖接缝线有点放大变形。他用有些变调的奇怪嗓音跟刘京说："行了，回家吧。"

刘京刚才一直没说话，听郝男儿对家里交代的这样尽心，又瞧见实际上他那颓丧样，心里不忍。

"别呀，按你说的吧，咱们分头找，先找着打电话。"

郝男儿抬起了脑袋，眸子在夜晚里尤其亮晶晶的，任谁看了都要心疼。他重重地拍了刘京的肩膀，提起黑箱子，就往前面的路口左拐去找车了。

这世上有很多东西虽然八竿子打不着，但就不知道是经过怎么样复杂的流程，互相产生了重要影响，"蝴蝶效应"就部分地说明了这个道理。牛木生和郝男儿就好比西伯利亚的蝴蝶和德克萨斯州的飓风，这边扇一下翅膀，那边就栽了。

6. 车子自己出现了

刘京连着几个夜里不眠不休和郝男儿分头找车，哥们儿做到这地步也算是够意思了。"苦其心志、劳其筋骨、饿其体肤"三部曲进行得差不多了，也就通过考验，该给点甜头了。此时的郝男儿脑袋顶着西服挡住中午热辣辣的太阳，在公交车站，大楼停车场各处又都走了一遍，脸色泛白，脚步沉重，已经有点中暑的意思了。电话响起的时候，他一点精神也没有。

"喂？在哪儿？好，你等着我，你别动，我马上到。"郝男儿嗓子哑了，公鸭一样有些滑稽。挂了电话他一个箭步冲到路边拦下出租车。对一个失落的人而言，好消息就像一支兴奋剂，使这人的行为反而显得有些悲壮。

刘京也真有本事，在一个小区找到了车。

"来啦？是不是这个？"刘京远远看到郝男儿过来了，指着车问他。

郝男儿前额的几缕刘海因为汗湿了，跑动起来很销魂地荡漾在脑门上。他走近一看，没错，掏出声控钥匙就要开门，摁了好几次一点反应也没有，郝男儿用西服盖住俩人的脑袋，挡住光，又一摁，明明灯是亮的啊。他干脆取出备用钥匙，往锁孔里插进去，哪知道刚要转动钥匙，报警器就一阵大响。吓得两人撒丫子就跑。跑出两三米开外，报警器突然就停了，郝男儿和刘京跑回来，围着车转圈，使劲扒车窗户往里面看。

郝男儿盯着前车玻璃斩钉截铁地对刘京说："就是这车！"

刘京还是不相信："你怎么确定？"

"你看上面的红辣椒，它那个车上就挂的这个。"

"车里挂这东西的多了。"

"是，没错，很多车都挂，问题是有一点，我刚接手这个车的时候，就是它，我觉得挡我视线了，我就给它搂上去了，搂上去自己掉下来，搂上去自己掉下来，就这个，我摸了，你看上面那个白珠，这底下这个穗，一点错没有，就是它！"

"那为什么你打不开呀？"

郝男儿锁住眉头琢磨了一会儿说："我问你，这么高级的车，车锁能不能被换了？"

"能啊。"

"这不就得了，他肯定给我换锁了，他偷了我的车，他能不换锁换钥匙吗？他肯定害怕，我再把它给弄走啊，对不对？"郝男儿杵着腰来回走动很烦躁。

两人商量了一下，决定守株待兔，就这么守在车旁死等。反正那偷车的人总要回家的。

这一等就是一下午，太阳光从东边挪到了西边，这老哥俩还是没挪地方。夕阳照在马路牙子上，郝男儿坐在他的休息利器——黑色工作箱上，刘京蹲在旁边，俩人眼睛被一下午的阳光晃得眯成一条缝。面前歪七竖八地摆了一溜喝空的饮料瓶。

刘京憋不住了，一脸苦相地望着郝男儿说："这偷车的人出差了或者出国了要是去外地了，咱在这儿一直等下去啊？"

"你以为我傻呀？"

"你以为你不傻呀？郝老板是不是说车不重要，包不重要，钱不重要，纸条最重要，对不对？"

郝男儿点头，刘京站起来，走到前面的花坛里捡了块砖头，抄起来就要砸。

郝男儿不明所以，一把拦住："你干什么啊？"

"砸车拿纸条啊？"刘京惊叹郝男儿的智商，"我都这么鲜明了，你不会看画面啊。"

"你说这么好车你砸呀？你敢砸呀？"

"不砸怎么取纸条啊？你有别的办法吗？"

"我没有啊。"

刘京没理他,举起砖头就要砸。

"哎!"郝男儿大喊一声,刘京被吓得一缩,投来怒目一视。

"我补充一下"郝男儿没精打采地说,"你要真砸的话,我……纸条放包里了,然后包在那……那边呢。"

刘京走到副驾驶一侧。举起砖头又要砸。

"哎!"又是大喊一声,刘京烦躁地看着他。

"这个,既然砸都砸了,何必砸这边呢?那边有中控,你砸一下那车门都能打开,咱车没准鼓捣鼓捣就开走了。"

"也对。"刘京又绕回司机一侧,举起砖头,还提前看了郝男儿一眼,正准备砸下去。

"哎!"郝男儿第三次大喊,刘京要崩溃了,不耐烦地看向郝男儿:"你老哎什么呀!"

"不是我……"郝男儿也解释不了,总不能让他承认自己其实就和曾小贤一样胆小认怂,怕破坏公物吧。

砸车不成也就算了,还招来了两个穿警服的人。

估计是巡警,两人一唱一和的,操着北方口音逼近过来。"……干吗呢!"

"胆够大的啊,大白天的砸人车!"

刘京赶紧把砖给扔下。

"这车是我们的。"

"自己砸自己车,没钥匙吗?"

"有啊……"

…………

接下来当然就是交出钥匙,发现打不开车门,狡辩,反驳,跟着去了警局,只是这一次可是被动的。

郝男儿和刘京被押着进了屋子,好死不死,还是撞见思华了,好像派出所是她家开的,什么点儿都在。刘京瞧见思华在低头写东西,悔青了肠子恨不得找地缝钻进去,郝男儿却跟见了救星似的,迎上去就要握手。

"都好久没见了,你看……"

思华愣住了："怎么又是你俩？"

"你没休息啊……"郝男儿表现出热络又关切的样子，贱兮兮的，适当地运用了一点曾小贤的神韵。

其中一个巡警见郝男儿搭上话，上前跟思华说："陈警官，你认识他俩？"

郝男儿凑到思华跟前去，笑嘻嘻地说："我们特别熟。"

"怎么回事啊，"思华问协警，"上次来报过案，今儿又报案啊？"

另一个巡警手里拿了一个牛皮纸袋子，里面装了一块红砖，解释说："是别人报案，这俩人在隔壁小区要砸人车。我看有很大的偷车嫌疑。人家小区看门的盯他俩一下午了，这俩就一直围着那车，后来我们赶到的时候，俩人举个砖头要砸车呢。就是这么个情况。"

"砸车未遂啊！"思华对两个巡警点点头，"行，我知道了，你们俩巡逻去吧，这案子我跟。"

俩人把装了砖头的证物给了思华也就出去了。

郝男儿还回头跟巡警打招呼："再见啊。"他一直是个懂礼貌的好孩子。

"再什么见啊！"刘京很嫌弃。

跟上次程序一样，思华走到办公桌后，又拿出笔录本。

"怎么样？……今儿是人赃俱获，这回你们还有什么话说？"

"你这……你整那么严肃，你可吓人，你一穿警服跟平时不一样，咱都是熟人，咱们找一个地……"郝男儿想撒娇卖萌套个近乎。

思华才不吃这一套："你别跟我套近乎啊，这儿是派出所，你们最好把事情给我交代清楚了。"

刘京跟郝男儿开始一人一句交代事情过程。

"车是我们的车。"

"被人偷了嘛……"

"然后丢了，找到了。车锁让人给换了。"

"车主是谁？"

两人异口同声地回答："是我！"

"到底是谁？"

"是我。"郝男儿说。

"什么车?"

"奔驰。"

"发动机号是多少?"

"记行驶本上呢。"

"把行驶本拿我看看。"

"行驶本车里锁着呢。"

"车牌号是多少?"

郝男儿与刘京面面相觑。

刘京干脆对思华说:"他,他没记住。"

"自己的车不知道车牌号是多少,还说是你的?!"

"我们俩不能在这儿待着,我们得出去找车。"郝男儿着急了:"我都跟你说了八百遍了,这车是我们的。"

思华停下记录的笔,抬起头来轻蔑地瞧了郝男儿一眼:"我同事都亲眼看到你们拿砖头在砸车,你让我怎么相信你们?"

俩人闷声了。

思华的目光在两人的脸上各自停留数秒,接着拿出两个塑料袋。

"你们把身上所有的金属东西,手机、项链、戒指,所有带金属的东西都搁到这个袋子里。"

刘京麻利地摘下项链和戒指,又掏出手机装进了袋子。郝男儿还端坐在那儿无动于衷。

思华朝着郝男儿方向递过去袋子:"你的,拿出来。"

刘京捣了几下郝男儿的胳膊,这才不情愿地上交了手机和钥匙。

思华指指黑皮箱:"还有这个。"

郝男儿僵着脖子鼓着嘴,像赌气的小学生一样一动不动。

"怎么了,箱子里藏什么见不得人的东西了?"

"没有见不得人,安身立命的东西,值金子,值银子,比什么都贵重。"

"那就把它拿给我,我们只是例行检查,检查完了会还给你的,万一里面有作案工具呢?"

"我这里边……这怎么能是作案工具?这是我工作的工具,天地良心哪！"

"那你就把它拿给我。"

"我不给！"郝男儿把箱子紧紧搂在怀里。

"请你配合我的调查！"

"我不拿！"

"请你配合检查。"

"没有问题为什么要……"话还没落音,刘京一把抢过来,交给他的女神:"拿走！"

这可惹毛了郝男儿,眼睁睁看着代表自己职业尊严的箱子就这么被带走了,还在自己哥们儿的协助下。思华前脚走,郝男儿后脚就和刘京大吵了一架。

思华临走不是说有事情就喊"报告"嘛。郝男儿就一阵乱喊,像被逼急了的孩子耍任性。

"报告！报告！报告！报告！报告！报告！报告！报告！报告！报告！报告！报告！报告！报告！"

"行了！有完没完！你折腾还不够吗？进来你不够丢人吗你？你分不清轻重缓急是吗？咱俩今天要在这儿过夜了！"刘京现在生怕思华对他印象不好,虽说他长相是粗放的大老爷们儿风格,一到思华这儿,就生出死忠粉的柔软心来。

郝男儿这还怒着呢:"过夜怎么了？过几夜？过八夜！过个一个月我也乐意！我车找不着了！车倒好不容易找着了,人家把车开走了,你上哪儿找去？那些协警保安如果跟人说了咱们今天要砸车,他们害怕了把车都给我挪走了,我上哪儿找去？我是不是得登天哪？报告！报告！报告！"

刘京根本没听进去,拿他的话当噪音了。他双手撑起抱到脑后,身体往椅子后背靠下去,神情忧郁地说:"我现在不担心这个,我是担心陈警官对咱们有看法。"

"能有什么看法？"

"不是对你,是对我的人品有怀疑。"

"你的人品不重要。"郝男儿火着呢,也没个好口气。

"怎么不重要？人给咱已经定性了知不知道？"刘京一下子就从椅子里

弹起来。

"定什么性？"

"俩盲流呗！"刘京手敲着椅子把手说。

"盲流怎么了？我身正不怕影子斜，我没错。盲什么流啊！"郝男儿歪着脑袋，这扭曲的姿态刚好可以显示着他的执拗和坦荡。

"什么没错啊你！"刘京抢不着空说话。

"我告诉你，我是一个看风景的人，对不对？沿途看风景啊，这些东西是最重要的。人生理念是什么呀？"

郝男儿跟机关枪一样啪啪啪，刘京听得五心烦躁。

"好了好了，你别说了别说了！"

郝男儿找到了语感，越发滔滔不绝："钱和名誉这些都不重要，我不能对不起别人对不对呀？现在车拿走了，我现在找不着车。"

"我很烦，我不想听。"刘京摇着头，想塞住耳膜。

郝男儿完全陷入自我世界，不可自拔："你听我讲，我跟你说，我们只有一条心，然后才能跟人说让人把我们放出去我们去找车……"

刘京无语地想撞墙，冲外面大声喊起来："报告！我要换个房间！"

有个警察走进来。

"怎么回事啊？你们两个，一刻也不消停。"

刘京看到他提着箱子，手里拿着刚才带走的两个塑料袋，估计是要还给他俩了。

"这儿，"警察指着表格上一个空，"你们俩在这儿签个字，再检查下这些是不是你们的东西。"

哥儿俩都乖了，老老实实趴在桌子上签字，完了赶紧把东西揣回身上。

警察收起表格，指着他俩说："你们的事儿还没完，虽然没有直接行窃，但有这个想法也是不对的。拿好自己的东西，走……"

郝男儿又忍不住接茬："我们压根就没想……"

刘京拉住他，赔笑说："警官，我们一定注意，以后深刻反省。"扯着这货袖子就拖走了。

毫无意义地耗了一个下午，和几天前一样，差不多的时间进派出所，提早了点出来而已。

要说这郝男儿也真是有责任心，折腾了一圈，第一反应居然还是接着找车。

两人重复那天的情景，开始起争执，这个说"得赶紧回去洗澡换衣服去晦气"，那个说"去什么晦气，要办正事赶紧把车找回来"；这个说"打死你我也不去"，那个说"你不能半途而废啊"，一路上骂骂咧咧，突然一辆黑色奔驰500从两人眼皮子底下嗖一下疾驰而过。两人撒丫子追车跑，边追边拦出租。黑色奔驰开得很快，郝男儿在出租车上不停叮嘱司机师傅跟紧点。

车子驶进了一处别墅区，下坡开到了一座花园洋房跟前。郝男儿和刘京远远地下了出租车后左右张望，可不就是郝有旺那房子吗？门前站了四个人，刘京一眼就看见思华和郝有旺，另外还有一位年长的妇人，很贵气的样子，还有一个板寸少年，肉墩墩的，从驾驶座上下来。哥儿俩觉得现在冲上去不理智，环顾四周，决定按兵不动，先躲起来，于是俩人跑到路旁，钻进草丛，像特种兵一样隐蔽着暗中观察这四个人。距离太远了，他们也听不见人家说话的内容，只能看看样子。过了一会儿，一老一少俩女人先回去了。郝有旺一把推开小平头，钻进车里好像在找什么东西。

生生地看着这画面，像待破解的谜底，郝男儿哥儿俩也不知道该如何解读。侧过脑袋小声跟刘京说："我来给他打个电话。"

"小点声打啊。"刘京也跟特工似的，小心翼翼。

好男儿掏出手机拨通了号码。

郝有旺的脑袋钻出来了，从口袋里掏出手机，放到耳边。劈头就问："你在哪里？"

郝男儿用缓慢的，神秘兮兮的语速说："车，回来了吗？"

"我问你你现在在哪儿呢？"

郝男儿看了下身旁的刘京，拨了一下草丛，小声回答："我在一个非常神秘的地方，我就问你，车回来了吗？"

"郝男儿我告诉你，你少给我来这一套，"郝有旺打着电话转着圈，远远看上去就像只陀螺一样打转，"车怎么回来的咱先不说，那包和纸条呢？"

"纸条在包里，包在车里，你自己找就好了。"

"你胡说八道,车我都找遍了。根本就没有包,更别说纸条了。"

这次换郝男儿说:"你不要跟我来这套了,车丢了已经找回来了,还是你们自己人开回来的,你要问我包在哪里、车在哪,你什么意思啊你?"

"要我说多少遍!没有纸条,没有包,都没有,赶紧去找!"郝有旺气急败坏地挂了手机,气冲冲地走回屋里。就剩下胖墩小平头傻傻站着。

郝男儿喂了几声也就挂了机。

"几个意思?"刘京不知道都说了些什么。

"他挂了。"

"做贼心虚了。"

"不是不是不是……"

"肯定是,我跟你说。"刘京总觉得自己江湖经验足,不像郝男儿到哪儿都傻愣傻愣的,特好糊弄。

郝男儿疑惑地看着刘京:"我觉得他好像真的没找着包和纸条,还真的挺着急的。"

"不是,那哥们儿是谁啊?"刘京指着准备打开车门的小平头问。

郝男儿抻着脖子认真地观察了两眼,那小伙子坐进驾驶室,径直把车子开进了郝有旺家的车库,郝男儿缩回脑袋来冲刘京无奈地摇摇头。

车子绕了一圈算是回来了,它只是在郝男儿的视域暂时隐遁了几天,事实上,在郝男儿和刘京这俩活宝找得欲仙欲死的时候,这辆黑色奔驰正妥妥地在老郝家亲戚的手里放着呢,还换了锁。万事万物,相生相克。这世上有很多东西虽然八竿子打不着,但就不知道是经过怎么样复杂的流程,互相就联系上了,"蝴蝶效应"就部分地说明了这个道理。牛木生和郝男儿就好比西伯利亚的蝴蝶和德克萨斯州的飓风,这边扇一下翅膀,那边就栽了。比如说,郝男儿第一次挨打虽然替的是郝有旺,但深度原因是他侄子欠别人钱了。再比如这一次,车在他手上丢了,遭了这么久的罪,可车子却是被牛木生开走了。

郝男儿远远瞧见的这个人就是牛木生,郝有旺的侄子,不学无术,因为他舅有钱,整天跟着阿谀奉承着,涎涎的拿点零钱花,没个长进。郝有旺虽然瞧不上他,但眼见着他闲着没事,也就让他帮忙多看着点陈云珠的动向,凡事也好有个准备。这牛木生领了舅舅的旨意,东逛西走的,整天跟黄建华那样的小混混搅和在一起，赌钱还好输，输了就拿他舅舅当挡箭牌，人家给他设个套就钻进去，别看人胖墩墩的，占地面积不小，打起来也是个怂包，所以也只能受黄建华那些人的欺负，成日里拆了东墙补西墙的瞎混。那天郝男儿刚领了车，跟刘京去饭店吃面去了，这一会儿的工夫，刚好牛木生走过去，一眼就瞅见了他舅舅的奔驰500，郝有旺为了让他及时报告地方动向，给了他一把备用钥匙，牛木生拿着钥匙一下就开了车门，正纳闷舅舅的车怎么在这儿，黄建华嘴里含着牙签带着俩小弟晃晃悠悠走过来了，看见牛木生守着这么辆豪车，一股脑都钻进车里，兜风去了。不消说，这装着五万块钱现金的包连带着纸条都被黄建华顺手牵羊给带走了。这牛木生怕黄建华老是来纠缠，无奈之下把锁给换了，就说这车不是他自己的。紧接着就赶紧把车给郝有旺送回来了。他倒是圆回来了，可坑苦了郝男儿，还得为他造的孽继续找纸条，提线木偶似的被玩坏了。

同样一件事对于不同人的意义差别太大了,就拿找纸条这件事来说,对郝有旺意味着失去一半财产;对陈云珠意味着收回一半家产;对郝男儿意味着工作方向的全然改变;对晓丹来说,她需要胜任全新的角色;而对牛木生和黄建华而言,是一笔赏金的问题,因为他们都立功了。

7. 要我当老板?

"万事开头难"真是民间智慧的结晶,郝男儿只是想单纯的做一项道歉业务,可是在起点都没到达的时候就遭遇到了瓶颈,而且还是个新状况层出的漫长瓶颈期。他所征服的困难像俄罗斯套娃一样耍他,每当取得一点进展,就会被告知接下来还别有洞天呢!之前的努力都是无效的,没有意义,从头再来。若非郝男儿这样怀揣着"看风景"的淡泊辽远心境之人,恐怕都受不了这样的摧残。

郝男儿被通知连纸条都不用找是在一个毫无防备地吃着雪糕的下午,他当时汗流浃背地从街边一个小杂货店走出来,捏着快要化掉的雪糕,一口吸一个地接了电话。郝有旺猛地来了一句话,惊得他挽上去的裤脚也抖了下来。

"纸条已经不重要了,你在哪里,我现在立刻去找你。"郝有旺搁下这两句话弄得郝男儿措手不及,他吧唧着嘴吸溜雪糕,揣摩这是又有什么新情况了吗?

刘京的车子就停在前面,主人倚靠在那辆破面包前面,神似销魂车模。郝男儿想想自己也确实把刘京折腾得够呛,虽然自己早上被耍了一回,可不天上飘着五个字,这都不是事嘛。

他现在这狼狈样全是一路跑步给热的,全是刘京的小格局给害的。

早上郝男儿兴致很高地去台球厅跟刘京合计找纸条的事儿,刚巧家里来了个电话。说媛媛要考音乐学院的事儿让她舅姥爷拿主意,他又在那儿云山雾罩地瞎吹,愣说自己现在服服帖帖的,一切好得不得了,还说过不久就回去亲自辅导媛媛,还得顺带着给云山找个媳妇儿。刚挂电话,刘京就一个劲儿冲他笑,憋都憋不住。看得他站起来,浑身不自在。

"啥呀?"

刘京摆摆手示意他回去:"没事没事,你回去回去。"

"我打个电话你至于笑点那么低吗?"

"我很佩服你,就像你这样,自己的屁股正流着血呢,还帮别人治痔疮的人特别的少,这世界上还有你不管的事吗?"说完又是噗嗤一乐。

郝男儿朝刘京翻了白眼说:"外甥女婿家里的事,我外甥女死得早,我不管谁管啊?"

刘京憋住笑,用颤抖和平静的声音温柔问着:"那包跟纸条的事呢?"

郝男儿被噎住,咽了口口水,开始转移话题:"刘京,你知道为什么你三十大几了到现在还是个小小台球厅的小老板吗?"

"我不知道啊!"

郝男儿开火了:"因为你格局小!"他伸手碰了下面前的空气,"因为你眼界窄!"他又抬起手来配合眼睛眨巴了两下,"因为你见事就躲、你怕事,你扛不住,你经不住,对不对?眼下这点麻烦算什么呀,天上飘着五个字:这、都、不、算、事、呀!对不对?不经历风雨怎得见彩虹?没有人能随随便便成功!对不对?别人的事很重要,为什么?因为别人的事再小它也是大事,但是自己的事再大……"

刘京接过话茬儿:"……也是小事!"

"你怎么知道的?"

"你天天说啊!"刘京低头忍着笑。

郝男儿瞧见这红果果的嘲笑,可气坏了,丢下一句"忙你小格局去,我走了"就雄赳赳气昂昂地离开了庸俗之地。可这出了门吧,眼瞅着这面包车就停在这儿,郝男儿打量了一会儿车,撅着嘴,任性地返回去了,出来时拽着一个人的衣服。

"松开,你松开。你干吗?你别拽我衣服。"

郝男儿扯住刘京的T恤下摆，刚好秀出这哥们儿没有腹肌，却布满脂肪的腰部，嘴里说着："你不愿意听我人生大道理没有关系，但这个事情你必须得跟我做。"

好基友就是任性，胡来都不生气。刘京拿这爷没辙，只好一阵扯皮加辩论。

"车都找回来了，你这……"

"人家不是说了嘛，车不重要，纸条最重要嘛。"

"那跟我有什么关系？那你的事啊！"

"你现在有车你可以带我走啊。"

"我有车是我的。这跟你什么关系？"

"因为你是我哥们儿啊！"

"是你哥们儿怎么啦？"

"你有车我就不用跑腿，你可以带着我走啊！"

"不是，做你哥们儿怎么那么倒霉呢！啊！"

郝男儿松开手给刘京整整衣服，恭敬地给打开车门，正要乐呵呵地绕一圈坐进副驾，哪知道这刘京一脚油门，驾着金杯车扬长而去。郝男儿也就一路在后面追，就追这儿来了，满身都是汗，玩湿身诱惑似的。

一直追到老郝大哥来电话，谁知道连纸条都不用找了。嘴里不死心的嘀咕着："我这可不离纸条越来越近了，又不让找了，这不折腾人嘛。"跟郝有旺约了一会儿在刘京的台球厅见，现在还得让刘京把自己给带回去。

同样一件事对于不同人的意义差别太大了，就拿找纸条这件事来说，对郝有旺意味着失去一半财产；对陈云珠意味着收回一半家产；对郝男儿意味着工作方向的全然改变；对晓丹来说，她需要胜任全新的角色；而对牛木生和黄建华而言，是一笔赏金的问题，因为他们都立功了。

陈云珠这纸条实际上是黄建华给的，也该他郝有旺倒霉，包落到暗恋晓丹的混混那儿，晓丹和郝有旺好上了，黄建华一直在心里记恨，无奈两人社会阶层差距太大，想报复也没辙，找陈云珠告状也没证据，这回他把这包里的钱花天酒地撒完之后，意外发现了纸条，可是太high了，抱着弄死郝有旺的念头把纸条送给他天敌陈云珠，换了点钱就轻松撤了。可是他没想到的是"螳螂捕蝉，黄雀在后"，牛木生躲在大楼的玻璃后面，把这一切都看在眼里，赶紧火速电话报告第一手消息。郝有旺这才慌了，像热锅上的蚂蚁一样乱窜。纸条还是落到陈婆子手里，分分钟就要来兴师问罪了！他得先发制人，在陈婆子跑来耀武扬威的时候先把这局给破了。他冷静下来，有了个想法，决定还是先找郝男儿，再安抚晓丹，把陈云珠先对付过去。

郝有旺的办法是什么呢？他居然让郝男儿当木器厂厂长，假扮纸条里的那个郝有旺，自己金蝉脱壳，置身事外，还可以继续做生意，可谓一箭双雕。然而，他错误把郝男儿估计成一颗恒温状态下的听话棋子，布局在他的棋盘上，事实上，郝男儿是不受控的，因为他要看风景，他有许许多多或大或小的原则，后来发生的很多事情，都应证了郝有旺这关键的一步失误了。

两人的谈判是个漫长的过程，郝有旺从跟老婆认识，老婆生病一直谈到现如今的状况，把自己的人生扒了个底朝天，掏心掏肺，他得确保郝男儿一定帮他。他人一来到台球室，就用少有的热情上前拉起郝男儿的手。这和几天前斥责着让找纸条的郝有旺可是判若两人。

"兄弟啊，这个忙你无论如何都得帮我，只要你帮我，我绝对亏待不了你！"

郝男儿真是个好人，他从来不算计得失，对待别人的求助，永远都不拒绝，真正超越了功利心，也许，他就是这样的一类人，别人的需要对他而言是一种肯定，证明自我价值的存在。他很客气地对郝有旺说："是这样，老郝大哥，帮助别人、快乐自己，这是我的一个原则。只要我能帮得上，您尽管说。"

"太好了！那我就说了。"

刘京端了一杯水递给郝有旺，郝老板想了一下对刘京说："你这一天流水多少钱？"

"我这一天怎么不得两三千的？"

郝有旺从钱包中掏出厚厚一沓现金："来，拿着，今儿我包场，清场。"

刘京看郝有旺出手如此大方，挺开心的，虽然嘴上说"这合适吗？"身体已经往回撤了，"那我安排啊。你们聊你们聊。"

"多谢啊。"郝有旺很周到

郝男儿很不好意思："你这……太……破……费……"郝男儿喜欢帮人，但最怕欠别人人情，瞧着老郝大哥是像有事的样子，急急地问起来："您说吧，有什么事儿？"

"那我就说了，兄弟，我名下有一木器厂，我想你去给我当老板！"

从台球厅开车回来的时候天已经擦黑了，陈云珠并没有在客厅等他，正觉得奇怪，走上二楼，抬头就看见陈云珠像尊佛一样坐在楼梯间的沙发里，旁边就是郝有旺的卧室，陈婆子手里拿着纸条，气定神闲地坐在那儿，胜券在握的样子。郝有旺心里不屑地笑了下，装模作样地说："还没睡？"

"我在等你呀。"也是个阴阳怪气的回答。

"等我干什么呀？"这个装白痴，把戏做足。

陈云珠轻蔑地看了他一眼，又飘走眼神，展开纸条，中气很足又慢条斯理地读着："晓丹，这位先生确实是受我之托前去道歉，希望你能接受我的道歉，宝，我保证以后再也不会惹你生气了！郝有旺。"缓慢的语调似乎不肯让郝有旺有足够的时间去品读这字里行间的趣味，这是彰显胜利的时刻，也是羞辱的好时机。读完了，她假装吃惊地问："郝有旺！这个郝有旺是你吧？"

"这个郝有旺还真的不是我，是我一同名同姓的好哥们。"郝有旺的台词也是憋了很久了。

"这么巧？同名同姓？……没听你说起过啊？"陈云珠瞧不上郝有旺的狡辩。

"我干吗什么事都得向你汇报啊？我告诉你啊……这个郝有旺开了一木器厂，跟咱们公司还有业务往来呢。不过，人家现在改名了，叫郝男儿了。"

陈云珠有点措手不及："那你怎么知道这个纸条就是他写的？"

"因为他的女朋友叫晓丹啊。"这句话郝有旺说得不能更自然了。

接下来自然是几个回合的盘问、反问、诘问，心塞地周旋。陈云珠当然不会这么简单就放过郝有旺，况且明明就是自己占上风的事儿。斗智斗勇斗口才的最终结果是找个日子约郝男儿吃饭，陈云珠要当面验货。

晓丹自打拒绝郝男儿的道歉以来，只想多过点安静日子，没跟郝有旺联系，老老实实在影楼上班，踏实本分。然而，事儿这个东西可不是你想不惹就不惹，它长了一双脚，会主动过来找你。晓丹生活中的重大打击来了，她不但惹了影楼经理，还给惹急了。而且，若是，他没跟郝有旺一样，在一筹莫展的时候去找郝男儿解决问题，或许她只是差点没了工作。但事实是……

晓丹长得漂亮，年轻活泼，打扮又时尚，跟那些拍婚纱照的姑娘们很谈得来，不像经理，徐娘半老的，还不服输，见到年轻漂亮的妹子神采飞扬的脸就嫉妒地浑身脂肪颤三颤。虽然晓丹脸上的胶原蛋白含量甩经理好几条街，但在单位的地位经理甩晓丹好几条街，没办法，人在屋檐下，不得不低头。可是低眉顺眼的不能挡住顾客喜欢她啊。

很偶然的事，有个顾客试完婚纱，点名让晓丹帮她化妆，经理毛遂自荐主动帮她化，惨遭拒绝，却得把彩妆盒奉献出来，供晓丹使用。

经理脸上挂不住，可是顾客大于天，只能差人叫来晓丹。

顾客指着经理的化妆盒说："晓丹，你帮我画，就照三天前你给李小姐化的那样，用这个牌子的眼影吧。"说完就进里面的化妆间去了。

晓丹不懂逢迎之道，又不善揣测体察细微的人情变化，当一般正常工作了，见经理递过盒子来，伸手就要去接。哪里知道经理带着气塞过来的手劲儿太大，晓丹一个没提防，化妆盒就摔在地上，砸得五颜六色甚是讽刺，晓丹吓得赶紧蹲下拾掇。这下经理可找着由头了，借题发挥教训了一顿，核心意思就是攻击晓丹整天举止轻佻、扭捏作态。成日里的妖娆让她本人很不爽，这是影楼，不是夜店，不是谁的脸蛋长得美谁就是老大！骂够了，气顺了，就给调去当保洁员了，算是拔去了肉中刺、眼中钉。

晓丹也只能是郁闷地干了几天保洁员，穿着蓝衬衫、白裤子，如经理所愿，素得淹没进人群里。午餐的时候，小姐妹们凑一块儿闲聊的时候都劝她跟经理道歉。晓丹想想也是，这经理三十八了，一直想成个家，前段终于有个男朋友还吹了，人家找个年轻小姑娘结婚了，她这一肚子怨气不在员工身上找补上哪儿找补去？自己爸妈老师打电话过来问自己过得怎么样，又是催婚又是问工作的，这男朋友的事儿就算了，拖着不说已经够叫他们担心的了，难不成工作的事儿还叫二老揪心？服个软吧，上一回替郝有旺来道歉的那家伙不是声称自己是道歉公司的吗？晓丹找来名片盒，果然翻到了郝男儿送出的不怕烦道歉公司的那张名片。

跟郝有旺不一样的是，她亲自找上门了，按照名片上的地址走到不怕烦道歉公司的前台，为了慎重起见，要跟经理面谈。跟道歉公司经理把前前后后都交代清楚了，做了登记，签了合约，晓丹希望经理给派个业务素质强点的，赶紧把这事儿了了，自己也能正常上班。也该是她倒霉，当时是大中午的，公司里没什么人，也就郝男儿还在工位上，经理把他领出来的时候，晓丹的下巴都要掉了，怎么又是这货，哪哪儿都碰见！就上次他爬窗户的样子，晓丹就觉得这人不靠谱，提着个黑箱子，满嘴胡言乱语的，跟个招摇撞骗的江湖术士似的。礼节性的微笑在见到郝男儿开始就从脸上幻灭。郝男儿也笑了，他是没忍住乐："怎么又是熟人，还不是我业务能力强，都找我来了，嘿嘿。"郝男儿心里的 OS 很傻很天真。

经理一瞧俩人都认识，也就放了心，把登记本递给郝男儿就回去了。

郝男儿是大包大揽地豪气，冲着晓丹说："放心，包在我身上。秦小姐请坐。"

晓丹心里虽然觉得这人靠不住，也只能死马当活马医了，见他这么有自信，多半也受点感染，勉强就坐下。

"怎么能这么巧呢？"郝男儿还在偷着乐。

晓丹苦笑着："大哥你行不行啊？我可是都被分配去拖地板了……你可别再给我搞砸了！"

郝男儿奇怪地看了晓丹一眼，拍着胸脯，跟看笑话似的说："我出面就不会搞砸，我读了特别多的一些什么心理上那个书啊、什么词典哪，我肯定能把你们经理搞定，你们经理这个心态，我太容易解决她的心理疙瘩，你放心吧！"也不知道他哪儿来的这么大自信。

"不管怎么说啊，只要她收下我赔她的化妆盒，这个事就算成了。"

"只要是我出面，你还要赔她化妆盒？我出面就不能让你赔化妆盒！"

"那你什么意思呀？"

"只要是我出面了，我能保证让你们经理她一想，说，你都拖地了，然后，后悔！道歉！"

"跟我啊？"

郝男儿斩钉截铁地说："对！这都不算事。你信我吗？"

"我……"晓丹被唬得一愣一愣的，不敢答应。

郝男儿任性起来："你如果……如果不信我的话，我就干不成这个事情。心诚则灵。"

这大仙神神叨叨的，晓丹也不敢惹他，聊了一些经理的情况就回去了，临行前郝男儿把她送到门口，又撂下一堆豪言壮语，让她踏踏实实回家等，这事也就告一段落了。

晓丹哪里知道，她的担心不是没有道理的，郝男儿不但没帮她回到原来的职位，甚至连保洁员也干不了了，她被影楼给开了，就因为个道歉，卷铺盖走人了。早知如此，还不如不找这祖宗。

其实郝男儿本心是好的，一开始事情进行的也比较顺利，他凭着三寸不烂之舌已经把经理说得很开心了。这经理年轻的时候一直忙事业，觉得强大的物质基础才能给自己安全感，哪知道过了三十五想给自己找个人的时候，差不多年纪的男的都结婚了，剩下的不是有妇之夫就是鸡头鸭脚。她整日里在影楼看见别人试婚纱，一脸闪瞎人的幸福，不免心里失衡。想多和男士亲近吧，也不好意思，到了这年纪了，怕人家说她饥不择食，吃相露在脸上；不主动亲近吧，一熟龄女性还装什么矜持，又不是《匆匆那年》的青涩时代，哪会有巴巴跟在你后头求女神眷顾的无知少年。因为上班的关系，经理每天都穿着黑色西服套裙，职场范儿，显出与员工的不同气场，可被让人窒息的黑色压迫着，这女人也想"丢掉手表再丢外套"，像五月天那样"离开地球表面"一会儿。按说，郝男儿在这时候跟经理聊天套近乎是很讨便宜的，求爷爷告奶奶似的捧着，刚好满足了中年女经理的心理需求。事实上，他上半场也确实发挥得不错，把经理忽悠得云里雾里的，情感护理冲淡了她身上的戾气，脸上挂着少有的祥和微笑，连晓丹都不大仇视了。郝男儿还在那云山雾罩地侃。

"……这姑娘找到我了，我跟你说实话，我不怕你生气啊，一开始是非常气不忿，跟我喧喧喧喧历数了整个她认为的是非对错，理好像全在她这儿，我说这样啊，我说晓丹，我们现在都冷静下来，你哪怕把眼睛闭上，你数十个数，我给你放首轻音乐，你听一下，一下子安静下来，没有那么浮躁了，年轻人的问题就是在于浮躁，我说咱们再把这件事情客观地讲一遍，等她讲完了之后，她忽然发现了一点，原来其实很多错误是自己造成的，原来是她委屈了自己的经理，所以说呢，她现在就……那天跟我说的时候，一边说一边哭，鼻涕一把泪一把，非常后悔！所以说她又不好意思，因为你也知道，小姑娘嘛，她有一个面子问题，我说怎么办啊？没关系，我替你出面，但是啊，秦晓丹，我替你打开这个缺口，不是说剩下的事情都要我替你来完成，人生的路你还得是自己走，她说我认识到自己的错误了，那么我一定去跟我的经理认真地道歉。她特意去最好的地方买了一个她认为的最好的化妆盒，一定要让我亲手带给你，先表示一个诚意。"

"其实这化妆盒值不了几个钱，既然是错了，知错就改是好孩子。"经理笑眯眯的。

"那你先把这个化妆盒收着。"

"不用不用。要不这样吧，帮我还给晓丹吧，好吧？"经理连连摆着手。

"好好好。那这样，消气了没有？"

"消气儿啦！"

两人又是一阵开怀大笑。郝男儿谈妥了，让经理在合约上签好字，这就算道歉成功了。

按说，事情到这儿结束就是个最好的 happy ending。古人说适可而止是有道理的，水满则溢，水多了都要涌出来，这人的热情过了，也没什么好果子结。

两人都对对方很满意，经理一直把郝男儿送到影楼门口，一路上互相恭维着，倒也其乐融融、各取所需。

"郝先生，你真不是一般人啊！"

"哪有哪有。"

"太高尚了，真的，你要忍常人所不能忍之气，说常人不能说之言。"

郝男儿认同："大姐啊，你是我第一个，什么样的客户呢？就是我们服务完毕之后，能够非常理智和深刻地对我的职业做出一个评价的人。"

这临走到门口了，郝男儿被认同感冲昏了头脑，主动要求给经理一个追加服务。经理当然愿闻其详。郝男儿就开始瞎扯了，他从晓丹那里听到这经理大姐因为跟前男友分手，打击挺大的，想帮大姐解开这个心结。可是他一从自己的角度出发谈问题就好当导师，没个章法分寸。上来就噼里啪啦一阵揭人家伤疤。

"好！你知道为什么你最近脾气这么暴躁？而且一暴躁就容易对周围的人发脾气吗？"

"为什么呀？"

"因为你遇到事了！"郝男儿还故作神秘，放低了声音说："咱们以前说算命瞎子能看出来，说是人哪印堂发暗两眼无神……我不靠这个，我是研究心理的，我是对你做了一个深入的调查分析，你遇到事了！这个事你知道、我知道、还有那么一个他知道，这个他就是你的前男友。"

"前……"郝男儿慷慨激昂，小宇宙爆发的时候别人压根插不上话。

"他把你甩啦！对不对吧？我说的对不对？我猜对啦！"

影楼经理 hold 不住了，明显恼了的样子："你怎么说话的呀？什么叫我被人甩了？"

郝男儿没意识到自己踩中地雷，反而觉得自己命中了问题核心，愈加兴奋地手舞足蹈："因为你男朋友把你给甩了，所以你内分泌就紊乱了，你就失调了，你就不正常了。你不是一个正常的女人了！于是你就开始对周围的人发脾气，对不对？"

影楼经理几乎要怒吼出来："听谁说的？"

"本来就是！我调查了啊。我渠道那是非常丰富的！是不是吧？我是不是说对啦？你看，你别不好意思，你跟老弟有什么话说什么，天上飘着五个字：这都不是事！老弟可以帮你解决！老弟可以去跟他谈，让你们俩重新复合！你听我说啊……"

经理生气地打断他："别说了别说了！"

郝男儿："不，大姐，你得听我说。为什么呢？因为你浑身……"

经理："咱别说了行不？"

郝男儿："为什么不说呀？咱们得把这个事情谈透，咱们这样，咱们回去，咱们再……"

经理已经怒不可遏了，推着郝男儿就往外走："您请吧！好吧？你给我走！我这儿不欢迎你！"推到玻璃门外扭头就回去了。

郝男儿到现在都没发现自己闯祸了，还在那滔滔不绝："你知道吗？大姐啊，面对自己你才能勇于发现问题，你要不解决问题的话，你以后所有的男朋友都离你而去，你永远这一辈子单身，你乐意吗大姐？狗咬吕洞宾，不识好人心！"说到后来正义感爆棚，大摇大摆地离开了。

晓丹可就惨了，经理第一时间找到正在做保洁的晓丹，歇斯底里地喊："秦晓丹！你竟然敢找人来羞辱我！你马上收拾东西给我滚蛋！立刻！马上！给我滚！"可怜的女人，也是戳到她伤口了。

晓丹不明所以，但大概也知道这位郝男儿仁兄又给搞砸了，这次是连后路一锅端了，晓丹有气撒不出，郁闷到无语。收拾收拾东西，捧着盒子一个人走出影楼大门的时候，郝男儿还坐在影楼门口等着她。晓丹一眼也不想多看这货，恨不得绕路走。

郝男儿不识趣地上前讨骂："怎么样？给你道歉了吗？是不是化妆盒还给你啦？是不是啊？是不是跟你道歉啦？我只要——……"

晓丹气得说不出话啦，根本不理郝男儿，径直往前走。郝男儿看到她抱着个纸箱子走出来，总算是明白被开除了，又开启絮叨的安慰模式："我都不明白，你说我说错什么啦？太奇怪了！我是不是为她好？你说？狗咬吕洞宾，不识好人心！你说这吃亏在眼前呐，哪能这样呢？你说得太对了！你们经理是有问题的！但是，你没事，你别……我很内疚啊，但是真的，你放心，我把你工作弄没了，我肯定给你负责到底！好不好？"

晓丹本来心情就不好，他这么一路跟着聒噪，愈加烦闷。事情都到这个地步，追究这货责任也没什么意义了，只是那两道囧眉在眼前晃来晃去，嘴里叽叽喳喳跟小鸡仔啄食似的高频无序，实在让人心烦。晓丹只想自己静会儿，她站住脚，冷冷地回头看着郝男儿："你别跟着我了，行吗？"

"我得跟着你啊，我有售后服务的呀！咱们得把这个事讲清楚了，你现在不是难受吗？对不对？因为我的过错，行！就算我多嘴，咱不考虑那个精神病经理了，没关系啊，咱们想办法，我现在就有一个好办法啊，你可以到我们的这个道歉公司来啊，你就可以做一个情感护理师啊！你不会是吧？不会没关系，我可以教你啊，对不对？我一定让你出徒啊！"

"天哪！这是哪里来的奇葩！"晓丹心里叫苦不迭，"把我连累了还不边上凉快去，接着还折磨我神经，这货产自何方啊？"想归想，晓丹嘴里没有那么缺德，无奈地跟郝男儿说："大哥……我没得罪你吧？"

"没有，啥意思？"

"离！我！远！点！"晓丹病猫发威变老虎，郝男儿被吓愣在原地了，晓丹耗尽心力，寄托无限怨气于眼神中鄙视了他一眼，就头也不回得径直走了。

梁子结这么深了，晓丹怎么会同意跟郝男儿假扮情侣，但，郝有旺觉得自己有办法让晓丹答应。凭什么，一是感情，二是经验。晓丹对自己的爱很真挚，这一点自己能感觉到，要不然也不会拿青春跟他耗着；另外，从以往争辩的经验上看，晓丹最终的顺从概率是相当高的。郝有旺坐在自己书房沙发上抽着雪茄，青灰色的烟盘旋缭绕，像他的心思一样纵深蜿蜒。他想当然的估计并没有错，即便这一次，晓丹已经被郝男儿的倒忙给整到没了工作，她还是愿意给郝有旺一次机会尝试一下，毕竟，她太渴望一段稍微正常点的恋爱关系了。所谓成也萧何败萧何，郝男儿虽然在前面搅了局，然而在某天的关键性会面上，他却像一部闲棋突然杀出来，"挽狂澜于既倒，扶大厦之将倾"，帮了他老郝哥哥一个大忙，也让晓丹回心转意，将计就计地陪他们唱这场戏。

服务员还是很礼貌的:"对不起先生,我们这是西餐厅,不是快餐厅,所以没有巨无霸。"

"那我来个全家桶!"清脆的声音在有着十九世纪装修风格的大堂响起来,也是小清新加重口味地混搭了一把。

郝有旺心里骂了好几遍孙子。

8. 鸿门宴不一定是坏结果

陈云珠要是想观察一个人,一定会请他吃饭,吃饭能探出一个人的出身,听出一个人的口才,试出一个人的脑子,拎拎一个人的分量,也能看清一个人的真假。她喜欢在饭桌上问很多问题,营造出表面愉快的交谈氛围,实则你任何一个动作变化都会入得她的法眼,提交CPU中心,成为数据分析的重要材料。饭桌上是一个人最轻松、放纵口腹之欲的地方,也往往最容易露出马脚,除非全场都是食不甘味,如坐针毡。

郝男儿一开始的确是有点战战兢兢,可是一次两次三次的饭局有惊无险地过了,也就放开怀畅享美味了。对付陈云珠他找到了诀窍,欺负她年龄大,记忆力不比年轻人,就放之四海的胡说海吹起来,一顿神侃,侃晕为止,到后来她都不记得到底她问的是什么,为什么回到这个话题上来,CPU暂时卡死就可以专心吃饭了。还别说,郝男儿就是凭着这本事让陈云珠虽然疑虑重重,也没有死角可以突破,这就好比你看着一块被面,虽然上面满是补丁,一看就是老旧的东西,可是拆拆补补的东西你怎么扯,也找不到一个洞,竟然是比新布还扎实,陈云珠的郁闷和尴尬就在这儿,像足球场上被后卫贴防的前锋,没法子张牙舞爪。

而对于郝男儿来说,把好事搞砸,给坏事带来转机似乎是一门特长。假厂长、假情侣计划原本只是他和郝有旺俩人一厢情愿。两个关键性的人,陈云珠和秦晓丹都没搞定。解决这两个人可没那么容易。然而万事万物都有缘法，陈云珠请客吃饭是为了让郝有旺现形，可郝男儿替他老郝大哥瞒天过海，暂时把纸条的事儿给圆过去了。而另一件，也正是因为陈云珠在郝有旺和晓丹单独见面的时候突然杀出来，咄咄逼人，才让晓丹真心设身处地地感受到郝有旺的辛苦，而郝男儿的力挽狂澜才在她心中显示出善意与友好来。

对陈云珠来说，事情的发展并不一定都会顺着预测的方向前进。而对于郝男儿来说，并非所有的鸿门宴都会有坏结果。

郝男儿第一次与陈云珠的碰面是在"马克西姆"西餐厅。郝有旺挑的地方。自从上次纸条的事情结束以后，陈云珠对于和这位木器厂老板，并且称呼女朋友为"宝"的"郝有旺"的会面显得急不可耐，虽然她姐夫以各种事由拖延着约会的时间，她却是执著地记着，再三地催着。终于，郝有旺实在被催烦了，早晚也是要面对，就约上郝男儿出来见了，当着陈云珠的面打的电话，得选个与老板身份相称的地方。可是他忽略了在郝男儿的概念里，西餐和西式快餐是没有区别的，西餐就等于麦当劳肯德基的麻辣鸡翅汉堡包，最多也就是必胜客的比萨饼。他要是能想到这一点，估计就干脆换个火锅店了。

郝有旺电话打来的时候，郝男儿正准备把协议书碎片扔在垃圾箱。一听有正事，就拎着他的黑皮箱又急急赶过去了。可想而知，等他到的时候POLO衫被挤得皱皱巴巴，随身还拎着黑皮箱，像俄罗斯小说中的职员，又像是卓别林黑白电影里的经典形象。因为公交车堵车，这地方他又不熟悉，险险地踩点到了，餐厅里，郝有旺和陈云珠早就坐那儿等着了。郝男儿坐下就不停道歉。

"对不起对不起，这个地方太难找了！对不起对不起。"

陈云珠眼珠子转个不停，脑子也跟着转个不停。这人倒是挺谦和的，但为免也太没架子了吧，不像个老板，倒像个跑前跑后的小业务员。POLO衫是土煞煞的玫粉色，还皱巴巴的，毫无品质，还有那大黑箱子，简直就是个技工师傅嘛。看看郝有旺，虽然也是个穷人底子，但这几年在富豪圈里浸泡久了，身上的草根气也就渐渐淡了，一件速写卡其格子男装夹克，显得精神又清爽。反观这个郝男儿实在是可疑，"马克西姆"滨海市就只这一家，怎么会难找，难道以前没来过，坐下来就气喘吁吁，跑了很久的样子，不会打车来的吧。

心在肚子里兜了一圈还是先要名片为妙，先看看什么企业，规模多大，可别是郝有旺随便找个人来骗我的。

"郝老板，你的名片也给我一张吧，也许咱们以后也会联系呢。"

郝男儿开始假模假式的掏兜，把POLO衫口袋，裤子口袋都搜遍了，做出恍然大悟的样子："哟！都发出去了，你说我今天为什么来晚啊？我刚才，我去了几个……几十个厂，每一家的老板啊、总经理助理啊都跟我要这个名片，我挨个发发发发发，全发完了，今天就是不巧。"

陈云珠想看看他的笔迹和那天的字条是不是一样，想让郝男儿写字："来，你把电话和地址给我写一个。"

"好！"郝男儿先是很爽快，接过纸笔就准备写，眼看着郝有旺给他使眼色，一下反应过来了，很机灵地拿起手机说："陈大姐，你out（落伍）了，你看啊，这是您的二维码，咱们互相扫一下二维码就加上了。"

陈云珠没得逗只好闲聊别的套话："郝老板你还蛮时尚的啊。怎么样？我给你选的这个地方？还满意吧？"

"是啊！这是，我跟你说我从来……太高级了这个地方！特别高级！"郝男儿虽然故作镇定，尽量显得礼貌又有气场，但一不小心就说秃噜嘴了，郝有旺看着担惊受怕的，赶紧叫服务员来点菜。

郝男儿是吃货，中午又没吃，还想显得自己大老板气魄自如，很云淡风轻地跟服务员比划了一个圆圈："我先点一个啊，我想点一个超级至尊！不不不，我要一个巨无霸的汉堡包。"

郝有旺的眼镜快要跌到下巴了，陈云珠更加狐疑，眼神直勾勾地，像无数把尖锐的小匕首，恨不得把郝男儿剥个干净。

服务员还是很礼貌的："对不起先生，我们这是西餐厅，不是快餐厅，所以没有巨无霸。"

"那我来个全家桶！"清脆的声音在有着十九世纪装修风格的大堂响起来，也是小清新加重口味地混搭了一把。

郝有旺心里骂了好几遍孙子，还是得出来圆场。

"不是，服务员，开玩笑的。来三份经典套餐。这样咱们冷菜、主菜到甜品，咱们都有了。来三份经典套餐。"

服务员走了之后陈云珠接着打听:"郝老板，你看，你跟我姐夫吧同名同姓的，真是缘分不浅，说说看你们是怎么认识的？"

郝有旺头上冷汗涔涔，紧张地看向郝男儿，生怕他说错话。

"我们俩认识，小孩没娘，说来话长。"郝男儿没头没脑就来了这么一句，"具体怎么认识的呢？你相信缘分吗？"

"信啊。"

神侃模式自动开启:"你信缘分就对了，你说我们两个人啊，太邪门了，茫茫人海，本来同名同姓的人就很少，碰上了，这个东西太不容易了，它靠的是什么？靠的就是缘分，对不对？我第一次见他，我跟你说啊，陈大姐，似曾相识，绝不仅仅说名字，同名同姓！连字都不差一个！最重要的是什么呢？好像我俩还挺像的，你发现没有？"

陈云珠被郝男儿侃得有点蒙:"像吗？"

郝有旺赶紧说:"像！像啊！像吧？对呀，是挺像的啊。"

郝男儿傻笑。

"我觉得你俩不像。"

哪知道郝男儿很顺利地接茬了:"你觉得不像就对了！你知道为什么你觉得我们俩不像吗？"

陈云珠劈头问道:"为什么？"

郝男儿一时词穷，脑子却飞快地转着，一边绞尽脑汁一边组织语言:"小孩刚生出来的时候都挺像的，男孩女孩都分不清楚，为什么说后来不像了呢？……因为后来性格不一样了。因为人这个性格是影响五官的走向的，这个东西，心理学范畴，我研究过。我那个时候做情感……"一个不小心又差点说秃噜嘴，郝男儿赶紧改口:"就是有一个情况的、一个调查的时候我就发现了这个道理，就是……它是……你看我俩，小的时候肯定是特别像的，好得跟穿一条裤子似的，恨不得就是双胞胎兄弟了，就是因为长大之后，性格分裂了，我俩就成两个人了。对不对？它是这么个道理！"

陈云珠的 CPU 高速运转久了，有点疲劳，跟不上趟，觉得这人太能绕了，难道是干推销的？

"郝老板，我看你的性格不像做生意的。说说看，你们厂的产值是多少？"

"产什么？"

"产值！"

郝有旺见他老弟露怯，立马过来："云珠啊，人家郝老板一年赚的钱肯定比咱们多。"

陈云珠不依不饶："那多多少才算多啊？郝老板？"

"我也好奇你们的产值到底是多少？"郝男儿急中生智，以其道还制其身。

郝有旺摆着手，笑着摇头："郝老板，这可是商业秘密我不能说啊。"

"哦，到你们家是商业秘密，到我们家就必须得说，那我不干呢！我也是商业秘密，对不对？我多鸡贼啊，我才不告诉你呢。我也是商业秘密。"这货说罢还得意地笑起来，甚是可爱。

郝男儿见对方没有反击，估计自己的话有效，就又放开了扯起来："我跟你说啊，现在是这样，我们现在把生意做成了这个样子，谁家是一定要为了以挣钱为唯一目的吗？反正我不是这样的，钱不重要，真的。我一不缺吃，二不愁喝，钱对我来讲就是粪土。我以前……我跟你说……前两天，我拿了一万块钱，我觉得这有什么了不起的，这就是一块板砖，你放在我这儿什么都不是，我太不在乎这个东西了。我是一个自由的人，我是一个沿途看风景的人，真的，我是一个超自由的人。"哥们儿越说越兴奋："就是 free! I want free! 对吧，You know? 之后呢，我就这么想，说做生意这一块儿我要图自己的快乐，如果说这单生意我不喜欢它，它让我挣多少钱，我不做！没关系，不差这点钱！但如果这单生意我喜欢，尤其是合作，我高兴，赔钱，我做！It's me! So easy！"

陈云珠莞尔一笑："郝老板，赔钱的生意你也做？"

"必须做！"

"那你女朋友怎么看？"陈云珠趁机一问。

郝男儿没反应过来，脱口而出："哪有女朋……"话一出口，他就意识到自己犯了错误。他把脸埋在手掌中，绞尽脑汁想法子补救。

郝有旺赶紧打圆场："郝老板，你太会开玩笑了！你没女朋友？那晓丹是谁？难不成是我女朋友？"

郝男儿定了定神，把脸从手掌中抬起来，接住话茬就说："你是我哥，我是你弟，咱这个玩笑开不得啊！我跟晓丹当然是一对，但是她绝对不是我女朋友。"

"那她是你什么啊？"

"她是我的 god! 我跟她叫我亲爱的 oh my god! 她是我的上帝！"

郝有旺打趣地跟郝男儿说："郝老板真浪漫，下次可得把你的 god 带出来大家一起吃饭啊……"

虽然三人各怀心事，气氛诡异，但好歹这顿饭还是给圆过去了，没什么大的灾难性失误发生。

陈云珠回去以后反复琢磨，总觉得这个郝男儿太不靠谱了，哪哪都不对劲儿，疑点太多，像剧院的临演。可怜的女人回来使劲回忆所有对话过程中的细节，也号不着这位仁兄的脉，只能干着急。

郝有旺小姨子这边好歹是糊弄过去了，可是这晓丹自打上次的事儿之后，压根就把郝男儿当霉神一样敬而远之，恨不得走路都离得八丈远。可是郝有旺这事儿必须得晓丹同意，愿意配合，戏才能接着往下唱。郝有旺决定继续打苦情牌。打这副牌需要彼此面对面，可看可听可感。在电话里多少有点隔膜，郝有旺决定把晓丹约出来单独谈。可能是太着急了，郝有旺的卧室门没关好，恰好有个缝，陈云珠看见他姐夫猫着腰打电话，像是又要筹划什么事的样子，就在门缝里瞅着。要是郝男儿在这儿，肯定又得感叹有钱人的日子怎么过成这样了，为了点遗产，一个人弯腰折背、鬼鬼祟祟；一个人鬼使神差地扒在门缝里偷看，其实到头来，谁没了那钱，也不会活不下去，只不过是欲望的无穷生长而已。所谓无欲才能无求，才能得自在身，又有多少人能做到像郝男儿那样一路淡泊宁静地看风景呢？

郝有旺约晓丹在之前常去的咖啡店见面。急匆匆地下楼开车，陈云珠一路尾随跟着，直到郝有旺进了屋子，她坐在车里，透过前挡风玻璃和咖啡厅的玻璃，看到郝有旺和一个高挑瘦削的女孩儿相对而坐。过了一会儿似乎还站起来争吵，举止很是亲昵，陈云珠觉得时机已到。冷笑一声："郝有旺，终于让我抓住你了！我看你还有什么话说！"下了车雄赳赳气昂昂地、迈着正义的步伐往咖啡店走去。

其实，晓丹和郝有旺谈得并不好，这一次晓丹的态度比较强硬，要么就名正言顺地谈恋爱，要么各走各的道，谁也别耽误谁。晓丹是敢爱敢恨的姑娘，要是真下了决心，做事就不会拖泥带水，郝有旺有点怕了，他拿来说事扮可怜的无非就是陈云珠怎么监视他，他是怎么样的腹背受敌，就是这样艰难，他还是要保住他和晓丹的未来，而他和晓丹的未来就指着那些近在咫尺的银子。绕来绕去，还是钱的事儿。晓丹最烦郝有旺这样，就好像钱比自己重要一样，晓丹觉得自己已经跟郝有旺说了几个世纪的道理了，可是就从来都没有把这个道理说通过。晓丹真心委屈，现在不但接着跟自己小姨子斗，还把一个莫名其妙的人搅和到他们俩的关系中去，搞什么假扮情侣，这不是天方夜谭是什么？这创意，叫人怎么接受？

秦晓丹越想越是怒火中烧，她虽然心直口快，是个真性情的姑娘，但对别人都比较有礼貌，哪怕再生气，最多不搭理人家，但他郝有旺是自己的爱人，有这么不靠谱的想法简直不可原谅，她赌气地说："现在摆在你面前的只有两条路，要么就别争遗产了，踏踏实实在一起，要么就别一起过了！"

"晓丹，你看，你以为我不想名正言顺吗？你总得给我点时间吧，我不能随随便便就把那钱给别人了。"郝有旺的解释还是那些老到陈腐的烂理由，政府工作会议都比他有新意。

"你的理解力怎么这么差呢？我都已经跟你说了多少遍了，我不在乎钱，你就把那点家产分给陈云珠一半又能怎么样？现在是你自己在钻牛角尖，我告诉你，如果你再这样的话，我跟你耗不起！"

"我的大小姐，那哪是一点钱啊？我跟你说，这些钱足够咱们俩潇潇洒洒地过后半辈子，别说下半辈子，下下辈子都没问题！"

多么熟悉的对话模式。晓丹看着眼前这个八头牛都拽不回来的人，觉得多说也是无益了。拎着包起身就要走："合着刚才我那些话都白说了，你愿意跟你那小姨子耗着，那你就耗着，别拉着我！"

郝有旺当然不能让他走，少不得一番拉拉扯扯。陈云珠就在这个时候适时地出现了。一般女生在闹别扭的时候，与伴侣忸怩推阻是常态，她虽然是要挣脱开去，但往往更想要的是男士控制他的力量，她会感受到挽留和一种不可逆的性感。而如果这个男士不去拦住她，任由着她的性子逃走，反而会让女士有一份说不出的失落。郝有旺的手突然松了，这让晓丹心里一惊。

"我可是人赃俱获啊！"陈云珠的珍珠耳环都要得意的颤动起来。

晓丹在那一刻体会到了郝有旺被压迫的苦闷，她很心疼自己的男朋友，母性的慈悲瞬间就由五内泛滥开来。

"谢谢老郝大哥！谢谢老郝大哥！"郝男儿的声音几乎和陈云珠一前一后，刚好解决了这一秒钟令人尴尬的沉默。

郝有旺总算舒了口气。

郝男儿又是跑进来的，气喘吁吁地说："你说说，我们俩吵个架，让你们俩，你说折腾成这样，对不起啊，对不起！"

郝有旺、陈云珠、晓丹都有点懵。

郝男儿走过来拉住晓丹的手："你说说你、你干什么呢？为什么一吵架你就跟我说狠话，打电话不接，发短信不回，你要干吗你说？吓死我了！要不是人家老郝大哥告诉我说碰着你了，巧遇了，你就在这儿，我不急死了？你说我上吊的心都有了！哪能这样呢你？！"

郝有旺反应过来，接过话茬："对呀，晓丹姑娘，你不能一生气就离家出走嘛，幸亏今天我在这儿碰到你了，对不对？给郝老板打个电话，要不他知道你在哪儿，他哪儿找你去啊？"

俩人一唱一和的，算是把这个围又给解了。晓丹也就坡下驴，让郝男儿拉着自己的手，低着头不说话。

郝男儿还接着编，跟陈云珠说："把大姐也折腾来了，真是不好意思，你瞧瞧，都是小事……让我这心里多过意不去……"说着也就拉着晓丹的手先撤了。郝男儿和秦晓丹的友谊在这一次拉手奔跑中算是正式建立起来了。郝男儿拉着他未来的合作伙伴穿过马路，穿过草坪花坛，终于可以慢下来了，好像经过一次逃亡，以前的事儿和不好的情绪都随着这次奔跑一笔勾销了。也真是晓丹这姑娘快意恩仇，不计较过去的事儿，郝男儿心里挺感激的，报答的方式就是跑步的速率完全由晓丹来控制，一下子慢点一下子快点，后来晓丹压根累得喘不上气了，干脆提着高跟鞋光脚和郝男儿走在一起。

晓丹觉得很奇怪，为什么郝男儿刚才会出现。

郝男儿跟她说得很详细："老郝大哥跟我说要咱们仨一块儿谈一谈嘛，

我就来啦,我来了之后我从窗外边一看,人家俩人聊得挺好的,那我进来搅什么局啊,算了。结果没想到我忽然看见谁的车呢?就是陈云珠的车!我看陈云珠下来往里边走,我一看,坏了,这要坏菜!我说这不行啊,所以我就进来了,这种东西就是这样,来得早不如来得巧,多亏我来了,你们可以不谢我,但是我心里会感谢我自己。"这货有的时候虽然贱,但就今天发挥的作用而言,真值得手动点赞。

秦晓丹生活的环境里,无论是工作还是爱情,都是功利算计得多,无论什么事,都掂量一遍,一本万利的才做,他见郝男儿主动往火坑里跳,心里小小地震动了一下。

"你这人可真够逗的,这是什么好事啊?别人躲都躲不及的,你倒好,拼命地往里钻,你图什么呀?"

"我是一个沿途看风景的人,我就想沿途看的都是好的风景,美的风景,但是如果说路上的风景不好看,那我也不愉悦,谁不想看好风景啊?我就见不得这个不平的事,我就见不得人欺负人的事,我觉得陈云珠太欺负人了,没这么干的,她不能这么欺负你和老郝大哥,所以我就路见不平,我拔刀相助!这个事如果说我把它成功解决了,我愉悦了,风景美好了,我就开心了!就这样。我是觉得我喜欢你们两个人,我不喜欢陈云珠,如果是在一个电视剧里面,陈云珠就是恶人,你们俩就是好人,然后我希望你们俩能够像所有的电视剧那样,开出一个圆满的结果!开花结果!大团圆!"

"开花结果?"秦晓丹很惊讶,从来都没人看好他们两个,无论是年龄差,还是他男朋友那个复杂的身份背景,或者他家那单薄地只有两个主角的家庭宫斗剧而言,从来都没有人看好他们,并把他们的爱视作是纯洁的。

秦晓丹心里划过一丝感动:"你是第一个这么说的人。所有人都觉得郝有旺是图我的色,我是图他的钱。"晓丹不知道自己怎么就愿意敞开胸怀,把心里的纠缠与不顺畅说与郝男儿听。这或许就是一个契机,让她感到郝男儿是值得信任的,又或许是她实在是太需要一个出口了。

"其实我没有,我真的没有,我是喜欢他,我希望他能够堂堂正正地跟所有人说我是他女朋友,但是他没有。他……"晓丹说动情了"今天我本来挺生气的,但是心里又特别地矛盾,因为当我看到陈云珠追过来的时候,看她咄咄逼人的那个样子,我挺心疼郝有旺的。"

郝男儿点点头,很认同地说:"你看,所以说你们俩是真爱呢,他又重情重义,你又这么单纯,你说谁女孩家能这么跟他耗?对不对?真挺不容易,所以我一定要帮你们,我刚才跑的路上我就在想,要不然我们索性顺水推舟,就坡下驴,将计就计,我们就扮演一对男女朋友,我觉得这个主意挺好的,真的你好好考虑一下,反正陈云珠也都看见了,这样的话好办事,对你是好事,对老郝大哥是好事,对我也是好事,因为我高兴!那反过来说,对陈云珠难道不是好事吗?她那样天天这么琢磨来琢磨去的,多累啊!反正这个事情你回去好好考虑,说不说在我,听不听在你,好吧?"

可能是情感护理职业的关系,在郝男儿不急着当导师,而只是引导别人说话的时候,他会给人一种强大的信任感,让人愿意把自己受伤的情感碎片奉献出来,希望能够修复缝合,恢复到一副完整的拼图。晓丹对郝男儿已经有了这样的信任,可见,她其实已经不是很排斥假冒情侣的事情了。毕竟,她亲眼见到陈云珠的强势,在自己能做到的范围内,能够多体谅郝有旺一些,晓丹还是愿意的。

陈云珠连连扑了两个空,很不甘心,她又开始筹划把郝男儿和秦晓丹两人一起约出来吃饭,这一回,她得好好看看,是不是真情侣,总有些蛛丝马迹的。

晓丹讨厌自己的意志薄弱。她知道自己既然答应了郝有旺的要求(在陈云珠面前与郝男儿假扮情侣),少不得要见面伪装说些敷衍的话,她小姨子也是真火急火燎的,这才几天,就要约她和郝男儿吃饭,准是在家里琢磨地食不甘味。虽然都是意料之中的事儿,可是这样被动地接受安排调度,晓丹还是不乐意,打心眼里抗拒。所以在郝有旺打来电话的时候,她故意答应得不那么痛快,听着郝有旺又拿自己的辛苦撒娇卖萌,什么鱼尾纹啊,掉头发啊之类,晓丹心里觉得好笑,嘴上也就松口了,嗔怪着打趣一番也就挂了电话。

这一次定的是一家川菜馆,位子定在二楼。郝有旺朝楼下望,瞧见郝男儿和晓丹一前一后走着,中间空着很大一段距离。晓丹上楼梯,磕了一下,郝有旺心里咯噔一下,那郝男儿就像没看见一样,没心没肺的毫不关心。

陈云珠也觉得可疑,偏过头来试探郝有旺:"你看他俩是不是不太正常啊？"

"怎么不正常了？"

"女朋友摔倒了郝老板都不去扶一下？"陈云珠的视线还是盯着郝有旺。

"你怎么那么愿意瞎联系啊，没准人家小两口出来之前又吵架了。我告诉你，一会儿人上来的时候你可千万别问人家，多尴尬！"

郝男儿和晓丹走上楼来，俩人之间仍旧隔了一段距离。郝有旺迎到楼梯口："郝老板！慢一点，台阶比较陡啊。"

三人寒暄着走到桌边坐下。

郝男儿上次点菜出了洋相，这次上来就说："这个地方我常来。我老到这儿吃西餐。"

"可这是川菜啊！"陈云珠莫名其妙。

郝有旺赶紧打圆场："以前是做西餐的。"

晓丹赶忙附和："对对对。"

陈云珠单刀直入，直接和晓丹聊："晓丹啊，上次真是不好意思啊，不会见怪吧？"

"没有没有没有。"

"那就好。这顿饭就算我给你们俩赔礼啦……"陈云珠白了一眼郝有旺："你看，本来吧，是挺好一件事啊，主要是怪我姐夫，他老是偷偷摸摸的，总是让人怀疑。"陈云珠嘴里说着话，目光在郝有旺、晓丹和郝男儿三个人之间切换。

晓丹应付着："这多不好意思……"

郝有旺受不了陈云珠眼神的步步紧逼，尽量的转移话题打圆场，招呼着点菜。

郝男儿在点菜的问题上又捅娄子了，频频踩到雷区。这一回是川菜，陈云珠想试试郝男儿对女朋友的了解："晓丹能吃辣椒吗？"

"能！"

"不……"一男一女两个声音几乎在同一时间响起来。

郝男儿知道自己说错了，手托着腮假装看窗外的风景。晓丹低头也很尴尬。

陈云珠追问："是能还是不能啊？"

郝男儿抢着救场："有辣椒的时候就能吃。这儿有辣椒吗？"
"太好了，川菜每盘菜都有辣椒！"
晓丹也没有办法，也只有附和着："好、好极了！"
点完了菜之后，陈云珠又想挖掘郝男儿的恋爱史，又问两人认识的罗曼史，又问谈恋爱的时间，这其实已经有点过了，很没礼貌，但陈云珠仗着郝有旺忌惮他，越发肆无忌惮地盘问。

无论任何一项需要合作的项目，磨合期都是非常必要的，郝男儿和秦晓丹这么赶鸭子上架，肯定要露出马脚的。首先关于认识的时间，两人的说法就不一致，一个说三年，一个说三个月。支支吾吾的，还是晓丹当机立断，说出三年零三个月，堵住陈云珠的质疑。又问认识的地方，郝男儿挠头，晓丹努嘴，你推给我，我推给你，没一个肯接这烂摊子。陈云珠灼烈的目光扫过来，实在是没法躲。晓丹只好接茬。郝男儿跟着敲敲边鼓，应和着。

"就是我有一个邻居啊……很讨厌，那天……有一天发现他在我们家小区外面大喊大叫……"

郝男儿帮腔："对，我在窗户外边，对，就是有这么个邻居，她呢……她觉得她不舒服，欺负她了，她说这个邻居怎么的？"

"不靠谱！脾气很差！"

"对，完了我就去道歉去了，我认识这个邻居，就是这样，完了还被邻居给泼了水。"

"你们认识得真有意思。那打算什么时候结婚啊？"陈云珠总觉得俩人是瞎编的，嘴上跑火车，索性问起婚期来。

郝男儿也一时语塞，看看坐在对面的郝有旺，又看看坐在一旁的秦晓丹，不知什么给了他灵感，突然爆发出一阵诡异的大笑。

郝有旺不知所措，也陪着干笑了两声。

"你怎么一说结婚就乐成这样啊？"陈云珠饶有兴趣地看着他。

晓丹看着他笑得扭曲那样，都要跪了，只好跟陈云珠解释："他一提结婚都这样，没个正形，您见笑了，大姐。"

"为啥呀？"陈云珠很诧异。

"因为、因为这个我做不了主。这个……我们也没有想好。因为我、我是个孤儿,我无父无母,所以一直没有人来帮我出谋划策,但是我最近,我这不是认识老郝大哥了嘛,我们俩一见如故,我把他当亲、亲大哥。"郝男儿嗖一下把包袱抛给郝有旺了。

他专注而含情脉脉地对郝有旺看着:"长兄如父!这事我得问问我大哥,你觉得我们俩什么时候结婚好呢?"

郝有旺窘坏了,看完《午夜凶铃》的惊悚的脸都没法表达郝有旺被玩坏的可怜表情:"我?!我说你们……是……不是……你看你们这小两口的事,还是你们自己决定吧。"

晓丹抓住这话柄就不依不饶地问:"那哪儿成啊,郝大哥,我们的事您最清楚了,您说是不是啊?"

郝有旺也只能接茬:"我听出来了,兄弟,这晓丹姑娘有点逼婚的意思啊!"

"你才逼婚呢!"晓丹恼了,分明借着别人的锣敲自己的鼓嘛。

郝有旺知道晓丹不高兴了,话里有话地说:"晓丹姑娘,就算你不高兴了,我也得替我这兄弟说两句话。他不是不想跟你结婚,你也知道,郝老板,事业型的,对不对?他是希望用这个两三年把自己的事业做强做大,将来给你更幸福的生活。"

郝男儿赶忙说:"我就是这个意思其实。我、我、我也想给她更多的一个、幸福的一个保障。"

晓丹面上看着郝男儿,心里是在向郝有旺发难:"老郝,那我得问问你了,如果现在我不想要物质生活,我只想要感情生活,我就想踏踏实实地过日子,你给不给?!"

郝有旺满面的愁容像葡萄架上结满的硕果,饱满拥挤,独具喜感。

郝男儿脑子在飞快地转着,他不想让老郝大哥为难,再这么争下去就没个了结了,只好牺牲晓丹了。他决定拿出大老爷们的身份来压一压晓丹。

郝男儿假装生气,拍着桌子朝晓丹吼:"我、我就不、不喜欢你这一点,家里边有点什么摩擦你就要吵,到了外面你还是当着朋友的面你还是要吵,你能不能给我一点面子?有意思吗这样?"

郝男儿越说越生气,虽然知道老弟在帮自己,但郝有旺眼看着平时被自己捧在手心里的姑娘被别人一个劲儿数落，心里可不忍心，他郝男儿是个什么东西，哪来的本事这么欺负我的女人。

"这我就得说你两句了啊，"郝有旺这会儿当绅士了，指着郝男儿"你怎么能这么跟晓丹说话呢？人家晓丹怎么了？你作为男人，这女孩、女人是需要哄的、需要惯的，对不对？"

"对对对。"

"你得多宠着她点嘛。"

"是是是。"

陈云珠印象中上次见到俩人，也是吵架，心想着，三天两头地吵，这么个相处法，能行吗，她相当八婆地问起上次的事儿来。

郝男儿只好满足她的想象，开始编台词，一边说一边想，想哪儿说哪儿："你看大姐是这样啊，我是一个、我是一个说实话的……我愿意、愿意去包容别人的人，我是、我是经常需要、要原谅的，其实在家里边她脾气相对来说是、实际上是有点大，是吧？这个家暴吧……"

家！暴！听到这两个字，跟晴天霹雳似的，陈云珠瞪圆了眼珠。

郝男儿继续扯："我……你、你今天看不着这个伤痕了，我平时我这胳膊上满满的全都是伤疤，她打的，现在是没有了，好了这两天，她平时这个脾气特别暴，但是相对来讲我还是很容忍她。"

郝男儿的演讲瘾又犯了，把话题越扯越远。

"为什么说我能容忍她呢？我是个农村人，你看我们全村人啊……我们村里边有这个传统，都是愿意容忍别人的。为什么说我们全村人都愿意容忍别人呢？我们村有座山，这个山特别地雄壮，就是……它会铸造我们山一样的性格，那么……为什么我们这个山……它会铸……因为、因为我们这个山里有一棵柿子树，你知道吗？这个柿子特别好吃。我们这个柿子不是那个西红柿，是柿子，也不是这个小奶柿子。"

郝有旺帮腔："那个晒干了以后柿饼嘛！"

郝男儿越说越来劲："对，你晒干了之后是柿饼子，但是你晒不干它就不是柿饼子，是柿子。那么说这个柿子特别好吃，但是陈大姐，你知道它怎么吃吗？这个柿子不能说它是秋天一结了，你吧嗒落地了就吃，那烂了。你得冬天冻的时候好吃。"

晓丹被带进去了，也帮腔："放冰箱里？"

"不是放冰箱，我们村哪有？我们不用冰箱，我们冻了就有冰碴，那外边……"

陈云珠听着有点儿晕，CPU又负荷过重了："别说柿子了吧，你们跑题了吧？怎么越扯越远？又扯到柿子上去了？"

郝男儿继续胡扯，根本停不下来："因为就是你刚才说我们吵架的事嘛，我是一个愿意包容她的人，那么说这个包容的性格呢，其实来自于我们家族，我们家族呢，就是有特别容易包容人的这个优良传统！说代表人物，我外甥女婿呢，叫祝云山，他开了个饺子馆，他那个饺子馆的名字呢就叫云山饺子馆，就是根据他这个名字来的，云山雾罩的。但是他像云像山一样的性格，这是确实存在的，愿意包容人，他这个饺子馆呢，当初在开张的时候呢，我说你这个饺子，你包得不如别人好，为什么呢？"说到这儿他突然停下来，问陈云珠："大姐你会包饺子吗？"

"会啊。"陈云珠也失去自我了，很配合地回答了。

"得嘞！"郝男儿很满意，边说边比划："你会包饺子，咱就能说通这个事情了！他包这个饺子和别人包的不一样，说为什么呢？别人包，一折两折，捻，是吧？他不是，他咔一扣，就是一个饺子，咔一扣，就是一个饺子，我说你这是糊弄人，他说不是，他说你尝尝我这个饺子，我这么一尝，确实好吃。为什么呢？它不但不散，而且他这个开水啊，每次一开，他点凉水的这个次数跟咱们正常人不一样，他这个人不正常，不是说他不正常，就是说……"突然又停下来问陈云珠："你煮饺子，你点几次凉水？"

郝男儿强大的诉说惯性根本等不得回答，迅速带过，"你点几次都不重要！因为你肯定跟他点的不一样，你可能是七次，七开七点，但是他不是这样，他七……"

陈云珠部分找回自我了，她有点儿懵："怎么又去包饺子？什么点水不点水的？你怎么又跑题了？我们刚才说的是饺子吗？一会儿柿子一会儿饺子的。"

晓丹趁机反问："那您说我们谈的是什么呀？"

"我刚才不是问的这个问题。"

郝有旺也捣乱:"刚才……饺子,柿子,就是吃的那个柿子啊……"

"我刚才是问的你们柿子吗?我问的什么来着?"陈云珠想了半天,没有结果,只好摆摆手,让脑子歇一会儿,说道:"不捋了不捋了。我让你们一会儿柿子一会儿饺子的我肚子都饿了,我们吃饭好不好?"

浩长的盘问工程终于结束了,两位郝先生和一位秦小姐终于松了口气。至此,陈云珠的两次饭局算是无功而返了。所以说,有时候,虽知道是鸿门宴,也不一定要惧怕赴宴,只要有郝男儿这样的奇葩在,绕晕不在话下,谁知道结果对谁好对谁坏呢?

这可把小李给急坏了，他用手罩住嘴巴，稍微放大了声音，几乎是贴着耳膜告诉郝男儿："最多只能优惠百分之五！"

　　"十五！百分之十五！"

　　周经理的珐琅眼镜架都快要跌落在地了。捡了个这么大一便宜，双下巴的脂肪都要跟着快乐地舞蹈起来……

9. 木器厂厂长走马上任

　　别说木器厂了，做生意从来就是郝男儿没有涉猎过的领域。他最推崇非功利性。还在"不怕烦"道歉公司的时候，他和经理最核心的理念冲突就是"盈利性"。临要离开道歉公司的时候，他和经理狠狠吵了一架。主要起因是他去"马克西姆"赴宴前给谈的小两口离婚的案子，虽然人家不离婚了，但是把公司给投诉了。老板很是恼怒，郝男儿又用自己的一套说辞去激怒他。

　　"刘总，我是一个沿途看风景的人，我认为世界上有很多的事情比钱重要得多得多得多……就是这样的，通过我的努力也好，通过我们公司整体的努力也罢，人家两口子重新和解了，而且重新恩爱了，我觉得这个事情太好不过了，你别说一个月不给我发奖金，你就是一辈子不给我发奖金，一辈子不给我发工资，我觉得值得呀！是吧？"

　　老板气急了："你倒有意义了！我哪儿赚钱去？我赚不着钱，谁给你发奖金啊？老郝啊，我再跟你说一遍，咱们是道歉公司，不是福利院，您要是能干就干，您要是不能干啊，就滚蛋！"

　　郝男儿也被激怒了："好，你觉得我过分，你想让我滚蛋，我还就不干了呢！我告诉你，我不干了！我走，但是对不起，不是因为我的能力不够，我实在是，我跟你的理念无法达到一致。我是一个高级的情感工程师，我的任务是恢复人们破碎的情感，我的任务是为了维护人和人之间真正的友情，这是一个高尚的职业，你不能侮辱这份职业。可是你却把这当成一种盈利的手段，这是对这个职业的一种侮辱。"

问题核心就在于郝男儿认为情感不能被盈利。在他的思维世界里，根本就没有企业运作的逻辑，所有的行事准则都应该从情感与道德出发，这种理想主义的情怀负载了高贵的精神，很让人感动，但经理说的话其实是对的，郝男儿可不就要把企业都变成福利院呢。这个事儿如果放之全社会而推行，那就乱了，可是他只对自己要求，这想法就显得相当纯粹可爱。

有利木器厂也是企业，幸亏郝有旺只是让他做做样子，要不然，木材厂还不知道要被这位混世魔王折腾成什么样子。就这样，他还是让木器厂差点赔了本，厂子里的工人也莫名其妙地挨了训。

郝男儿刚来厂子里的时候，郝有旺介绍了一下厂里的基本情况，让郝男儿只是在这儿顶个虚名，不用太较真，坐办公室浇浇花，看看电影，陈云珠要见面的时候应付一下就可以了。按说这是个很好的闲职加肥差。但郝男儿是个负责的好同学，他认定不能白拿人家的工资，得为厂子做些贡献，把业务抓起来。他的理由是什么呢？像不像、三分样，要是连一分样都没有，将来陈大姐事无巨细地问起来，他可扛不住。

这想法首先祸害的是主管王师傅，郝男儿从厂里的主营项目问到具体每个月的利润，也不管分工职权，把王师傅当十万个为什么一样，想到什么问什么，还要跟着下车间，十足地要把火热的自己投入到生产的洪流中去。

然而在这投入的过程中，他首先就办错了好几件事儿。错误地把车间里的工人定性为小偷痛骂了一顿，还把车间的机器给弄卡住了，最重要的是差点害厂子亏了一大笔钱。

事情的起因是这样的，有一笔木箱的生意，是装瓷器用的外包箱。瓷器厂的周经理和廖处长都过来了，这批货要得急，得赶紧签合约，通知郝有旺再赶过来估计就让客户等太久了，郝男儿火急火燎地赶到会议室救火，助手小李跟着，小李跟了郝有旺很长时间了，干事比较严谨，反复请示新厂长，要不要等郝总过来一下，可是这郝男儿非得说自己是新官上任三把火，得烧起来，才能让这个场子旺。临到会议室门口，郝男儿整理了一下自己的领带，有模有样地走进去。少不得寒暄介绍一番之后，郝男儿开始夸赞有利木材厂的实力。

"找我们公司，你们找对了，因为我们木器厂不仅仅能生产木箱，我们还能生产木盒、木棍、木罐、木板、木条、木叉子……所有的板材我们都能生产，我们工厂特别大，我们占地三千多平方米，我们有技师和员工大概有一千多个人，我们的管理层就有四层楼这么高，如果您对我们的服务有任何的疑问，或者对我个人有什么意见或者是建议的话，欢迎您致电我们的客服电话400800……"

一个不小心，露出道歉公司的客服范儿了。小李很尴尬地对二位客户微笑。周经理长得矮矮胖胖的，戴个眼镜，廖处长操心生意太多，中年谢顶了。两人都有着生意场上的人常有的好脾气和焦急的节奏感，在他们不明所以地互看的时候，那画面还是很有喜感的。

周经理打圆场："郝厂长还挺幽默的。不知道您能给我什么价格？"

郝男儿哪里知道什么价格，但又不愿意承认自己外行，就在那儿绕圈子，犹犹豫豫的说："我肯定能给您一个价格吧……"

"到底什么价格？"

"一个合理的价格嘛……"

"郝厂长，在您之前，我们也去过好几家木器厂，他们给的价格也是很优惠的！"

"那我们更优惠！"郝男儿怕生意跑了，很痛快地答应了。

"您能给我优惠多少？"

"我们能优惠……"郝男儿嘴里说着，眼光早就斜上去看着小李了。

小李贴在他耳边说："最多只能优惠百分之三。"

"十三！"郝男儿听错了。

周经理大喜过望："百分之……"

这可把小李给急坏了，他用手罩住嘴巴，稍微放大了声音，几乎是贴着耳膜告诉郝男儿："最多只能优惠百分之五！"

"十五！百分之十五！"

周经理的珐琅眼镜架都快要跌落在地了。捡了个这么大一便宜，双下巴的脂肪都要跟着快乐地舞蹈起来："百分之十五？！咱现在可以签合同吗？"

"可以签！"郝男儿大手一挥。

周经理扶稳了眼镜:"现在就签!咱们马上签合同!"

郝男儿来工厂还没签过一单合同,这让他很有成就感,几乎不敢相信这是真的。很可爱地问道:"真的可以签吗?"

憨态可掬的周经理怕郝男儿反悔,提醒他:"郝厂长,您签了这份合同,您可要承担所有的法律责任。"

"我承担!"

"好!签!"

签字的感觉还是很美好的,有一锤定江山的豪气。可怜的小李在一旁叹气,瘦高的个子,和周经理衬托在一起,越发显得理想丰腴、现实骨感。

下午郝有旺就怒气冲冲地回到木器厂,压不住的愤怒就要喷薄欲出。手里拿着一份文件,皮鞋踩在大理石的走廊上当当当的急促焦躁。这会儿刚好两三点钟的样子。郝男儿正跷着脚在办公室沙发上睡觉。

"郝男儿!郝男儿!给我过来!"郝有旺推开门就喊起来。

郝男儿惊醒了,以为出什么事儿了,揉揉眼睛看是郝有旺,赶紧站起来关切地问:"老郝大哥,你怎么来了?你怎么还生气了?怎么了?谁惹你生气了?"

郝有旺将文件往沙发茶几上一甩:"你自己看看这是什么东西?"

郝男儿翻开文件,这不是上午瓷器厂订的木箱子合同吗?他抬眼看着郝有旺:"这是我、我刚签的合同啊……还不错吧?我刚上任我就能签这么大的合同,你是不是觉得我做生意很有天赋?"

"你有个屁天赋!你说你……你自己知不知道自己几斤几两?你懂做生意你就签?让利百分之十已经是我的极限了,你倒好,让百分之十五的?我做了十几年生意我就没见过你这样的!"

"对不起对不起!这个事情不怪小李,怪我。这是我的一计,我是想放长线钓大鱼。"郝男儿把责任都往自己身上揽。

"你钓个头啊你钓!人家这次赚了这么大一便宜,还傻乎乎在这儿等着让你赚回来啊?人现在走路都得绕着你走!你说你一假老板,我让你干这些了吗?什么都不懂你添什么乱子?"

"您再看这样行不行?我们下回我们再把它赚回来,因为你想啊它是这样，就我们只有这次给他便宜了，然后他才能下回来……"郝男儿提的建议其实就是他对生意的理解，他是以我之眼观万物，故万物皆着我之色彩，在他的想象中，这单生意客户捞到便宜，知道这里好，下次还不颠颠地跑来啊。

"哪还有下次了！人家傻啊？以后生意上的事用不着你管！"

"这也不至于吧？"

"怎么不至于？你知道这笔买卖咱们里外里赔了多少钱吗？我再签三份单子也未必能赚回来！"

"但是是这样的郝老板，不是说做生意就一定要想着赚钱。因为沿途还有很多可看的风景。"郝男儿拿出以前对道歉公司经理的那一套说辞出来开导郝有旺，很快，他会发现，郝有旺和"不怕烦"的经理在论调上市没有本质差异的，除了名字一样之外，两个郝有旺的人生观、价值观差别太大了。

金句出现了："废话！我做生意不赚钱我干什么呀！我开福利院？"天下乌鸦一般黑，哪笔生意不挣钱。

郝男儿正要找补的时候，门开了，那个周经理又急三火四地走进来。

周经理扶着眼镜，满是愁容的苦瓜脸向郝男儿绽放开来："郝厂长！郝厂长！郝厂长啊，这回您真得帮帮我们。"

郝男儿看着他："你怎么了？"

"您不知道，这客户的订单哪又下来了，整个的货要多加一倍，而且特别着急，我们全厂职工都在加班加点，木箱还得增加一倍的量……郝厂长，你得帮帮我！"

郝男儿看看郝有旺的神色："那我们、要不然我们、我们的工人也加班加点……"

郝有旺赶紧接话："可以！可以加班加点，但是你们得另付我们工人的加班费。"

"这是……"

"他是我的头儿。"

周经理对着郝有旺："对不起对不起，冒昧冒昧，对不起，加班费额外付多少？"

"百分之十五。"

"百分之十五！？"

"那不然你们就另请别家……反正耽误了供货时间我不负责。"郝有旺怒气未消，趾高气扬地说。

周经理叹气："唉……谁叫我们贪心呢……得嘞，就这么办吧！那我回去准备合同去。"

周经理推门出去了，郝男儿就松一口气，脸上又恢复了欢快本色："这不就赚回来了吗？"

郝有旺也是醉了，多好的心理状态，多低的欢乐起点。现代社会多点这样心态健康的人，心理诊所、精神病院统统可以关张大吉了。还是得赶紧做工作，求求情、撒撒娇地把晓丹弄过来帮他，不能任着郝男儿一个人在木器厂胡闹。

晓丹一开始不愿意，郝有旺成天的电话骚扰，想出各种理由来劝她，比如："晓丹，我知道你不愿意，为这事愁的，我真的长鱼尾纹了……"

"鱼尾纹，你活得够细致啊！"

晓丹言笑晏晏的，也就答应下来去厂子帮忙了。

也不全是郝有旺老套苦情牌的作用，晓丹不在影楼上班也有一段时间了，找点事儿干也好，不能老瞒着爸妈说自己没工作吧。

和郝有旺约好了时间，大清早的，车子开到楼下去接她。晓丹穿着白色真丝衬衣，定位印染了一些花束，下身绿色直筒窄版九分裤呼应着上身点染的几簇绿色，黄色细牛皮带子扎在腰扣上，越发显得纤细、俏丽、清新。可见，她也是把去新的单位入职看做是新生活的开始，内心充满了希望。

郝有旺带晓丹熟悉环境的心情可和当初带着郝男儿完全不一样。虽然他是董事长，但给晓丹介绍情况，完全按照护送皇太后、伺候老板娘的规格来迎接审查。

俩人先绕厂房走了一圈，才进的办公室。郝男儿刚好背对着门，给花浇水。

冷不丁听背后有个声音："郝厂长。"

郝男儿转过身："你们怎么来了？"

郝有旺指着晓丹："喏，我给你请来的中国合伙人来了。"

郝男儿高兴坏了："她不是咱们的女朋友吗！"

"什么咱们的，我的！"

郝男儿憨憨地傻笑。

"她来了以后呢，你们就有机会多熟悉熟悉，避免下次再出什么纰漏，而且她还能帮帮你。"有晓丹在，郝有旺起码会放心一点，不会捅出什么大娄子。

"哦。"

晓丹故意打趣道："不欢迎啊？"

"没有没有，非常欢迎！那这样，你、你就给我当秘书吧？"

"什么秘书啊……"郝有旺觉得好笑，这位仁兄的口气还真不小："副厂长！"

"秦副厂长好！那这样秦副厂长，我先给你简单介绍一下咱们厂的这个这个情况啊，我们厂占地面积是三千平方米……"郝男儿的导师瘾、客服范儿又冒头了，逗得晓丹忍俊不禁，她觉得郝男儿挺可爱的。所以说，任何爱憎都是建立在相互接触、深入了解的基础之上的，晓丹很快就会发现，郝男儿跟她在价值观上的契合度要比跟郝有旺多得多，这人不但有趣，还好沟通。第一天的同事生活就这么愉快地度过了。

郝男儿第二天一大早就来到单位，他希望给晓丹一个惊喜。指挥着两个工人将茶几、转椅搬进副厂长办公室。忙前忙后的做大扫除。弄干净了郝男儿捧来一盆仙人掌放在桌上来回比划，最后放在了电脑边上。晓丹来得也挺早，进传达室的时候，老牛头神秘兮兮地对她说："好像有人给你惊喜哦。"正好奇着，走到办公室推门一看，新的家具一尘不染,窗户边还搁着几盆小花，最贴心的是电脑旁边还放了一盆小仙人掌，吸辐射用的。

"这人心思还真细，"晓丹咧嘴笑了。

中午吃饭的时候，晓丹端着两份饭来到郝男儿办公室："给你打上来了，在这儿吃吧？"

郝男扭来扭去不自在，肢体语言完全透露了自己的不自在，"那你在这儿吃，我上你那屋，行吗？"

要说这郝男儿的心思也是太细了，晓丹心直口快的，哪里猜得到他这是要避嫌，晓丹姑娘是老郝大哥的女朋友，又跟自己假扮着情侣，不能走得太近了，免得遭人误解，郝男儿是一个伦理感超强的人。

"你是不是对我有什么意见啊？"晓丹直接问出来，也带着逗他的意思。

郝男儿急忙抬头："没有啊！"

"那你干吗老躲着我啊？"

郝男儿有点不自然："我没有躲着你啊……因为……这屋舒服啊，条件好，还安静，然后本身……你家老爷们儿的位置，你在这儿理所应当的，我上那儿，我假的嘛，凑合一顿不就完了。"

"行了，别说别的了，老老实实坐那儿！"

郝男儿坐回椅子上。

晓丹决定用郝男儿的逻辑来说服郝男儿自己："我想你应该知道。我来这儿呢，第一是为了有份工作；第二就是为了跟你培养默契。你这么老躲着我，咱俩怎么培养默契呀？"

"我、我真没有躲的意思……就是……我有我的职业原则和职业道德……因为我们是假装的一对，所以要尤其注意保持距离，这个是对客户负责任的一个态度。"

晓丹懒得跟他推敲这些分寸，打开饭盒就吃起来，嚼着菜告诉他下午有单生意要一起去谈。

郝男儿一听又是生意头都大了，上次被训得……还害工厂差点赔钱，现在想起来都头皮发麻。

他刚想开口说"我不会谈生意！"晓丹鼓着腮帮子就回答了："我知道，我会谈。"

这一次谈判客户没来厂里，他们得去个咖啡厅见客户，两位同学也真是环保低碳，搭着公车就走了，这刚下了车，晓丹就接到厂里电话说要检查消防，必须得副厂长在现场盯着。没办法，晓丹只好让郝男儿先去见客户，自己随后就到。郝男儿有心理阴影了，本来就怕签约，这回倒好，旁边都没有个人陪着。一路上战战兢兢地进了咖啡店，脑海牢牢温习晓丹最后的叮嘱，先看合同，只看合同，然后，死等！

晓丹去了得有一个小时，郝男儿度日如年，虽然咖啡馆里暖气开得很大，他脑门上的汗还是不断地往下流。

"郝厂长，我再问您一次，这批货特别急，两个星期，您有把握吗？"

郝男儿翻看着合同，不吭声。

"郝厂长，您是有把握还是没把握呀？"

还是翻合同，不吭声，冷汗涔涔地往下冒。

"郝厂长，都一个小时了，您不是嗯就是啊，我看您没有什么诚意合作，我看还是算了吧！"对方有点嗔怒。

这话终于把郝厂长吓得抬头了，也不知道该说什么，眨巴着眼睛。不明白的还以为在秀演技——谁的眼睛亮晶晶。郝男儿心里埋怨着："又拿不合作吓唬人！"

宋厂长和刘秘书正准备收拾东西离开。谢天谢地晓丹终于赶到了。刘秘书见又来了一个负责人，向晓丹投诉说："都一个小时了，你们厂长不是嗯就是啊，完全没诚意，我看算了吧。"

"不会的不会的。来来来，坐下再聊会儿。我们厂长呀感冒了，所以嗓子不太舒服，您跟我说吧。"

"秦小姐，这批货特别急，两个星期，您有把握吗？"

"当然有把握了！两个星期虽然有点紧，但是我们可以加班加点，您放心，一定没问题，给您赶制出来。"

"那价格方面呢？"

"那就更没问题了，我们是想跟您长期合作的，所以在价钱上面绝对不会为难您，只要您在正常的价钱上多加10%的加急生产费就行，您看怎么样？"

客户问郝男儿："那郝厂长您的意思呢？"

晓丹踩了郝男儿一脚。

"签！"郝男儿呆坐了一个下午，终于开金口，说了一个字。

事后郝男儿倒是生龙活虎，很会说话。俩人签了单很高兴，等客人走了以后又要了两杯咖啡。郝男儿对晓丹刚才镇定自若的谈判风格很是神往。开始海吹起来："不管怎么说，我觉得你这个阵势，你气场往那儿一坐，冷静沉着……"

"是吗？"

郝男儿伸出五根手指，沿着横线一挥："挥斥方遒！"

俩人正高兴着，电话来了，是陈云珠，又要约他们吃饭，还是川菜。估计是上次记住郝男儿的回答了。晓丹听说是川菜，赶紧用手捂住脖子。郝男儿读懂了，机灵地回复："今天上火了，今天吃不了川菜。"晓丹向郝男儿伸出了大拇指。俩人互相认同，都乐了。小伙伴们的快乐果然好简单。

晚上改成一家粤菜馆。这回大家时间点卡得好，一起进了餐厅。餐厅的走廊里有一面情侣墙，上面挂着各种情侣亲密的照片，陈云珠提议让晓丹两口子拍照留念。

"我们俩又不是小孩了，算了吧……"

"干吗要算了呢？你看这小姐说得多好啊，让我们一起见证你们的爱情。"

郝男儿饿了想吃饭，见这群女的磨叽半天，冲过去就说："照就照吧！反正就是墙上挂照片怕啥的？照完赶紧吃饭！"

粤菜餐厅的环境很好，陈云珠订了个很大的包厢，安安静静的，确保她的 CPU 在稳定的环境里高速运转，不受干扰。窗外夜色正好，窗内甚是无聊，董事长小姨子剥夺了郝男儿和好基友快乐的相聚时光，把好好的一个晚上变成乏善可陈的答记者问。郝男儿心里打定了主意，这一回就是吃，尽量不接茬。

陈云珠是以谈生意为借口来约这顿饭的。饭局中，首先就问那批订单需要制作多长时间。

郝男儿低头不语，只顾吃饭。

"郝老板？"陈云珠很好奇。

郝男儿继续低头不语，大快朵颐。

"郝老板？"郝有旺又问了一声。

郝男儿看了郝有旺一眼，郝有旺指着陈云珠跟他说："叫你呢！"

郝男儿抬头朝陈云珠礼节性笑一笑，又低头吃饭。

陈云珠紧追不舍："我说郝老板，你别只顾着吃啊！咱们那笔单要做多长时间总得给我估个时间吧你？"

"一个多月吧！"晓丹看不下去了。

"晓丹，你连这个都懂啊？"陈云珠倒是没想到。

"我在厂子里帮他。"

"哦，夫妻店。那你们俩在这个厂里是你当家呢，还是郝老板当家啊？"

郝男儿擦擦嘴说："我说陈大姐，你看你这个人真有意思，我早都跟你说，咱们吃会饭，对不对，你着什么急呢？我一直占着嘴，我也没好说这个事情，我们家确实是她当家，是吧？我为什么不好意思说，这就当是咱们四个人之间的小秘密，好不好？我倒觉得，你说今天，你们盛情款待，这么好的菜，咱们就好好吃饭，享受这些东西，享受生活。你说老谈生意那多没意思啊，是吧？"

陈云珠有点犯愣："怎么，你说谈生意没意思？"

"对啊，谈生意没意思啊。"

"可我今天就是约你来谈生意的……"陈云珠简直觉得莫名其妙。

"我知道你今天要跟我谈的就是生意……问题是啊，我们家确实是晓丹当家，你只能问问她！"郝男儿又低头吃了。

"哈哈，郝老板境界就是不一般。咱们今天不谈生意，吃饭，郝老板、晓丹，吃吃吃！"郝有旺带头举杯打圆场了。

陈云珠不高兴地端起红酒杯，皱着眉喝了一口。看郝男儿那吃相，真是够呛！这顿又算是白请了。陈云珠走出饭店跟他们俩分开就开始抱怨。

"这个郝男儿太奇怪了，浑身散发着一种小市民的习气，一点都不像个大老板！"

"你管人家呢？老板就得每天装模作样的？"郝有旺一句话就把她塞回去。

陈云珠的珍珠白绢丝的裙子夜色下反着白光，像池塘里偶尔浮上来的死鱼肚子一样不甘心。

郝有旺递给郝男儿一个纸包。

"什么呀？"

"这五万块钱，三天之内把它花光，拿发票来找我。"

"谁花？"

"你花。"

10. 今天教你怎么花钱

自那日饭局之后，陈云珠消停了一段日子，但她上一次饭后说过的话却一直在郝有旺的脑子里盘旋。

"……这个郝男儿太奇怪了，浑身散发着一种小市民的习气，一点都不像个大老板！……你们之间最好不要有什么事，要是让我抓住了……我姐的遗书你可是见过的！"

陈婆子的声音在他偌大的办公室余音绕梁的，搅得他很不安生，要是因为"土"这件事露了马脚功亏一篑了。郝有旺的神经绷得很紧，他觉得应该尽快把这件事解决了。想着就当机立断给郝男儿拨通了电话，这会儿郝男儿正在台球厅跟刘京探讨他唯精神论的物质观呢。

郝有旺接通电话就嘱咐郝男儿明天不要安排事情，自己要开车来厂里。他是下定决心要把郝男儿给改造出来，就像很多选秀节目包装明星一样。他要给郝男儿包装一下，主要策略是由内而外，培养郝男儿尽可能多的富裕闲适的生活趣味。

要知道现在这个社会，光有钱还不行，不单出手阔气，还得有风度。就郝男儿这样的，陈云珠怀疑的不是没有道理，一个对西餐厅的认知还停留在肯德基，见了海鲜大餐就猛吃顾不上说话的人怎么可能不露怯呢，明眼人一看肯定怀疑是冒牌货。

郝有旺决定先从有钱人爱玩的高尔夫球开始熏陶郝男儿。带郝男儿去了自己常去的高尔夫俱乐部。还在路上的时候,他就开始给郝男儿洗脑,"你现在是大老板了,你身上那些小市民的习气要好好改一改,我今天教你怎么花钱。"

高尔夫球场上,郝有旺也是醉了,围观别人打球的时候,郝男儿不是鼓掌就是捡球。专拣球童的活干。让他自己挥杆的时候,好家伙,没打着球,一杆掀起一锹土撒到自己脸上。

下面这一杆是郝有旺在很长时间内都会铭记的一记重击,这也是他为什么让郝男儿一个人独立提高,不再带着他体验生活的一个重要原因。因为在郝男儿再次挥杆的时候,重重的一杆打在了郝有旺的要害部位,本来就已经很狼狈的郝有旺疼得龇牙咧嘴、双膝跪着地,实实在在给跪了。

郝男儿闯祸了很不好意思,两朵害羞的小红云浮上了饱满的两颊,看得服务员妹子也有了笑意。郝有旺没有兴趣再玩了,捂着脸就要回去,郝男儿不乐意了。

"不行不行,你打这么半天球不给人钱?多不合适啊?"郝男儿拽住了郝有旺。

"已经给过了,交了一年的。"

郝男儿歪头看着服务生。

"我们这里是会员制,那位先生已经交过年费了,所以您不用再给钱。"服务员妹子甜甜地回答。

"年费多少钱呐?"

"最低三十万。"

郝男儿抻长了脖子,咽了口口水,瞠目结舌。

郝有旺觉得尴尬极了,自己今天是带了个刘姥姥来赶集了。

"行行行,赶紧走吧……"他推搡着郝男儿赶紧撤了。

走到停车场,郝有旺先上了车,没等郝男儿上车就递给他一个大纸包。

"什么呀?"

"这五万块钱,三天之内把它花光,拿发票来找我。"

"谁花?"

"你花。"

郝男儿被吓着了，这么多现金！给我？！为毛啊？他十分诧异地朝郝有旺看着。

"我还就不信了我改变不了你这土包子！从今天开始学会怎么花钱。"

"不是，我一辈子没见过这么多钱，你让我花光，我还不了你啊！"

"不用你还，就当学费了。"

"不是，那、那你先让我进去，咱、咱一块道上再商量，行不行？"

郝有旺才不理这些，一踩油门就走了。让郝男儿开始践行"学习当一个有钱人"第一课。

高尔夫球场离城区那么远，郝男儿也不知道怎么走，问了服务生，倒是有VIP会员接送服务，单程五百。郝男儿哪怕怀里揣着五万，听说打趟车要五百，立刻作罢。"太坑人了，就是打表，也最多八十啊，"他心里念叨着。

没办法，只能边走边找车，一路上，他尝试以各种姿势把包裹藏在衣服里而没有孕妇的即视感。可五万毕竟也不少，真有钱是藏也藏不住，想低调都难。

总算他运气还不错，后来，托一位机车美女的福，坐上她的摩托车后座，一路酣畅而行，一直坐到了刘京的台球厅。

郝男儿走进来的时候，正用一种奇怪的姿势捂着肚子，灰蓝格子衬衫里面套了一件长绒棉T恤，棉T里面塞了个大包裹，衣服已经被扯得变形不像样了。

刘京一看这阵势，关心地问："哥，你怎么了，肚子疼啊？"

郝男儿神神秘秘地说："我带你出去啊……"

"你带我去哪儿啊？"

"高消费去！"

郝男儿神秘地拍拍裤腰带，压低声音："哥们儿发财了！"

"你可拉倒吧，你还能发财？"

郝男儿解开衬衫，拉起T恤衫，终于露出里面的黑塑料袋。艰难地掏出来跟刘京显摆了一下："看，郝有旺给我的，五万，让我三天花完，然后还让我把收据都给他。"

"他有病啊？"

"不、不知道啊！"

"那、那你今天来找我是……找我帮你花钱的？"

"富贵不忘贫贱交啊！我有钱了，我哪能忘了你呐，所以我要带你出去高消费去，我让你看看有钱人是怎么生活的。"俩兄弟贼眉鼠眼地对视一笑，乐得颠颠的，要去高消费去。

刘京自以为了解得比郝男儿多，但他所谓的高消费也就是一家更高级的台球厅而已。之所以收费贵是因为有美女陪打台球。所以打一局要七八百。

"我自己打球我让她们陪干什么？我有病啊！"郝男儿不理解为啥自己打球要个女的陪，拒绝消费这个项目。

高级台球厅计划宣判覆灭。

其实，刘京平时也没怎么高消费过，知道的实在有限，两人找来找去都没啥结果，酒吧一杯酒那么贵不如扛两箱啤酒回家；听音乐会看话剧，不如买个VCD碟可以看半个月。郝男儿的思维始终还停留在节俭的层面，没法触碰"花钱"的核心要义——不怕浪费。想来想去，哪儿都没去，刘京没时间陪他兜兜转转，回台球室了。郝男儿什么钱没花，跑了一下午也累了。索性去冷饮店买冰淇淋吃。出来的时候真是销魂一幕。他高消费了一把，单次买了五盒。手里捧着一盒用小勺挖着吃。两只胳膊上还各挂着两个袋子，每个袋子里有一个冰激凌，旁若无人地边走边吃边哼小曲。就在这欢乐时光里，云山来电话了，还是媛媛高考的事儿，让老舅回来拿个主意。这是郝姝贤的意思，媛媛高考是个由头，她担心这个傻弟弟的终身大事就这么一直拖下去，想让他回家乡相个亲，城里的姑娘娇气得很，照顾不好有旺。

郝男儿吸溜着冰淇淋说着话："孩子呢，高考，对吧？关系孩子一辈子的事，这肯定是个大事，得慎重，对吧？这个事，我不把关谁把关呐，对吧？我就这两天，这两天就回去一趟。"郝男儿吞下了一大口浓郁的冰淇淋，心里甚是欢喜，"这下钱可找着花的地儿了。"

借机会衣锦还乡，顺便把老郝大哥的钱给花了。郝男儿觉得这个创意挺好，赶紧打电话叫来刘京陪他去商场置办行头，自己买了一套西服，也帮老姐姐和云山、媛媛都带了礼物。最后到车行租了辆车。

"开个车回去就把你当老板啦？说不定是司机呢。"刘京很不屑这种行为，好好的火车不坐，非得租车，钱多烧得慌。

这一说倒是提醒了郝男儿。衣锦还乡得有个司机啊，最好还有个秘书，可是这车倒是好租，人上哪儿弄去啊？

"我给你想了一个特好的人选。"刘京故作神秘。

"谁呀？"

"秦晓丹。"

郝男儿连连摆手："开什么玩笑呢，她怎么可能跟我干这个？"

"开什么玩笑。有我在呢，我保证把她给你说来，你信吗？"刘京拍着胸脯，很有信心的样子。

"真的？"郝男儿半信半疑的，还是不大有信心，心里琢磨着你能有这么大本事，给我当司机你才最合适呢！

"你看啊，我自己开车回去吧，你说我像个司机，我带个女的回去吧，那人家会以为我是司机带个女朋友呢，那说到底我还是个司机，所以说其实我最缺的，不是一个女秘书，我缺的是司机。"

"有道理啊。"

"谁能当我这个司机呢？"郝男儿假装冥思苦想。

"谁是当司机的合适人选呢？"刘京是真帮着一起想。

本来很安静，郝男儿冷不丁冒出一句："京，你开车开得不错啊。"

"那是。"刘京不假思索地脱口而出。

刘京说完就后悔了，郝男儿正斜眼看着他呢，鸡贼的样子，刘京知道自己中计了。

司机解决了，接下来就得把女秘书给定下来呗。郝男儿决定相信刘京一次，倒看看他有什么通天的本事。事实证明，刘京确实没说假话，晓丹同意了，但跟刘京没啥关系，他充其量也就是围观郝男儿是如何地七弯八绕、旁敲侧击地暗示人家姑娘帮忙，说了许久，还不如直接的一句话，你陪我回趟老家呗。晓丹是痛快人，对痛快人就该说痛快话。

晓丹本来在办公室看文件，几声敲门声后，郝男儿鸟枪换炮地穿了一套灰色西装走进来，欢乐又不甚自在，大踏步踩得稳稳的，像极了退伍的军区领导来参加地区聚会。郝男儿走近了办公桌,让晓丹近距离观察一下。

"可以啊!"晓丹仔细打量了一下说:"今天穿得,挺像厂长的……来来来"把郝男儿叫到身边来,给他解开了一颗扣子,郝男儿吓了一跳。

"记住啊,西装应该这样穿,尤其这样扣子的西装,系一个扣子就可以了,下面这个扣子可以解开。"

郝男儿嘿嘿傻笑:"晓丹同学,我想问你个问题,你家乡是哪里的来着?"

"干吗突然问这个呀?"

郝男儿尝试情感带入式的开场:"你会不会常常思念家乡,惆怅于故土难离……"

"说人话!"刘京冷不丁地打断他。

"你想去农村吗?"郝男儿改了个路子问。

"农村?"晓丹不明白郝男儿的意思,这话题跳跃有点大吧。

"你看啊,我们久居城市,我们每天面对的都是钢筋水泥、高楼林立、堵车,一堵堵一个小时,空气质量不好,雾霾、酸雨,下个雨恨不得能把人给淹了。那么说,在这种情况下,你想不想改天换地,去农村里边感受一下。有一个地方,我觉得你必须要去一下,全国著名的旅游胜地,郝家庄。你有听说过吗?"

晓丹摇摇头。

"那就对了,它是未来的旅游胜地,马上就要开发了。郝家庄,你要不要去一下?跟我们远足。"

"郝家庄你老家吧?"晓丹抿嘴笑起来。

"咦?你怎么知道?"

刘京听不下去了,干脆把话挑明了:"是你傻呀,还是我们傻呀?你姓郝,还去郝家庄,谁不知道那是你老家呀?说话太费劲。我这么说吧,是这么回事,他呢,想衣锦还乡,还想装把大哥,那身边怎么也得有两个小弟吧,对吧?这个,司机兼保镖的事呢,我干了,现在还差一个温柔贤惠美丽漂亮的女秘书,所以我们这不来找你了吗?"

没等晓丹搭腔,郝男儿就急急解释起来:"我不是一个虚荣的人,我离家很多年了,你说,谁在这种情况下回趟家,不希望风风光光的?是不是?

我是一个孤儿,我只有一个老姐姐,从小把我拉扯大,我好不容易回去了,我不想让她知道我是假厂长,我想让她高兴,就这样,所以说想征求你的意见。我真不是一个虚荣的人。"

晓丹等郝男儿说完了,笑嘻嘻地看着他:"说完啦?就这事啊,干吗不早说啊?成!"

真是快意恩仇之人,郝男儿没想到晓丹答应得这么爽快,很得意地对刘京看着。秘书和司机都有了,我老郝家也有人衣锦还乡喽!

"我是不是昨天晚上喝多了？"郝男儿揉揉眼睛问。

"喝多没喝多俺不知道，反正你是唱多了。"

"唱，我唱什么了？"

"你和媛媛两个人一个歌接一个歌地唱，唱了大半宿。大伙寻思着是你开了一个人的音乐会。"

11. 老舅衣锦还乡

思华和刘京眉来眼去不是一天两天的事情了。虽然这话思华肯定不同意，但你可以将之理解成女生的腼腆和后知后觉。确实有很多女生，在被暗恋这件事上相当的钝感。思华就属于这一种。自从她拜托刘京修球杆之后，就常常去台球厅，可是每次刘京都说没完工，不是缺个零件要去国外买，就是还要等抛光什么的，来了，大家也会聊两句，刘京是个老实人，不好意思的时候窘得厉害，挺可爱的。思华觉得自己不讨厌他，如果不是有一天，郝男儿冒冒失失地挑明了刘京喜欢她，思华还真以为球杆难修呢。事儿挑明隔了没两天，思华穿了件粉蓝色针织衫上衣和白裙子去台球厅找刘京，很开诚布公地问他："郝男儿说你喜欢我，是真的吗？"把刘京给吓得，脸色一下子憋成猪肝红。思华心里嗔笑着。嘴上继续说："我这人喜欢和说实话的人交朋友，郝男儿到底是干什么的？最近是不是要回家啊？"刘京可不是卖友求荣的人，但也不想瞒着思华，只好老实说，老郝是一个非常好的人，他最近确实要回家。思华没再多逼着她，聊了一会儿也就回去了。

之所以要在刘京这打听郝男儿的情况，也是因为她母亲。陈云珠自打上回的饭局落败而归之后，侦查工作陷入瓶颈期，只好求助这个当警察的女儿，想着她利用所里的资源查郝男儿总归方便些。思华为了让她母亲安心，只好照办。她本人对郝男儿没什么厌恶，只是觉得这哥俩智商都不大高，挺天真的。

这次既然郝男儿要回家，自己不妨也跟过去，看看出生的地方，应该能更加了解他。

所以，盘山公路上，在一辆车欢乐地驶向"郝家庄"，还有一辆远远跟着它，这就是思华的车。

快到村子的时候，郝男儿有点激动地坐不住，眼睛东看西看忙个不停，嘴里还不停地抒情。郝男儿有句话没说错，天天在城里待着的人一旦进入山村的氧吧呼吸空气，立刻幸福感爆棚。晓丹、刘京心情都不错，笑眯眯地听郝男儿掰扯。

"我们村美吧？"郝男儿在城里压抑的自豪感掘地三尺、喷薄欲出。

"空气挺好的。"晓丹回答了一句不相干的。

"我问你美不美吗？"郝男儿不高兴了。

"美。"

又转过头问刘京："美吗？"

"美，美。"

郝男儿满意了，变身专业导游："我们这儿钟灵毓秀，人杰地灵啊，我都多长时间没回来了！还是我们村这个味好闻，我们村多好。"

"咱不感慨了，行不行？你又不是不回来，不年年回来吗？"

"我去年就没回来嘛。"

"那不是因为你春运没买着票吗？"

眼看着要进村子了，郝男儿明显激动起来，车子驶过三岔口的路灯，拐进一条石子铺的窄巷，没几步就到了云山家院门口。车停下来，郝男儿本来帮着刘京一起搬后备厢的行李。拎了一个箱子就耐不住了，朝刘京说："不管你了，先进去了。"说着等不及地往屋里走，边走边喊："老姐姐！云山！"

郝姝贤、祝云山和祝媛媛都迎了出来。

"有旺。"

"老舅。"

"舅姥爷。"

各种称呼次第响起来，声音夹杂在一起，旁人看着都百感交集的。郝姝贤尤其激动，偷偷拿衣角抹着眼泪，有旺这孩子命苦，父母走得走，她作为长姐,自觉没能照顾好弟弟,有愧于父母。快四十岁的人了,离乡有十一年了,回家还是孑然一身,郝姝贤看着老弟憨笑的样子,心里酸楚得很,哽咽着说了句:"回来好,回来好。"郝男儿快步走到跟前,紧紧抱住老姐姐,姐俩热泪盈眶,心里有许多话也是不必说了。郝男儿看着眼前的老姐姐,两年时间就老了不少,背也驼了,腰也窝了,显得人更小了,这渺小的身体让郝男儿心里觉出苍凉来。老姐姐辛苦了一辈子,虽然话不多,但瞧瞧她担忧的眼神,就能想到长年在家是如何地替他操心。这么一晃,就是十年没了。郝男儿不是个煽情的人,平日里,他都喜欢用搞笑消解抒情,把动人的东西留在心底。但今天,格外地有些控制不住,可能因为离家多年,他觉得自己终于可以让老姐姐骄傲一把了,开了工厂,带了司机和秘书回家。郝男儿有出息了,没让父老相亲失望,可以叫家人放心不再替他担忧了。

"有旺,让俺看看。"郝姝贤擦了眼泪,仔细瞧着自己弟弟。

"胖了不少呢,老姐姐放心,在城里吃得可好了。"郝男儿顺从地让她看着,顺便拍了一下云山的脑袋。

郝男儿又看看祝媛媛,摸了下她的头,说:"孩儿啊。"

刘京和晓丹站在门口,看他们一家四口团聚,也不敢上前叨扰。郝男儿看见这俩人把行李都从后备厢挪出来了,也不知道往哪儿搁,只能暂时靠在车边,赶紧跟祝云山和祝媛媛说:"去去去,你俩去那边拿行李去。"自己拉着老姐姐的手进了堂屋,在父母的遗像前连磕了三个头,郝姝贤坐在炕边,祝云山、刘京、晓丹和媛媛站在后边看着。

"父母大人在上,儿有旺离家十一载,乡音虽改,鬓毛未衰,为与世界潮流接轨,改名郝男儿,现告请父母大人知晓。"郝男儿说完磕了个头,脑门上沾了灰。

郝姝贤扶他起来,说:"起来,起来,你咋改名没告诉俺啊?你叫什么?叫个什么?"

"郝男儿。"

"不好听,你不就是男的?有旺多好听。"

"老姐姐,这个啊,跟你说不清楚。"郝男儿这头跟郝姝贤解释,那头望着院子外头,仿佛有点失望,朝着云山说:"那个云山啊,怎么的我回村这个事,人知不知道啊？"

正问着，乡亲们就七嘴八舌地嚷开了。来了不少人，大家拿着自家的花生、红枣、核桃等特产陆续都赶来了，大家争相问候着："老舅，老舅啊，老舅，回来了回来了，拿点好东西这。"

郝男儿在村里辈分大，离家又早，十年前就开始在城里混，家乡的人都以他为荣，都喊他老舅。在道歉公司的时候，老刘嫌他充大辈，这还真是有历史原因，在郝男儿的朴实乡亲们眼里，老舅就是个大得没边儿的人了，什么大事都得他把关。

村里的人越来越多，屋子就快坐不下了。郝男儿和云山搬了许多凳子，决定都上院子里坐。大伙儿都给安顿了，坐在郝男儿家的院子里拉家常，也是其乐融融。郝男儿这个问两句，那个聊一会儿，颇像"心连心艺术团"下乡慰问活动。晓丹和刘京也被逮住加入群聊的团队。

郝男儿问一个六十多岁的老人家："怎么样，老哥？"

"还行，挺好的。"

"还行啊，收成怎么样？"

"好着呢。虽然富不到哪儿去，但日子嘛，还属于中上等水平。"

"我跟你说，我在外边，我转那么长时间，我就总结出来一句话，就是知足常乐。"郝男儿乐呵呵地跟大爷唠着，只有在家乡，他才能找到聊天的这种乐趣。

郝男儿被大家伙儿簇拥着，忙得不亦乐乎，他自己不着急结婚，却抓住一个四十多岁的叫建伟的人拉家常，教训人家得抓紧找媳妇儿。

"你怎么样，建伟？你肯定你还没找媳妇，对不对？"

"结婚干吗？一个人多自由啊。"建伟不屑地说。

这要搁往常，就是郝男儿说别人的话，可是这会儿，瞧他怎么教训别人的："你这不对，你说，你什么岁数了，你不小啦。你看咱们村，般大般小所有人，跟你一样，人谁家不是拖家带口的，领着孩子满地出溜的？你不羡慕吗？你自己一个人有意思吗？咱就说不为你自己，你为人家想想啊，为你妈想想啊，什么岁数的人，你得干什么岁数的事，无后为大，你这是不孝顺。赶紧找个媳妇去，听见没有？"

郝姝贤坐在一旁听着，心里想着，这不听明白的嘛。

到晚上，宾客散了，郝男儿也得闲能跟老姐姐坐炕头上唠些体己话了。郝姝贤今天高兴，让云山去招呼刘京和晓丹一起吃饭，自己下厨做了好些菜，一盘盘端进来，虽然辛苦，心里甘甜。郝男儿在炕上饭桌边坐好，郝姝贤就催着他动筷子。

"尝尝老姐姐的菜。"

"我在外边，我做梦都想吃我姐做的菜呀。"郝男儿夹了一大筷子，"就是这个味。老姐姐，我这么长时间没在家，家里边里里外外都靠你了，大兄弟是有不到位的地方谢谢姐了。"郝男儿举起杯子要敬郝姝贤。

"先垫点菜，别喝这么快，尝尝这个，你这些年在外头咋过的？"郝姝贤做了一桌子菜，自己也不吃，坐在桌子边看着郝男儿，目光里满是心疼。

"这些年在外头过得咋样啊？"

"该咋过就咋过呗，该吃吃该喝喝，该干事业干事业。"

"也没个人照应着你啊？"

"我没有那个心思啊。"

"出去这么些年了，你就没找着一个合适的？"

郝男儿掰开手指开始跟老姐姐讲道理："第一，是没有那个时间，我得工作，是吧？第二，我没碰着合适的。"

"你今天劝人家建伟说得多明白呀。"

"我就知道你得说这个，建伟，你说建伟这辈子还想出去待着吗？他在咱们村一扎，他这个业就相当于是立了的，所以他应该成这个家。我跟他不一样啊，我觉得我的业还没有立好，我哪有心思去成家呀？"

"你成了家，不耽误你立你那个业。"郝姝贤说着就走到柜子旁边，开了抽屉拿了个包裹出来，拆着包裹说着："你是咱老郝家的一根独苗，轮到咱们这辈上，传宗接代是你要干的事，没明白呀？你一个人在外头漂着，你爹妈走的时候把你托付给俺了，让俺好好照应着你，对吧？"郝姝贤把包裹里的东西一件件拿给他老弟看，许多彩色的棉布片，"你看这是我，俺给你备下的，看看，张婶子家孩子长大了不用的这尿片，攒了多少。"

"早了点吧姐，你干什么呀？"

郝姝贤把包裹里的布又一件件收好："你趁着俺身子骨还硬朗，赶紧成个家，生个儿子。俺也就安了心了，你要听俺话，听见没有？"

　　郝男儿也听不进去，老姐姐这边收拾着，他那边玩着。有一块画着腊梅的灯芯绒花布吸引了他，拿过去搭在脸上呵呵地笑。

　　郝姝贤还在那叨叨："要不然，俺真的对不起咱郝家的列祖列宗。"

　　正说着话，刘京、晓丹和云山一起进来了。

　　"吃呢！"刘京进屋看到一桌子菜，垂涎三尺，贱兮兮地先打个招呼。

　　"怎么才回来，我不是跟你们说过吗？要紧紧地跟着我，对不对？你们这么晚才回来几个意思啊？下回再这样的话，我扣你们工资啊。"郝男儿学会摆谱了。

　　"你说什么呢你？你以为我们愿意呀，你们这村的乡亲太热情了，连拉带拽的。"

　　刘京机灵，他还不了解郝男儿？好不容易哄了大家来衬托他这个大老板，戏还不得做足了！想到这儿赶紧上前来道歉："老板，老板，我们错了，下次我们注意。"说着用胳膊肘不停地戳晓丹。

　　"对对，错了错了。"晓丹倒也配合。

　　郝姝贤看着晓丹，挺漂亮的姑娘，跟着有旺回了老家，对有旺脾气还好，别是处的对象吧？心里想着小声问着郝男儿："有旺，这两个人是谁？"

　　"哦，他们不重要，这个男的，是我司机刘京。"郝男儿云淡风轻地说："女的，我秘书，晓丹。"

　　俩人很恭敬地向郝姝贤鞠躬，一口一个老姐姐好。

　　郝姝贤一听是秘书，又小声地问郝男儿："秘书也来呀。"

　　晓丹见俩人嘀嘀咕咕的，怕话说多了穿帮，就借个由头把刘京拽出来了。可怜的刘京，白看了那桌菜那么长时间，流着口水进来，流着口水出去。

　　"刚那姑娘和你什么关系啊？"郝姝贤看晓丹走了，望着她背影，试探性地问郝男儿。

　　"老板和员工的关系啊。"

　　"别骗俺啊，你俩要是一般的关系，人家闺女这么大老远跟你腚后头来咱家干吗？"

"私人秘书,没啥特别的,私人秘书都听老板的。"

"你这熊孩子,你可别进城学坏了。"

"我怎么学坏了?"郝男儿很无辜。

"你还骗老姐姐头上来了?!"郝姝贤心里咬定了关系不一般。其实,她倒是希望这姑娘是有旺对象,这样,以后在城里头也有人照顾他了。

可是这郝男儿抵死不承认,也不能承认啊,这可是人家老郝大哥的媳妇儿,人家愿意来一趟还是给面儿呢。

郝姝贤不死心,还在试探:"你两个要是那关系,你就别藏着掖着了,干什么啊?"

郝男儿正要解释,云山跟媛媛进屋了。媛媛这孩子念书刻苦。从小看电视里头的歌唱比赛就心向往之,喜欢唱歌,心里怀揣着音乐的梦想。这回要考大学了,她就想考音乐学院。郝男儿回家也主要是为了这个事。一家人凑齐全了,郝男儿先把云山和老姐姐的酒给满上,然后拉开商量事儿的阵势来。

"云山啊,这次老舅回来,最重要的一个事,还没说,媛媛。现在你们爷儿俩汇报一下。"

"舅姥爷,我要考音乐学院。"媛媛扎着俩小辫,长相随他爸,一个有点憨气的老实姑娘。她昂着头很认真地瞧着郝男儿,希望舅老爷能支持他。舅老爷在城里头,懂得多,准能给他拿主意。

云山也接茬过来夸闺女:"他舅姥爷,这孩子知道的可多了,那个,她,你你你跟我说那个……"

"High C,High C。"媛媛知道她爸想说什么。

郝男儿很吃惊,也觉得媛媛这个小丫头长进,都懂专业名词了,摸着媛媛的脑袋说:"High C 都知道呢。好,想考音乐学院,你有目标,有理想,我觉得是好事,舅姥爷支持你,好不好?"

"老舅,我担心的是,你看,咱们家、咱们村,谁也不懂这个。"云山挺担忧的。

"你怎么胡说八道呢?我不懂吗?"

"对,对,所以嘛,把您给请回来,给把把关。"云山转过头对媛媛说:"你舅姥爷在大城市混那么多年,有什么不懂的,是不是?"

郝男儿纠正他："是叫拼搏、打拼，不叫混。"

一家子喝着酒唠着嗑，谈着音乐学院的事儿，不时还唱上一小段，夜色渐渐深了，郝男儿不知道什么时候睡过去的，睡得很沉，不用着急定早上六七点钟的闹钟，没有什么事好担忧，这一觉就睡到九点多，还是老姐姐把他叫醒的。

郝男儿穿着睡衣，迷迷瞪瞪地走出来，睡眼惺忪的。看着日上三竿了，老姐姐在院子里坐着剥豆角。

"我是不是昨晚上喝多了？"郝男儿揉揉眼睛问。

"喝没喝多俺不知道，反正你是唱多了。"

"唱，我唱什么了？"

"你和媛媛两个人一个歌接一个歌地唱，唱了大半宿。大伙寻思着你是开了一个人的音乐会。"

郝男儿很懊恼："这不扰民了吗？丢人了。"

"没啥，没啥，你回来唱得带劲，人家都高兴，围在那儿看你，都说你唱得好。"郝姝贤笑眯眯的，看着老弟在身边，她心里头就是放心。手在围裙上来回擦了几下，端了碗粥给郝男儿说："来，喝粥。"

思华不能时时刻刻跟着郝男儿，只能在村子瞎转悠。她找了个农家乐打听情况，看来郝男儿在村子里知名度很大，大家都喊他老舅，夸他人好，本事大。思华的心里稍稍有些改观，她自小就出生在城市，家里也没什么乡下的亲戚，倒是很少有机会来这样山清水秀的农村，她想着刚好趁这样的机会到处看看。

走着走着突然有驴叫的声音响起来，回头一看，就在离她不远的树上栓着一头驴，可把她吓坏了，惊恐地叫起来。这一叫唤可不打紧，把刘京也给吓一跳，扭头一看："思华？你怎么在这儿啊？"

刘京也是百无聊赖地在村子里散步，他跟晓丹分开走，还约定了一个无聊的比赛，看谁能在不用他人帮忙的情况下，独立认路回家。他胡乱地晃荡，没一下也就不大记得路了，哪知道，这还他乡遇故知了。

思华很不高兴自己行迹暴露，撅着嘴嗔怪道："我藏得那么隐蔽，你怎么知道的？"

刘京大笑起来："你，你这叫藏匿吗？大白天的出来转悠，地球人都看得见，好吧！？"

"你就是来笑话我的，是不是？"思华也不好意思了，但还是话不饶人。

"不是，我觉得你来了挺好的啊，我们还能玩几天。你看，风景多好啊，山清水秀的，空气也新鲜了，其实像这种地方吧，就适合像你和我这样的单身男女，然后，度个假啊，约个会啊什么的。"

思华心里认同，嘴上却说："就这鸟不拉屎的地方。"

"什么鸟不拉屎？这田园风光，多好啊！你是为郝男儿来的吧？观察了两天，发现什么了吗？"刘京觉得她嘴硬的样子很可爱。

"才两天能发现什么呀？"

"那两年你也发现不了啊。老郝其实就是一个特别普通的农民，他能干什么违法乱纪的事呢？你啊，这是戴着有色眼镜在看人，我跟你解释什么，你也不相信我。"

思华还是不死心，她这次请假跟过来，还是想调查些东西来。刘京说得一点也没错，思华是在她妈那里被洗脑了，她总觉得，要是这个郝男儿没问题，妈妈怎么会天天琢磨，心神不宁呢？思华考虑了半天给刘京提了个建议："你让我在郝男儿的身边，近距离地观察他几天，如果还是没有发现他有什么问题的话，那我就相信他是好人。"

刘京可不傻，一想，这不就是利用自己接近调查目标吗？女人功利起来也太残暴了吧。自己是有点重色轻友，但绝不能见色忘友。

"你这不是让我坑朋友吗？"刘京不怎么乐意。

思华开始激他："怎么能是坑朋友呢？如果他是清白的，怎么那么怕我查他呀？"

"那不行，反正坑朋友的事我肯定不能干。"

思华决定上杀手锏，和颜悦色地说："你刚才不是还说我在这儿也挺好的，可以跟我在这个山清水秀的地方玩几天吗？"

"帮，你说怎么办吧？"刘京脱口而出。男人们到底是一丘之貉，利诱之下，乱了阵脚。

关于之前那个找路回家的比赛，晓丹早就哼着小曲先回到院子里了。郝男儿抓着机会一顿猛夸，在他们村这么复杂的地形图上能这么逍遥纵横的不是凡人啊。晓丹也知道郝男儿浮夸，但还是被夸得很高兴。两人喝着茶聊着天，优哉游哉地拿刘京开涮，白长了那么大的脑子，连个路都不认得。

正说着，远远瞧见一个人影晃动，走近了看，是刘京。晓丹噗嗤一下笑出来："回来啦！我还以为你是个路痴呢。"

郝男儿一瞥眼，后面还有个人哪，居然是思华，心里警惕起来，猛一下站起来说："你怎么来啦？陈警官。贵人哪，贵人哪。"

"怎么啦？不欢迎我啊。"

"谁说我不欢迎啦？你怎么来啦？"

刘京帮着找了个借口："陈警官休年假，过来度假来了。"

晓丹是一脸的不高兴，她知道陈云珠有个女儿叫陈思华，郝有旺以前就跟她说过，小姨子的女儿是做警察的，得格外提防。这会儿郝男儿左一个陈警官，右一个陈警官地叫起来，她就知道是她女儿盯着来了。她低着头，一人闷声喝着茶。

郝男儿还在那周旋："陈警官，你太有眼光了，这可是个好地方。谢谢你支持我们村的旅游事业。"

说着赶紧拉起晓丹的手向思华介绍："忙这么半天我都忘了介绍了，我女朋友，晓丹。"

思华伸出手跟晓丹握手："你好。"

晓丹没吱声。郝男儿咳了一下，又提醒了一句："我现在跟做梦似的。这是郝老板的外甥女。"

"我早就知道啦，你好，听说过，没见过。"晓丹终于搭腔了。

"是吗？你听谁说的呀？"思华很好奇。

晓丹指着郝男儿说："他。"

"对呀，台球杆的事她都知道。"郝男儿赶紧应声了。

刘京也帮腔："对对对，多丢人呐。"

正聊着天，郝妹贤挎着菜篮子回来了，一眼瞅见多了个姑娘，短头发，白白净净的，问郝男儿道："这姑娘是谁啊？"

思华刚要说话："我是……"

刘京想得周到，怕穿帮，赶紧插嘴："老姐姐，她是我们郝老板的二秘。对，二秘书，是从城里特意过来跟老板汇报工作的。"

"对对，二秘，二秘。"郝男儿要笑死了，骗个秘书回来就不错了，还二秘呢。

刘京扭头过来冲他挤眉弄眼的，用眼神喝令他别笑。

思华也配合地喊姐好。

"你好，欢迎欢迎，我先炒两个菜去。"郝姝贤提着篮子就要进厨房，走到郝男儿跟前说："要不叫这两个秘给俺打个下手？"

晓丹很不情愿，怕露馅。但思华愿意，也就一起进去了。

刘京本来也想跟进去，被郝男儿拽回来了："你回来，咱们把这个账捋一捋。"

"什么账啊？哥。"

郝男儿朝刘京脑袋上拍了几下，问："她怎么来啦？"

"我不都跟你说了吗？人家休年假，过来度假来了。"刘京十指插进头发里很无辜。

"你糊弄鬼呢，还是糊弄傻子？她没事跑到这儿来度什么年假？她是不是来监视我的？"又一巴掌拍下去。

刘京装出一副委屈的样子："你有什么可让人监视的啊？你就老疑神疑鬼的，我跟你说，这个事纯属巧合。"

"行行行行，你喜欢她，你就护着她。"郝男儿知道自己问不到什么，懒得跟他掰扯这话题，反正以后跟晓丹演得再像点就是了。但还有一件事，就是花钱的事儿，郝有旺嘱托他必须在几天内把这五万花完，拿发票去汇报，可是这一趟回家，连着租车费、买衣服的钱、过路费，还有吃饭，全加在一块，才花了不到一万块钱。剩下那么多额度上哪儿花啊，村里也就这个消费水平。心里发愁，跟刘京商量起对策来。

刘京听说才花了一万多，也是惊讶。他张大了嘴问郝男儿："你们村这消费也太低了吧？"

"是，我也觉得奇怪，怎么就花不出去呢？我有一个主意，我请全村人吃饭，全村男女老少都来，这钱能不能花出去？"

"好主意，好主意。"刘京拍手赞成。也不知道是不是思华来的关系，刘京打从中午回来，行为动作都变得迟钝，拍手、傻笑，有退化到"萌萌哒"童年的嫌疑。

在哪儿摆这个酒席大宴群臣也是个问题，讨论了半天，决定就在云山饺子馆办。反正也是自家的店，云山带着媛媛过不容易，这样一来还能带动云山饺子馆的生意。

傍晚酒席就摆起来了，可把云山给忙坏了，父老乡亲们全到齐了，跟过年似的。饭桌上大伙儿回顾以往、畅想未来，把酒言欢，好不尽兴。郝男儿跟几个小学同学聊起了上学时的趣事。说着就提到了当年的老校长。老校长人好，看有旺爹妈走得早，经常带他回家来吃饭，笑起来两撇胡子往上翘着，温和又有喜感。不知道他老人家现在怎么样了。

"他呀，现在生活挺困难"，建伟说的时候也挺难过的："他老婆去世早，闺女儿子也挺有出息，在大城市扎了根，就想把老爷子接过去，可老校长就是离不开这从小生活的村子，死活都不去。前些年他腿脚利索，自己开个小卖部，生活还过得去，现在这几年腿脚不灵啦，走路都费劲，这小卖部啊，也是半死不活的。就这样，他还瞒着儿子，每次打电话都说，行，我过得好着呢，别惦记我。"

郝男儿听了心里酸楚起来，一杯酒下肚，跟大伙儿招呼了声："你们慢慢吃，我过去看看去。"就往老校长家走了。刚巧思华就坐在隔壁桌，听见了，也悄悄跟去了。

没一会儿郝男儿就找到老校长的小卖部，夕阳西下，老校长正在一瘸一拐地收货摊。郝男儿看他蹒跚的样子心里不忍，立刻冲过去帮着一起收拾，眼里也蓄着泪，忍着不流出来。喉咙里半哑着叫出声来："老校长，老校长。"

老校长抬起头来，眼窝深深地陷进去，脸颊也因为瘦而凹进去，只留下高高的颧骨，他顶着郝男儿仔细看了两眼后说："你是有旺吧？"

"认出来啦。"郝男儿扶着老校长进里屋坐下。

"你回来这两天闹得动静不小啊。"老校长走路不方便，但都听说了。

"是是是，我这不出去挺长时间没回来了吗？我今天就把好多人聚在一起，吃个饭，一块热闹热闹。"郝男儿很恭敬地回答。

"听说你改名啦?"

"改啦,改啦,我叫郝男儿。"

老校长直点头:"就冲你这名字,将来你也得有大出息啊。"

"我改对啦?"

"改对了。"

郝男儿有些意外,挺惊喜的,他改的这个名字,大伙儿看法各异,有说不好的,有说谄媚都市文化的,但像老校长这样直言夸赞的还没有过。郝男儿心里舒坦,感到莫大的认同。

郝男儿跟老校长没聊几句,思华也就跟过来了,躲在暗处看着。

郝男儿问老校长:"您身体怎么样了?刚才同学们跟我说,你这个腿……"

老校长说话声音不大,慢慢的,他揉着膝盖跟有旺说:"没问题,挺好的,就是有点风湿。"

"走道没事吧?"郝男儿很关切地问。

"没事没事。"

郝男儿从兜里掏出一个纸包。他回村之前就把钱按量分成了几包,零归零,整归整,这样便于携带。手里这纸包里刚好是一万块钱,他很诚恳地递给老校长说:"校长,这是我当学生的一点心意,您别嫌弃。"

老校长把他的手推回去。郝男儿把钱放在货架上,老校长又把钱塞给他:"有旺,你这是干啥?"

"这是我的心意。"一笔钱推来推去,郝男儿也怪难为情的。

"孩子,你听我说啊,我干教育,教书教了这么多年,从来没拿过学生的一针一线,这是我原则呀,是不是?你大老远来看我,心里想着我,这我心里热乎着哪。你挣钱也不容易,拿这钱哪,用在刀刃上。你还有不少事,赶紧去忙去,我这儿还有事呢,去吧去吧。"说着就把郝男儿给往外送。郝男儿知道老校长是肯定不会要了,自己也不想坏了他老人家的规矩,只好先回去了。

思华倚在门旁一棵老树的暗影里,两人的对话听得真切,她对郝男儿的印象又有些改观。尊敬长辈又有孝心,这样的人坏不到哪儿去。别看这货平时抠抠索索的,刚才却这么大方,思华甚至感佩起来,难道自己之前真是误解郝男儿了？

郝男儿心里一直惦记老校长的境况，晚上也没睡好，月亮起来的时候，就想起小时候校长还年轻的时候教他们算术，左边伸出三个手指头，右边伸出两个手指，笑眯眯地问他们等于多少。时光过得真是快，衰老的来临简直猝不及防。第二天他醒得很早，坐在院子里的竹编椅子上想心事。刘京从屋里出来看到郝男儿乖乖坐那儿发呆不吭声，挺沮丧的样子。他走到跟前，踢了踢椅子找话说："怎么了，我说。起这么早，不是你风格啊！"

"我昨天去看了老校长，他日子过得不好啊，还不让人帮，我看着难受。"

"咱们觉得人家不好，人家自己未必这么觉得。"刘京开导他。

郝男儿仰着头，叹了口气："这话你说行，我不能这么说，因为他是我的老校长，我小的时候他还老带着我们打篮球，现在好了，腿都不利索了，走道都困难了。"

"腿都不利索了？那是惨了点啊。"

"关键是，我要给他钱，人不要。"郝男儿挺苦恼的，眉头紧锁，脸皱巴巴的。

刘京抻了抻胳膊，甩着腿锻炼身体，嘴也没闲着，开始评论起来了："这自古以来啊，教书先生都是这么清高，你直接给人钱，人肯定不能要。你要真想帮他的话，我觉得你得想个办法，迂回着帮他。"

"迂回？"这倒是提醒了郝男儿。

刘京的胳膊腿也停动作了，两人突然心有灵犀，想辙想一块儿去了。老校长不肯要钱，那可以换个方式嘛！画代金券，一张面值一百，画一百张，挨个发给村民，叫大伙儿人手一张，指定去周校长的杂货店买东西，这样的话，他们平时舍不得拿自己钱买的东西，现在也舍得买了，大伙儿买得多了，老校长可不就挣得多了吗？

两人为这个绝妙的点子得意得手舞足蹈，郝男儿跑到媛媛那屋找到纸笔，开始设计，把白纸裁成小方块儿，上面画个圈儿，写上价值一百元。

刘京对着"价值一百元"的圈看了半天，觉得还是不大对劲，"咱们……咱得有一个防伪标记，这样就没有人能复制得了了。"

"对！"郝男儿拿起刘京的右手伸进自己嘴里蘸上点唾沫，往"代金券"上摁了个手印，说："你看，咱们这样，一会儿摁个大红手印总不能模仿吧。"

刘京把手指往裤腿上蹭了两下表示赞赏这个创意。

　　下午郝男儿就跟刘京批量制作完成"代金券",跑到村里,挨家挨户发去了。思华作为"二秘",志愿加入发放队伍中去了。

这是郝男儿第一次听到海燕的声音，像泉水一样，挺清透的，还带点鼻音。"真好听"，他在心里对自己说，随即站起来把菜单递给海燕，趁递东西的当儿，假装自然地看了海燕一眼。海燕穿着赭色的棉衬衫，齐肩的头发，额头刘海和侧鬓的头发束在脑后，微笑着推开菜单。

12. 一见钟情

郝姝贤一直忧心的事儿终于就要有着落了。乡村事情不多，郝姝贤平时剥枣干儿、晒咸菜的时候跟老姐妹们聊天，总要提郝男儿处对象的事儿，老伙计们都知道她心里最愁的就是老弟的婚事。所以只要是有这方面的消息，都愿意过来送个信儿，也算尽到一点心力。前些日子，还真碰上个好姑娘，是王婶过来给说的。一大早跑过来，上了炕，嗑了瓜子歇口气，合不拢嘴地笑着对郝姝贤说："你老弟那事啊，有戏！"王婶介绍的人叫张海燕，是邻村宋家庄人，男人去外地打工了，没多久就和她离婚了，也没个孩子。这两年就一个人过，这闺女不光长得漂亮，秉性脾气都好，人还勤快，最适合老弟不过了。这可把郝姝贤给高兴坏了，拉着王婶的手说："大妹子，他俩要是能好上了，那俺可就烧了高香了！"送走王婶就让云山去打听，后来也没什么信儿，听云山说人家处着对象呢。

可是前天有旺回来了，这事还有了转机，昨买菜的时候碰见邻居郝大妈，这张海燕竟然是她表孙女，说是没处对象。这下郝姝贤又不淡定了，一门心思就盼着能把海燕和有旺说合好。但老弟这趟回来给整出什么"秘"来了，虽然刘京跟郝男儿都解释过了，但郝姝贤还是不放心，她寻思着找个机会，亲自问问晓丹，姑娘家应该不会说谎话。这不，今天午饭后，郝男儿和刘京不知出去干吗了，郝姝贤见晓丹一个人坐在炕上夹核桃，就端了一盘洗干净的水果走进去递给晓丹。

晓丹正渴着,伸手就拿了颗葡萄剥开吃,好甜,她也劝着老姐姐吃:"您别老照顾我呀,您也吃。"

郝姝贤不慌吃东西,坐下来,很温和地说:"老姐姐问你个事。你和有旺到底是啥关系啊?"

晓丹心里一惊:"啊?"她本能地想到了另一个"郝有旺"。

郝姝贤这会儿倒是反应很快,改口问道:"郝男儿。"

晓丹一听"郝男儿",顿时放松了,笑着说:"郝男儿啊,我们就是那个员工和老板的关系,没关系。"

"真的啊?"郝姝贤一听就咧嘴笑了,掩饰不住心里的高兴:"俺年岁大了,别骗俺啊,俺信得过你,信不过他。"

"不骗您,骗人是小狗。"在晓丹的脑子里,警报解除,又开始忙不迭地吃水果了。

郝姝贤为了确保没有问题,追问道:"还有那个叫思华的姑娘,他俩没关系吧?"

晓丹一边剥着葡萄皮,一边心情很好地解释道:"我跟思华吧,是郝男儿的秘书,一个是行政秘书,一个是个人助理,都是工作关系。"这下郝姝贤算是放心了,乐滋滋地想着这回有旺和海燕肯定能成了。

下午就约了两家人见面的时间。定了隔天中午在镇东边的"东海饭庄"吃饭。郝男儿为了这次会面着实重视了一把,穿了来前买的灰西装,头发梳得跟早期好莱坞明星似的,一丝不苟。晓丹笑着帮他打好了领带。

这次吃饭是两家四个人坐在一起聊天,这边是老姐姐带着郝男儿一起,那边是海燕妈带着海燕。郝男儿定了饭店最大一个包厢,大圆桌子,墙面开了一方大大的镜子,旁边摆着绿色大盆栽,在乡下,这样的环境已经算高规格了,郝男儿忙前忙后地给大家倒水喝,海燕的母亲看着很可心。

这样的环境下,都是长辈先聊,聊热乎了,把年轻人拖进来,也就不尴尬。郝姝贤带老弟第一次相亲,她得照顾好海燕娘儿俩的情绪,关切地问情况:"海燕妈,路上好走吧?俺说让有旺开车接你去,你还不让。"

"没事,就几步路的事。"海燕妈也是很客气,她穿件素色衬衫,人和善,也挺热情的。

郝男儿从落座到现在一直不自在,他不大敢抬头看海燕,一开始想玩手机,想着不对劲儿,干脆关机了。

老姐姐看见了问起来:"你这关机了?他们要找你,不是找不着?"

"没什么事,咱们四个安安静静地在一块儿聊天多好,省得别人打扰。"

海燕妈看了心里更舒坦了,小声对海燕说:"心还挺细的呢,想得真周到。"

这边郝男儿也小声跟郝姝贤说:"点菜,点菜。"

服务员走过来,把菜单递给郝男儿,郝男儿接过来就自己看着。

老姐姐着急了,这怎么这么不懂事呢,凑过去提醒郝男儿:"你别自己点啊,问问海燕。"转过头对海燕笑着说:"你爱吃什么呀?闺女。"

海燕推辞起来:"我吃什么都行,你们点吧。"

这是郝男儿第一次听到海燕的声音,像泉水一样,挺清透的,还带点鼻音,"真好听",他在心里对自己说。他站起来把菜单递给海燕,递东西的当儿,假装自然地看了海燕一眼。海燕穿着赭色的棉衬衫,齐肩的头发,额头刘海和侧鬓的头发束在后面,微笑着推开菜单。只看了一眼,郝男儿就觉得自己没法再忘记那双眼睛,大大的,水汪汪的,《鬼迷心窍》里不是有一句歌词叫"春风再美比不上你的笑,没见过你的人不会明了"吗?郝男儿觉得海燕对他来说就是这个意思。他以前上学的时候也喜欢过女生,但这方面他比较羞涩,也就偷偷看几眼算了,后来进城工作打拼,心里头总是有先立业后成家的念头。而且,在城里这些年,当情感陪护、道歉专员遇见的不是些情绪失控,就是些飞扬跋扈的,很少有心态平和、让人亲近的人。像海燕这样安静又美好的,真是太少了。

海燕还在推脱,不肯点菜:"我真的,我都行,你们点吧。"

"行,那么我先点点啊,看不合适咱们再说。"他拿着菜单对服务员说:"那来个鲅鱼,东坡肘子,焖罐牛肉……"

海燕眼看着这么多大荤菜,怕郝男儿太破费,插一句:"要不,来两个青菜吧。"

"青菜,"郝姝贤立刻提醒郝男儿:"海燕爱吃素的,点青菜。"

郝男儿翻着菜单开始找青菜:"那这样,清炒芥蓝,清炒油菜,清炒菠菜,清炒白菜，清炒莜麦菜，清炒韭菜，清炒生菜，清炒大头菜。"一气儿点了八盘青菜。

海燕没想到全变成素食了，她怕自己的主意导致大家都吃不好，善意地问道："全点青菜，你们能吃饱吗？"

"我们也吃青菜的，不怎么爱吃肉现在。"郝男儿忙不迭地回答。

"对对，吃青菜。"老姐姐附和着："可爱吃青菜了。"

海燕妈笑眯了眼，不住夸着："你瞅瞅，多会疼人了呢。"

大家瞎聊了没一会儿工夫，菜就齐刷刷上全了，八盘青菜，摆在旋转的玻璃圆桌上，好像可以移动的植物展览会。郝男儿伸着脖子，隔了半张桌子给海燕妈夹菜，接着又给海燕夹菜："你尝尝这个。"

海燕坐的位置跟郝男儿隔得远，只能站起来，把碗往前送才能接到菜。海燕不大习惯这么客气，一个劲儿地说："我自己来就好了。你吃你吃。"

郝男儿还是很热情："没事，你坐啊，我能够着你们，你们坐。"说着又给海燕妈夹菜："来，阿姨。"

在海燕妈看来，郝男儿的行为很能说明问题，这证明他是个孝顺懂事、把别人放在眼里的人。

郝男儿这顿青菜餐没吃好，光在夹菜了，他心中记着是自己请客吃饭，是主人，得照顾好客人。一顿各种夹菜，口中还台词不断。

"这个够不着，这个再来点。"还没一会儿，他又站起来了，接着夹菜。

这已经让海燕有压力了，但是也拗不过他。

突然郝男儿碰了下桌上的圆盘，圆盘转起来了，他恍然大悟："这个能转哪，能转，那我不管了啊，你们坐。"他终于坐了下来。

第一顿饭就在夹菜的互动中欢快地结束了，郝男儿并没有跟海燕说上许多话，然而，他的心里很清楚，从他第一次抬眼看海燕，第一回听到她声音，就认定这个女人是自己要找的媳妇了。

回来的路上，郝男儿开车载着老姐姐，心情很是愉悦，握着方向盘吹着口哨。郝妹贤坐在后座也是满意，眯眼看着窗外的风景，有一搭没一搭地对郝男儿说："俺觉着海燕真不错，实诚，长得也好看。回城之前就找个日子定下来吧。"郝男儿虽高兴，但他心里还有个事儿，就是云山续弦的事儿。

这云山，自打秀没了，一直就不娶，谁劝都不行，就这么照顾着老姐姐。眼看着自己的大事都要办完了，不能再让他这么单着了，自己是老舅，得做主把这个事儿给办了。一路想着，车也开进村头了。他跟老姐姐一前一后走回院里的时候，云山正在给媛媛画风筝。

郝男儿扭头就跟老姐姐说："我自己的事，我肯定能掂量清楚，你放心吧。现在咱们家，有一个人是真正需要我们担心的，你看你又不管。你看，一天到晚在那儿闷着不出声，我跟他说过多少回续弦的事，一说就跟我支支吾吾的，是吧？这事儿咱得管！"老姐姐点点头没作声。

云山穿了件背心，坐在小板凳上，面前是一个窄窄的台案子，上面铺满了纸和细柳条，他正拿颜料笔细心勾勒着，郝男儿走到面前都没有发现，直到后背被人拍了一下，回头一看是老舅。

郝男儿一副长辈的样子在教训他："我跟你说的续弦的事，你怎么想的？"

祝云山有点支支吾吾的："我一切都听你的。"

"什么叫都听我的，"郝男儿气不打一处来，"听我的老赵家那小静你怎么不答应啊？"

"不是老舅。"云山想插却插不上话。

郝男儿噼里啪啦一顿数落："你什么不是啊？这个脸呢就是那么一回事，你过日子能靠脸吗？小静有手艺，会照相，人家现在开个照相馆。你又开个饺子馆，你们俩合到一块儿，不是挺好的嘛。"

云山很尴尬，低头把弄着做风筝撑骨的柳条："老舅啊，小静那事咱别再提了。"在秀之后，他一直没心思谈恋爱，只想把媛媛抚养好，每天日子都一样，碰见的人也有限，确实没个可心的。云山虽然像个闷葫芦，但他有他的想法，当年娶了秀是因为喜欢秀，现在没喜欢上别人也不会娶别人，反正现在开个饺子馆带着媛媛，日子也能过，不如维持原状也省心。

郝男儿见云山不吭声，还是一股脑苦口婆心地劝："云山，我知道你一直忘不了秀，你对我们家秀这份情啊，我们所有人都看在眼里，但是人得从过去走出来，你说你是个老爷们儿，你一天这么娘们儿唧唧的，像什么样啊？你成天在这闷着头，扎风筝……你要放飞梦想啊？"

云山干脆转移话题，说起老舅的事情来："你看你常年在外孤身一人，老大不小,三十多岁,我想先让你找对象处着,照顾你。"

老姐姐一旁听了不住地点头:"咱云山是该找一个,人老实,也可靠,但他现在不是没人嘛,你那儿呢,张海燕,有人了。你怎么想的?"

郝男儿嗔怪着看了老姐姐一眼:"你怎么又说回来了呢?姐姐,你看啊,我爹妈走得早,我是你一手拉扯大的,所以在咱们家,你是一家之主,你说了话了,那就是父母之命,人家介绍人说的话就是媒妁之言,所以从第一条上来讲,我坚决服从。那么第二条,海燕我也见着了,我一百个满意。"

祝云山听到这儿,心里咯噔一下。放下手里没画完的风筝,站起来就要走。

"我去饺子馆看看。"撂下这句话就走了。

云山有自己的心思,他心里有人了,恰巧,这个人也是海燕。云山先认识的海燕,他还记得第一次见海燕是因为一场事故,他把海燕给撞了。

那还是一个月以前的事情了,自己一大早骑摩托车去集市上进货,驮了几大篮子青菜绑在后座上,过马路的时候,冷不丁一个骑自行车的女人拐弯冲过来,自己急刹车也还是把她给蹭倒了。他赶紧下车,把女人扶起来送医院。自己就等在医院门口。这会儿他已经知道了这人叫张海燕,刚才挂号的时候听说的,云山担心自己把张海燕给撞出什么毛病来,因为刚才她手一直扶着腿。几根烟抽完,海燕从医院出来了。推着自行车就要回去,云山掐灭烟头喊着"张海燕"的名字从后面追上去,海燕回头了,很惊讶:"你怎么知道我名字?"

这是云山第一次认真地看海燕的样子,她穿了件淡橘色的衬衫和藏蓝色牛仔裤,鞋子是双黑布鞋,少见的洁净感觉。说起话来也是轻声细气的,很温婉,惊讶起来还有些像受到惊吓的小动物,那长相和打扮,有本分人的朴素又有天真的气质,总之,是一个很简单的人。

云山指了指病历本:"刚才挂号的时候,上面不是有你的名字吗。你真的不用再观察观察了?"

海燕很大度,笑着回答:"不用。就蹭了点皮,没事的。"

"那行,那这样,我刚才把我的电话,还有,我叫祝云山,都在上面呢。"云山边说边从兜里掏出一张纸条,递给海燕。这是刚才趴在挂号台上写的,"郝家庄那儿有个云山饺子馆,那是我开的,你要回到家之后,感觉哪儿不舒服,你就打我电话。"

"你是开饺子馆的？"看来海燕对餐饮业很感兴趣："我也有个小吃铺，叫燕子小吃，就在镇上。"海燕笑起来的时候，眼睛会弯成月亮的样子，甚是可爱。

祝云山笑着说道："是吗？那行，那改天我去看你。"

两人客气完，海燕也就推着车子走了，她的自行车是老式凤凰牌的，车头已经有点上锈了。云山想着什么时候自己可以帮着用铁皮擦擦去锈斑。海燕摆摆手骑上车走了很远了，他还在原地站着，看那个水橘色的影子飘起来，慢慢变远，他能感觉到自己的心跳得很快。

云山没过几天就来燕子小吃店了。那会儿海燕正在店里忙着擦桌子。她穿了件蓝色细格子短袖衬衫，普通灰卡其裤子，系着围裙，擦好桌子就坐下来记账。云山冷不丁打个招呼，把海燕吓了一跳。

"怎么是你呀？"

"我不放心，来看看你。"云山提着大包小包的礼物，有的是水果，有的就是超市买的零食，头上跑得冒了汗珠。

"你这太客气了，我不都说没事嘛。"海燕连忙起来让座，云山这么客气，她有点不知所措，手在围裙上擦了两下，拿起杯子就要给云山倒水："那你坐，我给你倒杯水。"

云山也不知道该聊什么，很尴尬地劝海燕："你忙吧，不用管我。"两人都开小饭馆，聊着张罗饭馆的操心事。云山说自己的饺子店里里外外就他一个人，杂事多起来没个帮手的还真不行。海燕觉得自己这边倒还好，大概也是因为店不大的缘故吧，一个人也还算忙得过来。聊到正题了，云山很小心地问："那你家……俺兄弟呢？"

张海燕沉默了一会儿，释然地说："离了。"

一阵尴尬的沉默弥漫开来。海燕首先打破了这种沉默，从云山的袋子里掏出一个苹果，拿出苹果刀削起来，和善地对云山笑了笑："我给你切点水果吧？"

"别别别，我喝口水就行了。"云山的情绪很复杂。心里既有冒犯他人的唐突感，也有些难以名状的窃喜。他喝了口水，放下杯子就要走了。

"我回去了，我家里还有事，以后我有时间再过来。你忙吧。"云山莫名其妙的紧张起来，或许是兴奋，又或者是难以遏制的慌乱，反正最后他劝住海燕留步在门口，自己骑上那辆肇事的摩托车，简直是落荒而逃般地走了。

　　云山怎么也想不到仅仅在两次见面之后，他和海燕的缘分似乎就要划上休止符了。第三次见海燕，他的心情复杂极了，到了燕子小吃店没说几句话就走了。

　　云山嘴拙，虽然他也是从见海燕第一眼心里就装上这个人了，但只会闷在心里，不懂怎么表达，本想着日子长着呢，平时多关心关心海燕，有空多帮忙，其他的事情随缘而定。没想到的是老天爷可没空等他回到缓慢的古典时代。已经有人给海燕介绍对象了，最要命的是这对象居然是老舅。王婶大早上满面红光地来家里炕上坐着，跟妈聊了一上午。人走了，妈就紧接着让他去打听"张海燕"有没有对象的事儿。云山正在院子里做木工活，听到"海燕"两个字的时候手一抖，差点没砸到手。正纳闷是不是妈知道了自己的心思，郝姝贤就急匆匆地催他赶紧去，这是给老舅说的对象。云山当时就愣了，事儿这么巧完全超乎他的预计，他觉得这事儿的难度比什么都大，那种为难感无法形容，超过自己的承受范围。郝姝贤催促的声音像嗡嗡的背景声一样融入到蝉鸣、偶尔的风声和无限的绿色中去，成了自然的一部分，他只觉得自己的身体无限大地放空，与背景区隔开来，空虚而盲目地存在着。郝姝贤拍了他一下，云山从短暂抽离中被拽回来了，他木然地进屋拿件衬衫披上就骑摩托车走了。

　　走到燕子小吃店的时候，海燕还在那安静地坐着，褐色的绸布圆领套头衫，越发衬托得海燕脖颈洁白。云山这一回进来的时候比上次还安静，走到海燕正面的时候，她正在对着几个本子核账，本子前面还搁了一个木头算盘。云山没吱声，安静地看着她，听那算盘珠子拨出的清脆声音。

　　过了有一会儿，海燕大概是累了，锤了几下后背，要起来倒杯水喝，一抬头就看见云山站在旁边，一声不吭的。吓得一下子就坐回到凳子上。

　　云山觉得自己脸一阵发烫，还好他皮肤黑，面上看不出来脸红，讪讪地搭话："算账呢？"

　　张海燕拍拍自己定神："你吓我一跳，怎么这会儿过来了？"

"没事,就是过来看看你。"

海燕"哦"了一下,没多想,瞧见墙面上挂的钟已经五点多了,关心起云山吃了没有:"吃了吗?要不我给你下碗面?"

"我吃过了,你别忙了。"云山很怕自己打扰到别人。

"好。"海燕心性单纯,不喜欢虚假热情。云山这么说了,自己也没多想,接着继续算账。云山就那么站在旁边,也不知道该怎么启齿,或者,根本就没想启齿。

憋了好一会儿,海燕能听到云山轻轻叹了口气,抬起头来看,像是有什么事的样子,问起来:"有事吗?"

云山一时语塞,感觉到有棉花絮一样的东西堵住了自己的喉咙,他吞吐交代了一句"没事,就是路过这儿,我回去了,"再次落荒而逃了。临到门口,他回头看了一眼,海燕并没有回头,只有算盘珠子的声音很空洞地在响着。

回来的时候,郝姝贤正在院子里晒枣干儿,云山干涩着喉咙喊了一声"妈"就径直往自己屋走。郝姝贤瞧见云山回来咧开嘴就乐了,满心欢喜地等好消息。云山磨叽了半天吞吞吐吐地说:"人家说海燕好像已经有对象了。"郝姝贤的笑一下子就僵了,云山并不敢看妈失望的样子,一直低着头,垂下的眼帘余光能看到夕阳照在郝姝贤身上的影子在沙土路面上一点点地拉长变远。

云山庆幸现在又有机会了,自己还不算耽误老舅,自己不用抱着赎罪的心思,但他也没办法在这件事里面评论些什么,只能自己躲起来,躲到云山饺子馆去喝酒,也许,一觉醒来,什么都好了。

这边郝男儿因为见到海燕,觉得遇上真爱,心里花好月圆得特别美。第二天早上醒来的时候神清气爽,抻抻脖子,顶着鸡窝头就去了院子,晓丹和刘京正坐在小板凳上喝粥,看到他一阵贼笑就知道这两个人凑一块儿,贼眉鼠眼的,肯定笑话他呢!想到这,郝男儿理理头发,大摇大摆地走过去,也拖个竹编的小椅子坐下,正经八百地说:"这个,吃饭哪!"晓丹和刘京憋着坏,知道他在装,也不好拆穿他,鼓着嘴、忍着笑,"嗯嗯呃"地点头。

晓丹喝完粥了,手里拿一根狗尾巴草玩儿,笑眯眯地问郝男儿:"怎么的?海燕,不错啊?……"

"这个事情,嗯,挺好,这个,我自有分寸。我们相谈甚欢,我们彼此……

还是很满意的。"郝男儿的台词有点不流畅。

刘京噗嗤一笑。粥差点喷出来。郝男儿嫌弃地朝后退:"你这个,你干吗呢!"

晓丹赶紧接茬:"哦,挺好挺好,那赶紧约着呗。"

"临走前想约个时间,海燕说小吃店挺忙的,没有时间。"郝男儿挠挠头皮,睡眼惺忪的,傻样毕现。

"我给你分析一下啊!"刘京放下碗筷,手背蹭蹭嘴唇说:"给我多点细节,我综合分析一下!"

"那成,赶紧分析一下为什么一约海燕,她就有事?"

"巧了呗,人家就正好有事呗。"刘京不以为然。

"是不是她不喜欢我?不对啊,吃饭时候聊得挺好的啊!"

"那天你俩都聊啥了?你把细节跟我说一说,我给你分析一下。"

郝男儿仰头翻眼回忆起来,想了半天,也只有绿色植物博览会的印象在脑袋里晃悠,"我跟你说细节,细节是这样的,你看啊那天点菜,我发现她不喜欢肉的,我给她点的全是素菜。"

刘京大拇指按在手掌里,数着:"这是第一点。"

"第二点呢,就是从第一点衍生出来的。然后呢,我从这一点上我就看着她眼神,她就坐我对面,我就觉得她眼神好像不对。"

刘京按下第二根手指:"这是第二点。"

"我觉得她好像知道我知道她喜欢吃素。你明白这个意思吗?"郝男儿神秘兮兮地看着刘京,为了强调重要性,他的绿豆小眼撑大,撑出了一线天。

"那就你俩心灵相通呗。"晓丹笑着说。

"这个你说的有一定道理。但是,心灵相通也得有个什么契机,把我俩紧紧连在一起,这样才好。"郝男儿两只手比在一起,做出比翼鸟的造型,迅速又撤了,转向刘京说:"怎么给我绕偏了,你还是给我想想,怎么才能约上啊!当个事儿揣在心里,知道不?"

刘京一个劲儿点头:"有了这些个分析材料,我会尽快出一个约会方案,放心,包在我身上。"

刘京回屋琢磨他的方案去了,晓丹把碗筷收到厨房去了,早晨太阳明晃晃的光圈打在窗台的倭瓜上，打在门旁挂的辣椒串上，郝男儿坐在小竹椅子上，回忆也跟着明晃晃起来。昨天那个"东海饭庄"真是不赖，下回请客还得去那儿，带上云山、媛媛、老姐姐，叫海燕把家里的亲戚也都喊上。对了，要是刘京和晓丹在的话，顺便也捎上他俩，添双筷子的事儿，大伙热闹热闹。那时候，估计他跟海燕的事儿都办了，海燕爱吃素，到时候还点上清炒芥蓝、清炒油菜、清炒菠菜、清炒白菜、清炒油麦菜、清炒韭菜……郝男儿掰着手指头数起来，数着数着就嘿嘿嘿地笑出声来，笑声爽朗而笨拙，和他身后的倭瓜一样呆呆的，很可爱。

刘京的确精心设计了一个方案。他的方案可以用"偶遇"两个字概括要义。这需要海燕妈和自己的倾力配合才能实施。具体计划是：他去找海燕妈，让海燕妈带着海燕去逛街，然后假装累了，不经意地走入一家饭馆，吃午饭，这个时候，他带着打扮齐整的郝男儿也假装来到这家饭馆吃饭，这就造成了"偶遇"的假象。然后，他和海燕妈找机会撤了，留下海燕和郝男儿单独谈，这不就约上了。刘京在跟郝男儿阐述这个计划的时候吐沫横飞，豪情万丈。郝男儿也相当赞赏这个计划，把哥们儿捧成热气球吹上天了。

刘京和海燕母亲那才叫相谈甚欢。阿姨也是一直犯愁海燕的婚事，见面吃饭的时候就对郝男儿很满意，刘京这儿出了主意，海燕妈简直是举双手赞成，跟刘京喝茶嗑瓜子唠嗑，把时间地方都定好了。

第二天在镇上，有一对提着大包小包的母女出现了。

女儿抱怨着："妈，你说这东西哪儿没有卖的呀，非得跑这儿来买？"

母亲回答："你这闺女，陪着妈逛个街还不高兴呀？"

"逛逛逛，继续逛。"女儿没办法，挽着母亲的胳膊陪着小心。

眼看着快要走到一个饭店，母亲发话了："海燕啊，天都到中午了，要不然，咱进去吃点饭？"

两人走进餐厅歇歇脚，天气太热了，电风扇开到最大挡，墙上糊的青岛啤酒的海报没粘牢固，被吹得呼呼的响。海燕就这么被她妈给送到陷阱里去了。服务员送来菜单，海燕娘俩刚要点菜，就听到外面有个男士的声音："圣源丰乐"，好像是这家餐馆的名字。后几秒人就跟着进来了，是两张熟悉的面孔，刘京和郝男儿。

郝男儿的灰色西装再次派上用场，大热天，穿衬衫打领带，里三层外三层地包着，额头都已经渗出汗珠了，他很僵硬地走进来，目光直视前方。海燕娘俩坐在靠左边的小圆桌边，他前方没有搜索到人，也是很僵硬地把脑袋往左边转，看见目标人物，很浮夸地喊起来："好巧啊，阿姨。"说话的时候只有嘴唇在动，眼睛在笑，脖子以下的其他部位都僵持在那儿，整个身体说不出的别扭。

海燕妈也有些不自在，用不亚于郝男儿的紧张招呼着："怎么那么巧啊？"

因为按照剧情走，刘京没见过海燕母女，郝男儿得帮着介绍，他扭头对刘京说："这是……你叫阿姨就行了。"

刘京忙不迭地点头："阿姨好阿姨好。"

海燕妈赶紧回答："小刘，你贵姓啊？"

气氛一下子就尴尬了起来。

海燕早就看出来了，这一声小刘喊出来，大家都有点不好意思，刘京就在那一个劲儿打圆场，说什么天气热啊，坐坐坐啊，先来壶水啊，干脆大家一起吃啊什么的，也招呼着服务员过来点菜。

服务员拿着菜单走了，气氛又尴尬起来，刘京当前锋开始替郝男儿表白："是海燕吧，经常听老板提起你啊，听得我耳朵都起啮子，今天终于见到真人了。我们老板说梦话都要念叨你。就前两天晚上，他做梦抱我大腿说，海燕呀，你人可真好啊，我什么时候要再见着你一面啊？"

郝男儿鼻子都气歪了，这个刘京，说话一点分寸都没有，说成这样，自己在海燕那儿的印象全破坏了！急得就在桌肚子底下踢了刘京一脚，嘴上辩驳着："哪里的事，别听他胡说。"

海燕妈坐了一会儿想撤，对郝男儿他们说："你们年轻人可真逗啊。那你们先聊着。我上对面去，买块布。"

郝男儿赶紧站起来道别："阿姨慢走……"

海燕可不愿意让妈走，自己一个人对着两个男人，多尴尬，她挽住胳膊，拽着妈说："妈……吃完饭我再陪您逛嘛。这外面车那么多的，不安全。"

"多，多不怕呀，我陪您去。"刘京立刻就凑上去解围。

郝男儿也推着刘京："他陪您去。"

"对对，我开车……安全。"刘京接着说："我扶您，阿姨。"连拉带拽就走了，两人到门口，背贴在墙上就朝窗户里面看。刘京对着海燕妈抱怨："阿姨呀，你这么紧张呢，差点给说漏了呀！"海燕妈也是后悔不已，拍了一下自己的嘴说："我一紧张嘴就秃噜了就……"

海燕妈和刘京走出餐厅，刚才的热闹气氛一下子就静下来，海燕低着头不看郝男儿，郝男儿穿那么厚的衣服也是勒得又紧又热，浑身不自在。最倒霉的是服务员，老是被叫来点菜，送来菜单又不了了之，只能回去坐到吧台上。如此循环了两次，服务员已经有点按捺不住了，这又被叫过去，她懒洋洋地把菜单往桌子上一扔就站旁边等了。

郝男儿食指按住菜单，推向海燕说："你点吧。"

海燕反推回来："还是你点吧。"

"我听说你开了一个小饭馆，所以点菜你应该是专业的。"

"我给客人推荐还行，但是一到这儿我自己也不知道该吃什么。"

服务员怒了，阴阳怪气地说："我说，你们到底点不点啊。"郝男儿吓得赶紧要了几盘青菜了事。

这外面，刘京和海燕妈看着里边的动静还挺满意的。刘京对海燕妈说："我觉得能成。你看他俩眉来眼去的。"海燕妈也是乐呵呵的，两人互换了一下位置，继续偷看。

郝男儿跟海燕终于正常聊上天了："其实你就跟我那个外甥女婿一样的，老是想着别人，自己的事一塌糊涂。"

"你说的是云山吧。"

"对，你们认识啊。"郝男儿很好奇。

海燕喝了口茶说："对对，认识，他这人挺厚道的……"

"是是是，厚道，人特别好，也不知道什么时候他也能找着一个。"郝男儿说起来就想到云山不容易，真准备好好聊聊云山。

海燕虽然话少安静，但也是个聪明的人，今天一看这个阵势，就知道是郝男儿主动设的局，想约这个会。她不是不明白郝男儿的心思，但是她结过婚，也受到过伤害，过了好久才平复过来，很长一段时间，她甚至都不想再谈对象了，觉得自己一个人也好，也没小孩子，自己养得活自己，自由自在的，多好。这个郝男儿，听妈说过没结过婚，甚至都没谈过对象，自己一个结过婚的人，也配不上人家，再说，这人说话做事有点咋咋呼呼的，自己是个想踏实过日子的，也不知道秉性脾气能不能处得来。海燕觉得不如敞开天窗说亮话，把自己的这些疑虑都说出来，也好看看他到底是个什么态度。所以，在郝男儿聊云山的时候，海燕基本上处于神游的状态，她根本想不到那个厚道的云山居然默默喜欢她一段日子了，是因为老舅的原因主动退出了。

"那个我的情况……"海燕有点紧张，清清嗓子说："我也不知道他们有没有告诉过你，我有过一次婚姻。我前夫，他也是去城里打工的，然后，我们就分开了。你也知道，在咱们农村讲究门当户对，所以，我觉得，我这辈子如果我一个人继续往下过也没什么问题。但是家里面，还是希望我再找一个。我想，如果我要找的话，我应该找一个离过婚的，这样双方也合适，也比较公平。但是我没想到他们会给我介绍你，不知道你是怎么想的？"

郝男儿看着眼前这个女人，说话的时候眼睛晶晶亮亮的，好像眼神也在连带着传达着内心的波动，从她的措辞、心态和小巧的嘴巴，以及忽闪的眼睛上都能看出来。郝男儿觉得她这样子可爱极了，像一块透明的璞玉，和这家乡的山和水一样美好，透着灵性。

听海燕说完这些话，郝男儿沉默了半晌，海燕以为他犹豫了，没想到过了一会儿，郝男儿突然没头没脑问了一句："你和你前夫有孩子吗？"

"那倒没有。"海燕觉得很奇怪。

"那太可惜了。我寻思，你们要有孩子的话，能省我事了。"郝男儿笑着说。

"省你什么事啊？"海燕的脸颊已经有点泛红了。

"我不在乎。"郝男儿这才认真地表达着自己的意思："你是单身就行。你是单身就有权利享受爱情，就有找个人再过的权利。我不管你过去怎么着，跟我没关系。我听完你说的我挺心疼你的。我想照顾你，你要愿意的话，你，你考虑考虑……"郝男儿说到这儿，拿起一个没用过的陶瓷茶水杯，倒满一杯茶，推到海燕那边，鼓起勇气说了个提议："这样，你愿意至少考虑考虑我，咱们就以茶代酒，咱把这杯水干了，你要不愿意的话，今天我走。"说完自己给自己斟了杯茶，一饮而尽。喝完抹抹嘴，盯着海燕看，等着她的答复。

海燕这回没有躲躲闪闪，迎着郝男儿的目光，虽然还是有些犹豫，最后还是端起茶杯饮了一口。郝男儿的嘴就像早春的花儿一样，慢慢的、迟缓地绽放开来，他不知道该说什么是好，只晓得咧开嘴笑。逗得海燕也笑了。刘京在屋子外面看到这一幕，心里头温暖又有些酸楚。郝男儿在滨海这么多年了，从来也没有好好谈个对象，平时当个道歉专员，不是被这个骂就是被那个训斥，也是受了不少气。在老家这样吆五喝六的，也就是哄家里的老姐姐开心，说白了在外头就是流浪，没个根，飘在天上，他理想还那么远大，说什么缝合全人类的情感，其实连自己的情感都照顾不好。现在好了，终于赶上一个好媳妇，也能有人照顾他了，能踏实过日子了。刘京抹抹还没来得及淌下来的眼泪，就拉着海燕妈走了，一路上安慰着说成了成了，您老就放下心吧。

　　郝男儿的事儿算是定下来了，心情靓到爆，没事就跟晓丹在院子里扯些有的没的，炫耀一见钟情的滋味。晓丹看着郝男儿乐成这样，心里也替他高兴，但是想到自己和郝有旺，相形之下，不禁有些神伤。这些日子和郝男儿在一起，还有刘京，就算带上思华也成，在田野间散散步，吹吹口哨，扯扯闲篇，晓丹觉得都挺好，挺放松的，郝男儿这人，皮糙肉厚的，也不爱生气，生气起来，拍他一下，打他一下，呵呵一笑就算了，从不往心里去。比起城里边那些个玻璃心，相处起来简单多了。

　　郝男儿跟海燕见了第二次面，算是拿到交往许可证了，成天的，颠儿颠儿地瞎转悠加瞎嘚瑟。这不，又拿了把扇子扑腾着跟晓丹炫耀"一见钟情"。

　　晓丹鄙视地看了他一眼说："你都多大了，还一见钟情。你以为中学生呢？"

　　郝男儿不认同："这跟大小有什么关系呀？你看见没有，你不相信一见钟情是吧？那我就告诉你一句话，就说明你跟老郝，你跟郝有旺，那个郝有旺，你们俩幼稚。"

　　也不知道思华在哪儿，郝男儿就这样公然的"郝有旺"的乱说，晓丹是真有点担心，她压低了声音喝止郝男儿："你敢再大点声吗？"

　　"你跟郝有旺啊，你们幼稚啊！你们不相信一见钟情，我说你跟郝有……"

　　"别人都听见了，你干什么呀你？"

郝男儿不以为然："没事，思华不是跟刘京玩去了吗？"

"那也不行，你这人怎么这么讨厌啊！"说完晓丹朝着他胳膊就捶了一下。

"呦呵！你再打一下？你打新郎官啊你。成了，你知道什么叫'金风玉露一相逢，蛤蟆绿豆就对眼'？"

晓丹简直要笑死了，歇了口气说："你前面那句，不行，后面那句靠谱。"

郝男儿也忍不住跟着一起笑了："后面那句属于是话糙理不糙。理就是这个理，知道吧。我一见着她就觉得，就是她。非她莫属，我媳妇。"

"你才幼稚呢，这么不切实际。得，你慢慢想慢慢美去吧，我进屋了。"晓丹拍了郝男儿一下就走了。也巧，这刚一走，郝有旺的电话就来了。

"喂，兄弟。"

"郝老板。"有几天没听到郝有旺的声音，郝男儿稍微觉得有点陌生。

可能是因为把晓丹也带走了，郝有旺开始催问归期了："你们什么时候回来？"

"不是，这才出来几天呢？"

郝有旺有点不大开心："别介啊，你说你带着我的女朋友，跑到你们那山沟子里去，这一去就好几天。不太合适吧？而且陈云珠最近老问你。还有，我那外甥女思华是不是也在哪？你再不回来我怕露馅了。"

"我刚回家没两天呀，你得让我喘口气呀。"郝男儿实在不想刚刚跟海燕建立起来关系，就这么匆匆走了。

但郝有旺还是催，他的理由永远那么多，还那么合情合理："兄弟咱俩可是雇佣关系啊！你看我这还想帮你开你自己的道歉公司呢。你哥哥我可不容易啊！你得体谅我呀！"

"那个，你这样，我拾掇拾掇。我跟大伙告个别。"郝男儿没办法，也就只能马上动身回去了。他必须得承认，开一家自己的道歉公司是个太大的诱惑，尤其是现在，就要跟海燕在一起了，自己要给她创造一个好的环境去生活。郝男儿回屋通知了下大伙儿，叫上刘京、晓丹和思华赶紧收拾着就要走了，时间太紧张，没空儿跟海燕道别了，郝男儿写了封信，跑到云山饺子馆送给云山，让他给海燕捎个信儿。云山还很疑惑为什么要写信，说我现在可以骑摩托车带你过去啊。郝男儿狠狠拍了下云山的脑袋，抓住最后的机会教育了一下这个二愣子外甥。

"你怎么那么轴呢？点不破你啊。男女这个，它是需要浪漫的。明白吗？回头我走了然后……你想她每天晚上看着我的信，多幸福啊！给我送去啊。"说完就带着一脸贱贱的幸福回去了。

此刻郝男儿的笑容在很多人跌宕起伏的一生中都曾遇到过，人生得意须尽欢，郝男儿拉着郝有旺和大伙儿合影，众人簇拥，"123茄子"的混作一团。在天气朗朗、笑容迭起的大好日子里，郝男儿可以暂时享受理想的幻影在他眼前铺开的图景，绝对预料不到将来的某个日子，这家属于他自己的道歉公司，会完完全全离他而去，像指缝里抓不住的沙子。

13. 自己的道歉公司

　　这么快就要回城，大伙儿的心思都很复杂，尤其是晓丹，她喜欢这儿山清水秀的环境，没有纷争和猜忌，一切都很真实自然，生活节奏也慢，这其实就是她想要的，突然就要回城了，回到那个钢筋水泥有些压迫的世界，她舍不得。但同时，这么长日子没见到郝有旺，她也确实有点想他了，不知道他最近怎么样，有没有被陈云珠逼迫得很惨。这半年来，他要操心的事儿太多，本来年纪就不小了，额头眉心的皱纹也是蹭蹭蹭地冒。但话说回来，这些也是他郝有旺自找的，钱已经不少了，还非得争什么遗产，像海燕和郝男儿这样简简单单的多好。这一趟跟郝男儿和刘京走这么近，倒是看见他俩身上的不少优点，挺好玩的，都重情义，晓丹觉得跟自己投脾气。其实这思华吧，也不讨人厌，爽快人，但偏就是陈云珠的女儿，处处刁难他们，害得她跟郝男儿天天都得扮着，怪累人的。这不就是回城，还在后头跟着呢。晓丹回头一看，思华的车跟他们恰好维持在一个比较好的距离内。"真够执著的！"晓丹自言自语着。

　　郝男儿靠在后座上玩指甲，自动脑补海燕读信时的感动表情，沉浸在想象的幸福之中。

　　晓丹见郝男儿没反应，砸了砸他肩膀："你说，她要跟着咱们去哪儿啊？"

郝男儿这才回头看见思华的车，不经意地说："咱们去哪儿，她去哪儿呗。"

"那咱们去哪儿啊？"

郝男儿无所谓地说："咱回厂里呗。"

"还回厂里，坐一天车都累死了……"

说归说，他俩还是老老实实回到了木器厂，思华见他们进了厂子，连刘京都走了，才调头开走。郝男儿躲在大门后面看车走远，才松了口气，不觉也埋怨了一句："每天就这么演戏，累死我了。"

"我也觉得挺累的，你是实力派我是偶像派。"晓丹开起了玩笑。

两个人决定先进木器厂喝口水再打车回家，天已经大黑了，两人趴在沙发上，郝男儿趁机把一堆乱七八糟的发票整理一下。

晓丹看见满桌子的发票嘲笑他："这么大老板自己弄发票呢？要帮忙吗？"

郝男儿嘿嘿一笑，贫起来："我什么老板你还不知道啊，你别拿我取笑了。厂长是假的老板娘是真的，但我能让真的老板娘帮假厂长。"

晓丹看着那堆票据爽快地说："我来吧。"

郝有旺不知何时走了进来，估计是看到思华回家，知道大家回来了，晓丹的电话又打不通，这就赶紧到木器厂来瞧瞧。在门口看到二人在忘我的忙着，连自己进来都没有发现，遂敲了敲门。

郝男儿一扭头看见郝有旺，热情地扑上去："老郝大哥，我想死你了，下次你也得跟着一起去，我跟你说，可好玩了。"

"这次回去有什么收获吗？"郝有旺语气很平静。

"收获特别大，说实话老郝大哥，我真挺感谢你的。要是没有你的安排，我……但是反过来想想啊，你还得感谢我。"

"我这五万块钱都花出去了，我还得感谢你？"郝有旺不服气地问，他还憋住了一句话，"我连女朋友都给你带回去了，还得谢你？"

"你知道，我俩到了村子之后继续演啊。演得可好了，不光我们村那些老乡，然后我老姐姐都信了。"

"信什么呀？"

郝男儿没有任何戒心，说得眉飞色舞："我和晓丹一对呀！"

郝有旺把手包一扔，弹在沙发上，气不打一处来："你，跟晓丹是一对？你们那儿的人都什么眼光？"

晓丹瞪了郝有旺一眼，教训起来："说什么呢你？你就万幸郝男儿装得像吧，你那个什么小姨子，派你那个外甥女叫什么来着？"

"陈思华。"

"对'陈思华'一直跟着我们，要不是郝男儿装得像，早就露馅了。"真是一物降一物，晓丹一发话，郝有旺语气立马就好了。

"我知道，晓丹，陈婆子太阴险了，这回我得好好谢谢我这兄弟。"

晓丹有侠女心肠，冷着脸说："光谢谢有什么用啊？"

郝有旺领会了，笑着对郝男儿说："对啊！我这次来就是特地，我想以实际行动来感谢我这兄弟。这样兄弟，你这两天赶紧找地方，找好了地方就开你自己的道歉公司。"

郝男儿直摆手："这个不行我不是冲这个的，我冲你们俩的真实情感，你把我当成……什么时候啊？"

郝有旺倒是也痛快，干脆地回答郝男儿说："你只要选好地方，咱们马上就开，好不好？这款项就从木器厂的账户上走，找好地方，赶紧注册，还有，我再给你配辆车，咱俩说好了啊！可不是新的。"

郝男儿乐得有点过了，脸部神经笑得收不回来，他按着自己的脸说："不是，我，我要饭哪儿能嫌馊呢……"

三个人都笑了，晓丹看着郝男儿和郝有旺，突然觉得有点悲哀，为什么自己喜欢的偏偏是有钱的郝有旺呢，被金钱、财产束缚着。看郝男儿，多单纯，喜怒哀乐形于色，是多敞亮的人。为什么都叫郝有旺，个性却不能置换一下呢。

郝男儿还在那跟郝有旺聊着天，说以后用车接送晓丹上下班，从此"我是你的好 driver（司机），他是你的好爷们。"郝男儿没事就喜欢编一些这样的绕口令，像孩子一样，这绝对是郝有旺不喜欢的，郝有旺会觉得这是智商低下的表现。所谓孩童的天真对他来说，也只是不成熟的人性和智性，是不能来这个参与激烈的社会竞争的。想来想去，晓丹觉得自己也是败了，捧着杯子就走出门去，回到自己的办公室歇一会儿。

郝有旺看见晓丹情绪不高，跟着就追过来，郝男儿也长了一副汉子的外表，八婆的心肠，贴在门上听里面的动静。办公室里传来低低的争吵声。郝男儿听了几下，觉得没意思，就打车回家了，一路上，哪怕坐在车子后座上，他都忍不住简直要手舞足蹈，估计是怀揣着的道歉公司的梦想太大、太灵活，像一个活跃的动物一样老想从他的胸口跳出来，压都压不住。

郝有旺是个重视效率的人，才过了一个月，启动资金已经打到郝男儿账户上了。郝男儿正找着房子，名字都取好了，以前老刘那个"不怕烦"他觉得很好，现如今，自己的这个公司就叫"烦不怕"吧。媛媛考学的日子越来越临近，新公司也需要人料理，郝男儿干脆就把云山给叫来城里了，帮自己干，一家人在一块儿也好照应，最重要的是以后租个大点的房子，能给媛媛创造一个好的学习环境。

于是，一个月后就又重现了大伙儿当初送郝男儿回城的盛况，乡亲们从家里拿了好多土特产让云山带着去城里吃。云山拜托着乡亲们能多帮着照应一点媛媛和老姐姐，等自己安定下来了，再把媛媛接过去。

云山坐的是一大早的长途大巴，早上朝阳升起，云山看着窗外的风景，心中掩不住的激动。毕竟他很少来城里，这次是要过来闯事业的，他想好了，就跟着老舅好好干，不懂的肯定多，就踏实多学习，和开饺子馆一样，什么事认真干，总会有收获的。自己扎下根来，才能让媛媛没有后顾之忧地学习音乐，实现自己的梦想。至于老舅，现在应该已经跟海燕快要谈婚论嫁了吧，云山微微露出笑脸，心中已经是一片坦荡。他老家离滨海市并不是很远，几个小时就到了，不想劳烦老舅来接，之前电话里已经把详细地址告诉他了，云山索性自己找了去，反正，路就在嘴边，边问边找不就得了。

郝男儿打开门的时候确实吓了一大跳。这云山第一次来城里找他，居然还真的找着地儿了。

开门就看到云山憨傻的大脑袋，微胖的身体，郝男儿觉得很亲切。还没来得及问，云山就傻傻地笑着说："老舅，你给我写得挺仔细的，我看地址，我就自己找过来了。"

这也是云山第一次看老舅住的地方，屋子不大，水泥墙，水泥地，一张木桌子，几个木头沙发，屋子靠里边是床铺，床旁边有个小床头柜，上面还搁着他们全家2000年的合影。云山看到照片里黄灿灿的玉米和大伙儿的笑脸，卸下肩膀上的大书包，想到妈和媛媛有些哽咽。来的时候，妈特意烙了几个煎饼，让云山捎过来给老弟尝尝。云山赶紧打开包，把饼递给郝男儿："对了，这是我妈、你老姐，给你烙的煎饼。我这给你带来了。"

郝男儿接过来就咬了两大口，看来一定是饿了，嗓子眼里都是面，咽不下去，也不喝水，硬跟云山说话："你来了……我现在是木器厂的厂长，但是我不想让你去木器厂，我新开了一个道歉公司，我想让你过来帮我。"

"道歉公司？我不太理解。"云山挠挠脑袋，详细问起来："你跟我详细说一下，到底要干什么？"

"道歉公司呢，有一块重要的业务就是情感陪护。就是说一个人情感缺失，缺失……"说着就冷不丁地踹了祝云山一脚。

云山也真是老实人，被重重踢了一脚只觉莫名其妙，还问老舅脚踢疼了没有。

郝男儿进行实实在在的情境教育："你看我打你了，对不对？要是咱俩不认识，你是不是生气了？"

"生气。"

"这时候来个人给你道个歉，你就不生气了。"

"那不一定啊，那应该你给我道歉啊。"云山思路很清晰。

"对！"郝男儿好不容易把之前的饼都咽下去，又咬了一口，这边嚼着那边跟云山解释着："这个人就是我花钱请来的，他替我向你表达一个歉意。"

云山"哦"了一下："他就是代表我。"

"没错。"

祝云山一拍脑门，恍然大悟："我明白了，明白了……完了他替我道歉，我们……懂了。"

"但是有一个，"郝男儿补充道："咱得说清楚，挣钱不是最重要的，我过去那个公司就是以挣钱为主，但是现在，我要做一个帮助别人快乐自己这么一个主旨的公司。你跟我来，我给你详细看看。"郝男儿把云山拉到自己的桌子跟前，刚才他正在写着新公司的规划报告，包括设置哪些机构啊，主攻哪些方面的业务啊，要招什么样素质的员工啊，等等。要说招人，郝男儿忘不了之前老公司的员工。当时他跟经理老刘的经营理念不同，唯独和赵明老大哥相处得不错。这次建新公司，除了叫云山过来，还准备把赵明也给挖过来帮忙。今晚他得和云山把企划书赶出来，明天拿着去和赵明谈合作。

叫赵明过来，还有一个原因，就是郝男儿之前在旧公司同事面前没少提要开自己的道歉公司，尤其是这个赵明，听得耳朵都要起茧子了。这会儿终于实现梦想，叫以前的同事过来见证梦想，并肩作战是何乐而不为的事情呢。他得用实际行动告诉赵明"天山飘着五个字，这都不是事"。

其实赵明在原来那个公司干得也不痛快，早就想走了。现在郝男儿这边缺人，按说是刚好的事儿。但赵明有他自己的考虑，原来的平级同事关系变成了老板和员工的上下级关系，他不知道自己能不能适应这种变化。郝男儿约见面的时候一点架子没有，反倒是好话说尽，说新公司就缺这种懂业务又懂管理的人才，句句打在心坎上。看得出来郝男儿很有干劲。听他话的意思是现在万事俱备，只欠他这阵东风。要是他赵明不愿意，郝男儿表示就是三顾茅庐，也会把他给挖过来。这让在旧公司缺乏存在感的赵明自我价值有了很大的提升。他提出了五千块的月薪，郝男儿也痛快答应。就这样，三个人，一份企划书，公司也就初具雏形了。

云山没用两天的时间，就给新公司找了个地方，是一家破旧的宾馆的二层，原来是个废弃的写字间，云山当初选这儿是因为和木器厂挨得近，在这办公两边都能照应着。两人来实地考查的时候发现确实称得上脏乱差，也就价格便宜讨了点巧。郝男儿虽然不甚满意，但好在空间还是比较大的，于是迅速地在自己的脑子里规划办公室的格局。这儿窗户边看看采光，那儿敲敲间壁墙的厚度，考虑承重情况，最后他拉着云山跑到左边的一大块空地上说："这是最大的厅，是吧？这块我就做格子间。"

"格，格，格什么？"云山一头雾水，老家不需要格子间，他也没有听说过这个词。

"就是说，你这个做办公室，对吧？"郝男儿思考怎么解释才能跟云山说得详细一些，打个什么比方好呢？他眼珠子转了一圈，跟云山说："你看这么个大厅，完了你横着什么的，就是隔断。"郝男儿用手一下横着一下竖着地打比方："就这么高那玩意儿，跟啤酒箱子似的。"

云山若有所悟："然后把人放里面？妈在家看的电视剧里有人在公司确

实是这样。"

"对！格子间。白领都是这么坐的，所以说呢。"郝男儿又给云山派了个任务："你现在，你跑趟家具市场，你把那个格子间整个那套设备，你给我置办齐了。"

"都买新的啊？"云山觉得没那必要，开公司往后用钱的地方还多，不如在这些地方省一点。

郝男儿不高兴了，他人虽好，但却有好大喜功的毛病："我新公司你给我买二手的呀？"

"不是，我觉得那不是省钱吗？"

"什么省钱 我丢不起那个人，你不要搞那一套。你就给我整新的，嘎嘎新的。"

"哎，好！"云山答应着，把老舅的交代都在本子上记好。

郝男儿又拉着云山东指西指地一顿畅想："这儿做前台，这儿做办公室，前台过来正好是这个办公室，又有一个新公司的风貌，客户一看觉得这个公司是可信赖的。"

郝男儿怕自己一下子灌输得太多，云山吸收不过来，停下来观察着他说："明白吗？"突然地噗嗤一笑，整整云山的衣服，说着："你以后就是白领了，没想到吧？"

云山戴了一顶解放帽，外头太阳大，东跑西颠的，流了许多汗，帽子都湿了，汗津津的，郝男儿又嫌弃起来，开始挑剔云山的穿着："你这个帽子以后你别戴了。你不嫌味啊，汗弄的，多馊。"

"没味啊。"

"别再戴了啊！"郝男儿决定在形象上也对云山提出更高层次的要求："我给你约法三章：第一、穿着要像个白领一样，以后给我穿皮鞋。第二、我在公司里边，以后你当着别人面不能再叫我老舅了。"

"叫郝男儿啊？"云山以为老舅要显得亲民，一视同仁，乐呵呵地直呼其名。

郝男儿一巴掌拍脑袋上了："我打死你，我是董事长，叫我郝董。"

"郝董？"

"对，郝董。然后全力配合老赵的工作。"郝男儿双手背到身后，大摇大摆出去了，边走边给他解释老赵："这个老赵叫赵明，是我以前道歉公司的同事，我现在专门请他过来，负责管理工作，你要全力配合人家工作，你不能跟我搞特殊化。"

"行，行。"云山把这些要求都记在本子上。

"另外，我在前面干活，你在后边观察、学习，多想、多看、多听，少说话。"

"我知道了。"

"早晚有一天，你得培养自己……万一要你独当一面呢？虽然你没有这个能力，但是你也得学习啊！"

"行，老舅，不对，郝董，我尽快学习。然后呢，替您独当一面。"郝男儿把该交代的都交代得差不多了，就让云山去买东西，自己留下打扫这未来的道歉公司，但目前还是脏乱差的垃圾场一样的地方。

虽然只有他和云山两个人收拾，但开业那一天的到来还是比郝男儿自己的想象更快。郝男儿忙前忙后地很高兴，虽然一切从简，还是做了剪彩揭幕的仪式。剪了个绸子花，拉开个帘子，就算开业了。云山凑到跟前说："是不是简单了点？我饺子馆开业的时候还放挂鞭呢？"

郝男儿心里很高兴，他不在意这些繁文缛节，教训云山道："你乐意你就回饺子馆去，酒香不怕巷子深，对吧？不一定要按部就班、墨守成规的，开业就非得有气球啊，放鞭炮啊。有的公司热热闹闹的，到年底该黄还黄，对不对？咱们这个悄无声息的，但是很有可能公司就越做越大，细水长流，是吧？为什么？因为我们是一个年轻人的公司，因为我们是一个做情感陪护、情感事业的公司。人人都需要我们这个情感事业来做陪护，所以说我们的公司，有了我们这些年轻人的血液和精气神一定会越做越红火。那么现在我建议啊，赵总，为了体现我们公司的精神风貌，我们一起唱首歌。"

刘京立刻赞同："好，来来来唱歌。"

郝男儿冲到人前站着，叫唤着："来，我指挥啊，都站好了，我们唱什么啊？"

"团结就是力量。"，还是刘京出的主意。

"对对对，唱团结啊，来，团结预备唱。"

13. 自己的道歉公司

郝男儿新招的人都是些听话又单纯的孩子，公司是新开的，大伙儿都憋着一股子劲要好好做业务，老总振臂一呼，大伙儿都唱起来："团结就是力量，团结就是力量，这力量是铁，这力量是钢，比铁还硬，比钢还强……"正唱着，郝男儿看到一辆奔驰500开过来，是郝有旺的车，这老郝大哥还亲自前来祝贺。

郝男儿高兴坏了，拽着老郝大哥的胳膊朝里面请。郝有旺礼数很足，朝着众人拱手恭喜："开业大吉！开业大吉！"郝男儿对着郝有旺介绍公司员工，指着他们很是得意，跟郝有旺说："你看，精神面貌多好。"在此刻，郝男儿有了自己的公司，又即将要迎娶心爱的女人，简直是要登上人生巅峰的节奏。此刻郝男儿的笑容在很多人跌宕起伏的一生中都曾遇到过，人生得意须尽欢，郝男儿拉着郝有旺和大伙儿合影，众人簇拥，"123茄子"地混作一团。在天气朗朗、笑容迭起的大好日子里，郝男儿可以暂时享受理想的幻影在他眼前铺开的图景，绝对预料不到将来的某个日子，这家属于他自己的道歉公司，会完完全全离他而去，像指缝里抓不住的沙子。

在他还沉浸在新公司开业大吉的欢乐之中时，突然一个电话响起来了，像是对他未来生活的预警，又或者是现有生活系统里的一个"漏洞"被检测出来，给眼前的虚假繁荣轻轻扇了一记耳光。这个电话是陈云珠打的："喂，是郝老板吗？"

郝男儿走到一边去接电话："喂，陈大姐……"

陈云珠绞尽脑汁又想了个会面的理由："是这样的。我有个朋友在郊区有个林场，我想牵个线，让这个林场跟你的木器厂产生业务关系，你看怎么样啊？"

"好啊！太谢谢陈大姐了，老想着我们。那这么着，哪天我做东，请你吃饭，好不好？"郝有旺高兴头上，话说得得体，嘴也甜。

"郝老板客气了，我只管牵线，其他的事啊，你们自己谈。抽个时间，你带上你的女朋友，还有我姐夫，我们一起谈谈生意。"陈云珠说到这儿顿了一下，用商量的语气说："然后，顺便去度个假，怎么样？"

"好嘞，那就这样啊，再见。"

郝男儿挂了电话又忙乎别的去了，虽然他知道陈云珠又出了一记重拳，但是，他现在还没有余暇顾及。

郝男儿想把他的道歉公司做好，当然得赶紧进行业务培训，他决定将自己积攒了这么多年的资深情感陪护经验倾囊相授。公司内部装修已经完成，但一些桌椅还在陆续送货中，难免影响到了好男儿的教学状态。

这不，今天郝男儿正准备就到底是情感支配大脑，还是大脑支配情感的问题深入探讨一下，云山那边刚好带了几个人搬一张大桌子进来，叮里哐啷的。郝男儿把嗓音提高了八度，云山怕工人听不见也提高了音量，全然没注意到老舅在进行严肃的教学活动。郝男儿这边喊："到底是情感支配大脑还是大脑支配情感呢，我们刚才提出了一个设问……"那边云山指挥着："螺丝拧好！"这边郝男儿说："大脑和情感到底是什么关系呢？"那边云山紧盯着螺丝钉说："夹紧喽，夹紧喽，好嘞！"

郝男儿过去踹了云山一脚："不能小点声？"

云山招呼大伙儿："你们都小点声啊，小点声。"

郝男儿又要开讲："现在我们讲第一课，情感能引起什么……"又是一阵叮叮咣咣的声音，他们把桌子的螺丝装好了，现在要抬起来，跟川江号子一样喊起"123"来。郝男儿正要发飙，前台的电话接过来，"郝董，外面来了位客户。"郝男儿有意要锻炼一下云山，跟他说："你去吧。"

云山有点怯，毕竟来这儿一单也没接过，现在还在看初级的入门书呢，晚上下班，没事云山就捧着一本《交往心理学》硬啃。

郝男儿推着他非让他去不可："你去，你第一次，必须得练。"他扯扯云山的衣服，叨叨着："你把榔头给我放下。你去吧。"

没想到云山回来的时候已经跟客户谈得妥妥的，跟郝男儿汇报说："签了。"

"不错啊！"郝男儿有点不大相信自己的耳朵，本来还以为云山肯定搞不定，自己过一会儿到了关键的时候顶上去，把问题给解决了，也能让云山多学点东西，现在他居然一个人就搞定了。"嗯，不错！"郝男儿自言自语着，很为这个大外甥骄傲，索性问他："你是怎么谈的啊？"

云山老老实实地答话："我就跟客户说咱们公司是新的，正在试营业，好多人都在干活，所以特意派一个岁数差不多的过来跟您谈，我们公司的宗旨就是，想尽一切办法把您的问题尽可能地解决好。客户可能觉得我还挺诚恳的，就答应了。"

"嗯，就该这么说，挺好！"郝男儿表示肯定，"咱们这个公司就是帮人解决问题的，咱们诚心、尽力，嗯，就该简单朴素地把态度表明。"郝男儿拍拍云山的肩膀说："干得挺好，没事也多虚心点，我讲课的时候听一听。"

云山不住地点头称是："我这，头一天嘛，头一单，我在跟她说的时候，我这心呐，嘎嘣嘎嘣地跳，紧张。"

"紧张什么啊？天上飘着五个字，这都不是事，看来你还是挺适合干这个的，比你钉桌子啥的强多了。"

"是，是。"

"是吧，你以为你钉桌子，你就能钉出个合同来啦。"

"那不能。"

"那不扯淡的吗？对不对？"

"对，还得走心。"

郝男儿觉得自己还得交代点什么，云山签是签了，还得把事儿干好吧，嘱咐着："你既然签了，就把这个协议再好好看看。"郝男儿拿起云山的协议书，像模像样地翻了几页，指这指那地交代："根据人家……人家刚才讲清楚来龙去脉了吗？你把这个，你稳扎稳打，你别……签合同只是第一步。你把它办成办好最重要。"

"对。我多琢磨琢磨。"

云山踏实肯干，以前在家乡开饺子馆的时候，心眼实诚，卖的饺子皮薄馅儿厚，大伙儿都愿意去那吃，现在干道歉专员，他也是抱着笨鸟先飞的心态，多看、多观察，态度诚恳，又不怕麻烦。没用多少时间，业务水平已经在公司名列前茅了。云山算是真正践行了郝男儿的理论，情感缝合、解决问题是第一位的，其次才是盈利和效益。客户们喜欢云山的态度，没有别的道歉业务满脸堆满功利的赔笑和一副受气不忿的样子。云山最大的优点就是站在客户的角度帮着想办法，不论是道歉的，或是被道歉的双方，他都有办法去找到一条开导的路径，即结怨不如和解，放开、宽容最终受益的始终是自己。这样的姿态很正能量，也能让人信任。所以，在小会议室谈事的时候，同事们总能听到客户一些类似的反应。比如"对，兄弟，今天看你的面子，这事就过去了。你告诉我朋友，这事就当没发生过，"或者是"我……你要是不开导我就过不去这个槛。这事就算过去了"，结果就是不但单子签下来，跟客户还保持了朋友的关系，一个介绍一个，云山的资源像滚雪球一样越滚越大，业绩越来越好。郝男儿的公司有云山和赵明帮着打理，倒也是风生水起。只是这赵明因为云山的业务能力越来越强，又是老板的外甥，不免心里设防，生怕自己的位子被云山取而代之。

郝男儿应付在道歉公司和木器厂之间，辛苦是辛苦了点，但有事儿干，苦点也有奔头。郝有旺和晓丹这边也算是相安无事，老郝大哥给自己配了辆车，上班下班都接上晓丹，两人没事聊聊郝有旺和海燕，也能相互慰藉着。郝男儿会逗人，经常说些道歉公司好玩的事儿把晓丹逗得前仰后合的，郝有旺有什么话也托郝男儿转达，有什么事儿托付郝男儿照料。晓丹知道这样的关系并不能长久，嘴上虽然不说，但因为郝男儿的体贴，心里对郝有旺的期待反而增加了。他希望郝有旺什么时候也能心细如发地体察她的一颦一笑、一悲一喜，而不是每逢纪念日收到的礼物，那对郝有旺来说可以代表他的真心，但对她晓丹来说，礼物只是男友不能陪伴在身边的替代补偿，像纸币一样空洞。有时候她甚至觉得那东西象征了一种收买，每当眼角掠过那些物件的时候，就觉得透着嘲讽的笑。陈云珠在开业那天的电话就像埋在太平日子里的一颗地雷，随时都有可能爆炸，郝男儿和晓丹都等着那天的到来，打起精神，收起疲惫，为了郝有旺的遗产再演好一场戏。

在这等待的过程中，郝男儿的生活中发生了件大事，像石子投河一样激起了千层涟漪，不过是幸福的涟漪。

绯红色的脸在高速行驶的长途车上并不引人注意，但如果有人愿意稍微仔细观察一下她的表情，看到她小猫一样闪躲的眼睛和轻轻抿起来的嘴唇，都会忍不住替她一起高兴起来，陪她一起哼个歌，都会切实体会到"向往"在这个世界上是件多么美妙的事情！

14. 海燕来了

　　郝男儿做梦也没想到给海燕留字条的古典方式会带给自己莫大的惊喜。海燕因为读了那封信，尤其是那封信的最后一句话，决定来城里找他，和他一起生活。

　　做了这样的决定，海燕甚至都没有告诉自己的母亲，她觉得这是第一次，她自己为自己的未来做主，她做好准备去迎接所有的幸福，也愿意承受这个决定所带来的任何不幸。她能够感觉到自己喜欢郝男儿，愿意相信他，跟着他过。幸福是连锁效应，不幸也是。郝男儿对海燕真心是不争的事实，但是正如道歉公司其实是郝有旺施舍给郝男儿的一样。郝男儿本身是不自由的，他能够带着司机开着私家车回家，他能够在木器厂当厂长，他能够开一家自己的道歉公司，前提是他被郝有旺雇佣了，代价是他必须担任好郝有旺女朋友的私人情感陪护师，还是 VIP 级别的，无时无刻、无微不至。这就表示他的时间并不是自己的，他要维持生活、事业链的常态平衡，就必须牺牲到自己的时间。但对恋人来说，最动人的表白就是陪伴。郝有旺为什么要倾入那么大的财力去给郝男儿实现梦想，就是为了解决他和晓丹之间存在的时间问题，可是他们的问题暂时缓和了，郝男儿和自己爱人的情感矛盾就会凸显出来。他分身乏术，这个问题在他后来和海燕的多次争吵中表现出来，那时的他们伤心、郁闷，却没有意识到这段感情从一开始就被忽略到的一个问题，即郝男儿能给海燕的只有真心这一样东西，看不见、摸不着，只有郝男儿自己知道。试问这样空洞的承诺怎么能带给女人安全感呢。陷入爱情漩涡的海燕被情感的激流裹挟着双颊泛红,当时的她既不了解情况,也不能预测后果,只能被幸福的幻想引领着,关了燕子小吃店,带了一些简单的行李坐上进城的大巴。在满目的山野绿色中自觉一切完满、岁月静好。

海燕并没有立刻打电话告诉郝男儿,她希望自己进城以后突然出现在这个男人的面前,给他一个惊喜。在长途车上,她展开郝男儿给他的字条反复阅读,读一遍总会露出不自觉的微笑,她觉出自己的心在扑通扑通地跳,却也舍不得收起来,摩挲着纸条,又读一遍:"海燕,你好,见信如面,当你看到这封信的时候我已经在路上了。前两天和你相见,我们聊了很多关于感情还有未来生活的打算,我觉得你是一个好女人,怎么说呢,我们有很多志趣相投的地方,其实很多话想要当着你的面说,但我又是一个情感细腻,不太好意思的人,喜欢让你在时间的推移中逐渐感受到我对你的好。海燕,我想我的意思已经表达得很清楚了,你一定会明白,期待我们再次相见的时刻。另外,我打算把云山带到城里跟我一起创业,所以,你看,你要不要来。"绯红色的脸在高速行驶的长途车上并不引人注意,但如果有人愿意稍微仔细观察一下她的表情,看到她小猫一样闪躲的眼睛和轻轻抿起来的嘴唇,都会忍不住替她一起高兴起来,陪她一起哼个歌,都会切实体会到"向往"在这个世界上是件多么美妙的事情!

然而,当汽车进站,梦想踏进现实的时候,海燕不折不扣地吃了好几计耳光,现实逼得她节节败退,还没来得及见到郝男儿,海燕已经开始预支了以后的好多泪水。首先是手机欠费,兴高采烈地要给郝男儿拨电话,结果拨不出去,天色晚了,周围的小店铺都没有卖手机充值卡的。好不容易找到一个公用电话亭打过去,对方的手机也关机了。海燕不死心地又拨了一次,这一次,她仅仅盯着号码盘确保自己拨的号码一字不差,但听筒里还是传出"您好,您所拨打的电话已关机。"

报刊亭老板挖苦她:"美女,这打不通啊打一百遍也没用,要不这样,你先休息休息,让后边两位先打,行不行?"海燕只好让出来,提着行李箱,形单影只地站在路边等夕阳西下,天色转黑,也不知道上哪儿住店去。

刚好街对面走过来一个人问海燕:"大姐住店不?我们那儿干净,卫生条件还好。"海燕现在只关心哪里能买到电话充值卡，向那位大姐打探起来。那人爽快地回答："我们那儿就有卖充值卡的，走吧，还管一顿饭呢，我帮你拿行李，来，这边，这边。"海燕还没反应过来，随身带的红色旅行包已经被提起来了，只好跟着那人穿过街巷，夜晚的霓虹灯亮了起来，KTV，台球室，街边摊的招牌都有各色荧光灯亮着，海燕穿梭其中，有点晃眼，比起老家单调的黑白色基调，这彩色有种让人眩晕的错觉。走了约莫有十几分钟，海燕跟着拉客的进入一处窄窄的巷子，被带到一个半地下的小旅馆的一个标准间内，到了，拉客的就把海燕的行李往油乎乎的地上一扔，抱怨了一句："还挺沉，来，看了，就这间。"海燕就一个人，不愿意住两张床铺，浪费钱，这刚要辩驳那人就走了。自己刚才进门的时候也把押金给交了，没办法，退不了房了。她从包里拿出面巾纸擦擦额头的汗，掀开被角沿着床边坐下来，心里一阵委屈，四周一股浓浓的霉味直往她鼻子里窜。

　　海燕没有想到自己来滨海的第一天就是这样度过的，她一个人坐到很久，也没有睡意，半地下的房间空气不流通，也看不到外面的灯光变化，海燕强烈地思念郝男儿，握着没有话费的手机哭泣，直到自己疲倦了，身子一歪，才倚着床角沉沉睡去了。

　　来滨海的事儿，海燕连自己的母亲都没有告诉，有一天，她妈到燕子小吃去找她，看到牌子卸下来，门关了，上面贴了个封条，写着"吉屋招租"，这才想到女儿有可能是进城找郝男儿去了。自打郝男儿走了之后，她看着闺女有时候会愣神一会儿，甚至还没知觉地偷偷笑出来，这在以往都没有见过，海燕妈看着也是高兴，她心里有数，这是咱闺女心里有这个人了。云山进城之前来家里道过别，还问有什么话给老舅带的，海燕支支吾吾的，啥也没说，只说以后有机会大伙儿再一起聚聚。她正考虑着哪天找着机会跟郝大妈聊聊把这事儿尽快给办了，没想到海燕自己倒去了。赶紧的，海燕妈专门跑到郝家村把这消息告诉郝姝贤了。郝姝贤的意思和海燕妈一样，就想赶紧把事落定下来。于是赶紧给郝男儿打了个电话。先是让老弟照顾好云山，然后嘱咐他一定要照顾好海燕，过段日子，找个时间，回家把酒席给请了，再领个证就彻底成一家人了。郝男儿光顾着"嗯嗯嗯"的，把老姐姐的话当做寻常唠叨了，都没细听内容。没过几秒，"海燕"两个字从她脑海里又反弹回来了。

郝男儿赶紧坐正了身体,把腿从写字台上放下来,神情紧张地问了一句:"海燕来啦?"

"到你那里去啦。"老姐姐先是云淡风轻的,但听郝男儿语气很疑惑的样子,紧张起来:"怎么,你没见着啊?"

"哦,没事没事,见着,见着了。"郝男儿的脑子在飞快地转,他确实没有见到海燕,怕老姐姐连带着海燕妈担心,也不敢问海燕是几时到的。听老姐姐的口气,海燕不像是今天到的,那究竟是什么时候到的啊,现在又在哪儿啊,你说,她这个在城里也没什么亲戚。会不会是海燕不愿意联系他,或者是不好意思联系他呢,千百种繁杂的头绪在郝男儿的脑袋里搅成一团。

猛地一个念头起来,"赶紧给海燕打啊",自己着急得乱了分寸,居然忘了这茬放下电话就给海燕拨过去。听筒里的声音是:"对不起!您所拨打的电话已停机。"

"咦,这就想不通了。"郝男儿有点着急,双手抱着脑袋,身子陷在沙发椅上发呆。

晓丹推门进来了,看郝男儿蔫不拉几地靠那儿,也不吃午饭,关心地问起来:"怎么啦,愁眉苦脸的。找不着心上人啦?"

郝男儿愁眉苦脸的,都没抬起头来看晓丹,目光盯着对面墙上《万马奔腾》的画儿发愣,有气无力地回答:"家里人说她来了,来了呢也没跟我联系,我给她打电话,欠费停机了,现在又联系不上了。"

"欠费停机啊?"晓丹也有点着急:"那怎么办啊?"

"我不知道怎么办啊,都挺担心的,现在。"郝男儿以匀速的语调说出这些话,突然地又一惊,拿起外套就往外面跑,回头跟晓丹说:"对,我去找找去,甭管能不能找着,我也得找,先走了。"

晓丹的声音在身后响起来:"到底在哪儿啊?你就去找?"

郝男儿一溜烟就没影了,哪里还顾得上听什么劝。

海燕这边一大早醒来就去洗漱了,想着赶紧收拾一下就出去买充值卡。哪知道不过刷牙洗脸的工夫,回来一看,钱包里的钱没了,一块钱都没给她剩。海燕包里包外,床底床上地翻了几遍还是没有,没办法,愣是把潮湿的被子、褥子抖索了几遍,还是一无所获。诸事不顺,海燕气得嘴唇有点发抖,站那儿发了会呆，跑去前台叫老板娘进来房间里。

"老板，刚才有人进来过吗？"海燕被逼得眼圈发红，只能跟老板娘打听。

"怎么啦？"

"我钱被偷啦。"

老板娘是个短发的中年女人，额头刘海那还挑染了几束黄毛，一副不吃素的样子，听海燕说钱被偷了，翻了个白眼就喊起来："钱被偷了，怎么可能啊？我这儿可从来都没发生过这事，你不会是想赖我房钱吧？"

"我怎么可能想赖房钱呢？但我的钱真的被偷啦。你看他们连一分钱都没给我剩下。"海燕掏出自己的钱包翻给老板娘看，可怜的粉色钱包瘪瘪的，上面镶嵌个单调的水钻发着嘲讽的光。

"行啦，别演了啊。像你这种人姐见得多了，我可告诉你，姐这地可不能白住，没钱是吧？没钱就得去汽车站拉住宿的，什么时候挣够了房钱，你什么时候走人。"老板娘嫌恶地把手往海燕那边一挥，脖子歪到另一边去，引得额头的几簇黄毛跟着飘动了几下，一副老娘可不是省油的灯的样子。

海燕气极了，她哪里吵得过市井撒泼的老板娘，半天只冒出一句："我在你们这儿丢的钱，你就得给我负责。"

老板娘"哼"了一声，冷笑着说："你还挺硬气，姐也不是吃素的，我只给你半天时间，下午我来拿钱，要是你再交不上房钱，你看你能不能出得了这门，身份证拿来！"说着就往海燕的身体逼近。

"你拿身份证干吗呀？"海燕护着她的身份证不愿意给，身份证被押这儿，自己岂不是更走不了了。

老板娘更是咄咄逼人："怎么的啊？你是让我来拿呢，还是我让别人来拿呢？拿不拿？"

"你要我身份证干吗啊？"海燕护着钱包，背到身后。

这老板娘也真是厉害，直接拿住了海燕的两个胳膊，拽到身前，硬是从海燕的手里把钱包夺过来，抽出身份证拿走，才把钱包甩在海燕手里，盛气凌人地甩下一句"拿着"，像得胜的公鸡一样，顶着一身的华彩羽毛骄傲地走了。剩下海燕站在原地，肩膀颤抖着，重复说着"太欺负人了，太欺负人了"。她又快要被气哭了，这来滨海才两天，就哭了两次。以往在家，半年都没一次哭的，海燕抹抹眼泪，从包里掏出一个便当盒，她来的时候在家里烙了两个饼带过来，车上吃了一块，还剩一块，想着带给郝男儿的，哪知道，人都没见上就……海燕拿着饼眼泪又扑簌着掉下来，浸湿了面饼的一小块边角。

郝男儿这边也是一家一家地找，他首先跑到汽车站附近，挨家挨户地问。中午出发找到近黄昏的时候，也没什么线索，垂头丧气地回到木器厂，刚好碰到门卫老牛头。

老牛头关切地问："厂长，还没找着啊？"

郝男儿无力地摇摇头，又点点头。

"那电话呢也没打通？"

郝男儿又点点头："我估计她电话是欠费了。"

"唉，她没钱你有钱啊！"老牛头叹了口气说："你这人可真是的，你往她手机里充值，她不就有钱了吗？"

"对啊！"郝男儿立刻来了精神，喜不自胜地抱住老牛头说："你这个主意好，我怎么没想到呢？"说着转头就往外跑。

老牛头在后面喊话也不知道他听到了没有："厂长，那胡同口小卖部就有卖的啊。"

郝男儿冲到胡同口，一口气地买卡、交费，喘着粗气拨电话，终于通了。郝男儿长长吁出一口气。

手机突然响了，也把海燕吓了一跳，她接起电话听到是郝男儿的声音，眼泪一下子就涌出来，这回可不是抖动着肩膀窸窸窣窣地啜泣，这一回情感就像决堤的洪水似的，千般的委屈一股脑涌上心头。

郝男儿听到海燕的声音，稍微放下点心来："我找你都快找疯了，你在哪儿呢？"

海燕呜咽了一会儿说："我，我在海鹏宾馆。"

郝男儿听见海燕哭，心头隐隐作痛，想必是受了什么委屈了，柔声安慰道："你别哭啊，你慢慢跟我说你怎么啦？你出什么事了？我现在马上找你去。"

"我在汽车站旁的海鹏宾馆，201房间。"

"好，你等着我啊。你别着急别怕啊。我马上过来了。"郝男儿挂了电话就开车过去了，下班的点儿，路上堵得很，郝男儿脾气不好地乱摁喇叭，心里琢磨着，自己明明把汽车站周围的正规宾馆都搜了个遍了，怎么没听过这一家，难不成住进黑店了？这么一想，心里更是害怕，顺便也给云山和刘京挂了个电话，叫上他们一块儿过来接人。

海燕接到郝男儿的电话就好像海里漂浮的小艇遇上了搜救的船只，心里安心了好多，立刻收拾自己的东西，准备等郝男儿到了跟他一起走。不知是谁通风报信，老板娘又闯进来了，阴阳怪气地说着："呦！收拾东西呢，怎么着，钱呢？"

海燕一边叠着衣服一边没好气地回答："一会就有人来接我，差不了你一分钱。"

老板娘双手叉着腰，趾高气扬地说："我可没办法相信你，你别再跑了。"

"你到底想干吗啊？"海燕抬起头来，厌烦地看着老板娘。

"想干吗？"老板娘冷笑了一声："你赶紧出去拉住宿的，挣房钱去。"

海燕听了简直莫名其妙，拉住宿的，自己怎么可能去马路站着拉住宿，这成什么了，老板娘也逼人太甚了。于是呛回老板娘一句："我出去拉住宿的，你就不怕我跑啦？"

这中年女人居然呵呵一笑，自己在油乎乎的沙发椅子上坐下了，玩着指甲说："这到处都是我的人，你跑得了吗你？"

"那我在这儿等着人接我，一样跑不了。"

"得得得。"老板娘蹭一下站起来，拉着海燕就要往外走："别再跟我贫啊，麻利的，去拉住宿的。"老板娘往外拽，海燕往里退，拼命扯自己的衣服袖子，神色紧张地说："你别碰我，赶紧走啊，你。"

郝男儿推门冲了进来，看见老板娘正在拉海燕，赶紧跑到中间把两人分开。

虽然之前海燕和郝男儿一直是发乎情、止乎礼，没有丝毫地亲密行为，但海燕这几日的委屈在看到郝男儿的一瞬间就都爆发出来，往郝男儿的肩膀上一靠就有了眼泪。这可把郝男儿给吓坏了，不停问："你怎么啦，怎么啦？"

老板娘还不识趣地吼着："你谁啊？"

"她是我媳妇！"郝男儿底气十足地说。

"她欠我房钱！"老板娘也不示弱。

"好，多少钱？两百够不够。"郝男儿从包里拿出两百块钱往店主手里塞进去。

这女人的态度立刻就缓和了许多："好，够了够了够了。"海燕在旁看见老板娘的这副嘴脸，心里真是不屑，补上一句："就这地方两百都多了。"

郝男儿看着海燕没事就放心了，打圆场说："没，没事。"还跟老板娘道歉，一口一个对不起。把那祖宗请走了，郝男儿就要带着海燕走，海燕想起来身份证还在老板娘那呢，两人就跑到前台去要。赶到前台的时候，老板娘正在化妆，对着个迷你小镜子，描摹她已经很细的两道眉毛，惊悚得好像从古典时代活过来的文物一样。

连身份证都被扣了！这让郝男儿有点火了，跑到吧台，指关节敲得木头桌面咚咚响，质问道："你怎么还拿人身份证？"

有钱好办事，反正给钱了，老板娘也不想跟他们多废话，递过来身份证，陪着好说："给，您慢慢聊。"

郝男儿转身递给海燕，拉着她往外走，顺便说了一句："你说你，你到这个地方来，怎么不给我打电话呢？"

海燕委屈地说："我给你打电话了，你手机关机了。"

"那，你就接着打嘛。"

"我手机又欠费了。"海燕低下了头。

郝男儿看海燕这个样子，像个做错事的小孩子，假意嗔怪道："那你就是傻，你充个值，手机就没问题了。"

海燕看着郝男儿极尽可能地解释："但我昨天到这个宾馆安顿下来之后，这天都黑了，卖卡的地方全都关门了。本来想着今天早上去买的，结果钱又被偷了。"

"钱被偷啦？"郝男儿一愣。

"对，结果房费交不起，刚才那女的就让我去拉住宿的。"

"就刚才那个女的？"郝男儿圆瞪着眼，一股无名火往脑门上蹿，"走，找她算账去。"他不由分说地拉着海燕的手又回到吧台，朝着桌面猛敲三声，算是打招呼，接着就开训："你看她是外地人，你欺负她是吧？我听你口音你也不是本地人吧。咱都是外地人，咱在外边应该互相照应才对，你怎么能这么欺负人呢？你什么什么……"话没说完，刘京和云山急匆匆闯进门。祝云山三步并作两步奔到海燕身边问起来："没事吧？"

刘京往郝男儿身边一站，气势顿时涨了不少，他知道两边杠上的时候，要的就是场面，机灵地跟郝男儿交了个底："哥，怎么回事，谁欺负咱们了？咱后面还有一车兄弟呢。"

郝男儿眼珠子一转，知道刘京撑场子来了，立刻硬气起来："来啦？哥儿几个这么快。"

这中年胖女人本来就是个欺善怕恶的主儿，自个儿还开着店，闹大了捞不着好处，听人家说有一车兄弟，心里有点犯怵。

刘京这儿跟郝男儿唱起了双簧。

"怎么回事？谁，谁欺负海燕了？"刘京袖子一撸，做出个要干架的姿势。

郝男儿朝老板娘指过去："她，你自己说怎么回事吧？她现在就是逼着人家海燕出去拉住宿的。"

胖女人赶紧上前灭火："误会误会！大哥。"

"要不然不让走？"郝男儿来劲了，问刘京的意思。

胖女人上前就是拱手作揖，和刚才欺负海燕时嚣张跋扈的样子简直太相映成趣了！她这会儿装孙子，赔小心地解释："误会误会啊，真是误会。"

"什么叫误会啊？"

"这个妹妹来了，你说她没钱交房费，我这店也不容易，也不能白住，不是吗？"

海燕着急了，上前澄清："我都跟你说了，我不是不交房费，是我的钱被人偷啦。"

"而且是在你们这儿被人偷的。"郝男儿又敲了一下桌子。

刘京捋顺了，插嘴道："我听懂啦，你的钱丢啦，是吗？没钱交她房费，然后你就逼着她出去拉住宿的，对吗？得嘞，咱报警吧。"

郝男儿双手撑开，装模作样地朝门外喊："都别进来啊，都别进来，没问题，我们解决，没问题。"假装稳住候在门外随时要冲进来的愤怒兄弟。

这可把那胖女人吓得够呛，一个劲儿地赔不是："别生气，别生气，是我不对是我不对，妹妹啊姐错了，我道歉还不行吗。哥，要不这么的吧，那房钱我不要啦，我现在就退给你，行吧？妹妹，是姐错了，你别生气啊。哥，那咱小事化了，行吗？"拿出两百块钱来递给郝男儿。

"这是小事吗？"郝男儿厉声问道。

"那咱大事化小，哥。"

"不行，我这个事必须有个说法。"郝男儿还在那争强好胜。

云山觉得没必要在这耗着了，还是赶紧带海燕去安顿下来要紧，上前劝了："老舅，海燕也没什么事了，算了。"

"就是，就是。"胖女人的细眉毛挤成个八字形。

郝男儿把店主还回来的两百块钱又搁回到吧台上，来了个习惯性的，带有教育气质的总结陈词："反正我跟你说，桥归桥，路归路，我们人住了你的店，钱没给你，这是我们的错，你这个方式是非常错误的，你是违法的，我告诉你，但是房钱，我们该交还交，我希望你下次能够好好做人。"

"是是是。"胖女人应付着。

"哥，咱那一车人怎么着？"刘京假意上来问，做戏需做足。

"走，都回家！"郝男儿大手一挥，领导范儿十足。

要不怎么说贱人就是矫情，等他们一出门，胖女人就从鼻子眼里出了口气，鄙视地"切"了一声。

郝男儿气不过追回来："你什么？"

"没事，别生气啊。慢走啊，哥。"胖女人拱手作揖，等走远了又故态复萌，鼻子眼出气，哼了个"切"。要再计较下去，可就没完没了，郝男儿忍了，跟无聊人较劲，就是个败。

海燕坐上郝男儿的车，这是她来滨海第一次感觉到亲人的温暖，这会儿跟自己昨天刚到的时间差不多，黄昏的时候，透着车窗看着街灯亮起，和昨日的心情大相径庭，没有了飘零异乡的孤单，却多了万家灯火的温暖。郝男儿先把海燕带到自己的出租屋里。今晚也只能先挤一挤了。

"我说，京，"郝男儿指着木头沙发前的一块空地说："这儿，你给我弄个行军床来，今天晚上，我就在这凑合一宿，然后赶明儿赶紧给我们家弄个大房子，这地方不能住了。我们家媛媛得来了。"

刘京真是好兄弟，二话不说，得令就忙活去了。

云山晚上睡木头沙发上，郝男儿睡行军床上，海燕躺在郝男儿的大床上。因为折腾两天，太过疲惫，她一下子就进入梦乡，发出均匀的呼吸声。郝男儿躺在行军床上翻来覆去地睡不着，这是他第一次和海燕住在一起。自从上次从老家回来，他一个人常常想起海燕，有时跟晓丹也会聊起来。以前他总是一个人自由自在，心无旁骛的，现在心里装了一个人，也算是明白牵肠挂肚是怎么回事了。现在，虽然海燕就在身边，他还是忍不住想念，仿佛《诗经·关雎》说的那样，"辗转反侧"又"寤寐思服"。郝男儿心里突然冒出一个念头，他想看看海燕睡觉的样子，偷偷起床了，蹑手蹑脚地挪到海燕的床边，托着腮，像无邪的少年一般盯着海燕睡着的脸发呆，海燕翻身挪动了一下脑袋，无意识地睁开眼，吓得整个身体弹起来。

"你干吗呀？"海燕拥着被子往后一撤，奇怪地盯着郝男儿看。

郝男儿觉得把海燕吓到了很好玩，傻呵呵地乐了一下说："我就看看。"

"吓我一跳。"海燕嗔怪了一下。

两人觉得在这说话会吵到云山，不如出门散步顺便聊天。海燕没去过海边，想去看看，郝男儿就带着她到海滩那，夜里的海边人不多，很安静，两人拉着手，吹着海风在沙滩上散步，海燕穿的还是那件旧的水橘色衬衫，风吹进袖子里，轻盈浮动，有《醉花阴》里"暗香盈袖"的美感。远远看去，两人就像被摄像机遥遥注视的长镜头一样，入了画镜。

这是海燕来滨海的第二夜，也是她从今天到未来，和郝男儿度过的最美好的一夜。

郝男儿带着海燕往海边走，听涛声，轻声跟她说："来，你听，海浪的声多大。这就是大海。"

"可是，怎么那么黑啊？"海燕有点儿害怕，这毕竟是夜里两三点。

"对啊，这不是黑夜吗？白天这儿可漂亮啦！但是在晚上，也有一种别样的味道。"郝男儿很难形容这种安详的感觉，在他以往觉得孤单的时候，偶尔会来这儿走走，看着月亮会想起家乡的老姐姐和云山他们，心里也就欣慰了好多。与往日不同的是，今天他终于不是一个人来海边听涛望月了，有一个女人陪着他，他郝男儿终于在熙熙攘攘中找到了自己心爱的人，这个人那么美丽，那么温柔，还愿意从此跟他携手，共度此生。郝男儿觉得再多的溢美之词也表达不了他心中的感恩和幸福。此刻，他拉着海燕的手，觉得没什么能比这件事更了不起了。

海燕乖巧地挽着他的手，还有点担惊受怕的样子，悄悄问道："这附近会不会有坏人呀？"像个受惊的小绵羊。

郝男儿觉得可爱极了，打趣她说："水底下冒出来啊？"

"我怎么有点害怕啊？"海燕在家乡的时候，晚上九十点就睡了，没有这么晚出来的，还是有点犯怵。

郝男儿紧了紧被挽住的手臂，轻轻拍着海燕的手安慰着："有我在，你怕啥呢？"

走着走着，郝男儿变戏法似的从衬衫里面掏出个孔明灯，上面还写满了字。看来是郝男儿好久之前就写好了的。

海燕好奇地读着上面的字："这写的什么呀？"

郝男儿用标准的播音腔，一字一顿地读出来："我驻孤城万千年，爱河喧闹影独怜，海市忽频传喜讯，燕来作美绽欢颜。"

海燕不懂什么意思，只隐约觉得这词句出来很美。问道："这是什么意思呢？"

"这我写的，你看，我给你解释啊。"郝男儿把孔明灯铺开，解释一句翻过来一面。海燕觉得，在那一刻，她的心和拍岸的海水就要融合成一个节拍了，这是她见过的最动人的表白。她几乎忘记了海，忘记了自己所在的时空，只能望到对面的一双眼睛也在看着她，她们走到彼此的目光里去了，超乎身外之事、之景、之境之上。两人看了良久，都笑了，那不是害羞，是无形中心意的交换和承诺。

郝男儿让海燕拿着孔明灯，自己掏出打火机，点燃了孔明灯的灯芯。灯受热膨胀，一下子就展开，往天空飞去了。

海燕依偎着郝男儿，温柔地问他："你说它会飞到哪儿啊？"

郝男儿搂着海燕的肩膀，望着孔明灯，幸福的感觉溢满了他的心窝。孔明灯上的诗是他回城不久以后作的，当时他还非常想念这个女人，可现在，他们都已经在深夜的海边看着这盏灯放飞了。他轻声回答着海燕："会飞到可高可高的地方了。"

"有多高？"

"老天爷在上边呢，高到老天爷那去啊。"

海燕怀着无限的期待雀跃起来："那你的意思是说，老天爷能看到你给我写的诗。"

"那肯定的啊。"郝男儿得意极了。

郝男儿低下头来看着她的眼睛说："等将来咱们在这块扎了根之后，咱也在海边买个大房子，然后我就每天……只要你想来了，我就带你到这儿来看海怎么样？"

"会有那么一天吗？"海燕带着迷惘和向往似乎在问自己。

"你不能说你现在没看着，就觉得它不会有那一天。比方说，纸糊的东西，你知道什么东西能上天啊，那就是风筝。可还有个纸糊的灯，也能飞上天对不对？你没看见它不代表它不存在。"

看着灯越飞越高，离自己越来越远，海燕舍不得，她想留着这灯做纪念，把这诗和这盏灯都记在心里，守在身边。她担心地问郝男儿："这盏灯灭了之后会怎么样啊？"

"灭了就掉下来了。"郝男儿老老实实地回答。

海燕失望了，有点伤心地说："也就是说，你给我写的诗，最后会掉到海里。"

郝男儿还沉浸在幸福里，没有顾及到海燕的伤心，淡淡说着："理论上是这样，这个不重要。"

晓丹轻轻拭去眼角的泪水，好像有人照着她胸口锤了一拳，以往那些不快、心酸和藏起来的忧郁通通都释放了，飞散到空气中来，环绕着她，让她忍不住鼻酸，然而心里的沉闷却是好多了，以往压抑的情绪像领了遣散费的流浪汉一样朝他乡去了，晓丹舒服了好多，更加愿意听郝男儿说了。

15. 浴缸里的一夜

根据能量守恒定律，一件好事的来临必然伴随着坏事的即将来临。郝男儿在海燕搬过来之后经历的最倒霉的一件事就是被人给讹上了。当然，他自己并不这么看。但事实上，这个被人骂过、揍过、嫌弃过的郝男儿又多了一种人生体验，切实体会了一把无辜者被讹诈的感觉。

这是个寻常的老头过马路摔倒的故事，春晚都专门排过这样的小品。事情的原貌是这样的：将要与郝男儿结缘的这个老头在过人行横道的时候被一辆三轮摩托车后座上的物品挂倒了，老人一下子就摔倒在地上。摩托车速度并没有减速，"嗖"一声扬长而去了。

而郝男儿正好开车经过看到事故，以他的性格可想而知，立刻停车救人，抱起老爷子上车就往医院奔。到了医院也管不了那么多，救人要紧，立刻缴了检查以及手术的医药费，外人不知道的，还以为他就是肇事者。好不容易等到手术室的灯灭了，郝男儿急忙上前询问情况。还好只是小腿骨裂了，再观察几天就可以出院了。云山也匆匆赶过来，发现医院的走道上只有郝男儿一个人，问老舅肇事者找到没有，却得到这样一句回答："上哪儿找，撞完就跑啦。"

云山知道，老舅又摊上事了连忙问："那你通知病人家属啦？"

"通知了，他就一个女儿，完了说是在外地，明天赶过来。"

两人走进病房，看见老头躺在病床上，腿上已经打着石膏，一个交警正在询问记录。

郝男儿走上前去握住警察的手说："你好，警察同志，你可来了。你好。"

"您是？"这人上来就握手，也不自我介绍一下，交警一头雾水地问道。

"我是郝男儿，就是这个老人家吧，到现在我也不知道他叫什么，他摔了不是吗？然后我给他送到这儿来的。"

"哦。你看到谁撞他了吗？"

"我当时就在他后面嘛，是有这么个车刮了他就走了。我当时觉得救人要紧。我就没顾上，就这么的把他送过来了。"郝男儿手忙脚乱地比划。

交警问大爷，大爷也不说话，转过头去不理会，也不知道是不能说还是不愿开口。

交警没办法只好跟郝男儿说："这样吧，郝先生，就是麻烦您一趟，跟我回趟队里边，去协助我们把这事调查一下。"

郝男儿。痛快答应了，但云山心里担心，这个老舅，没点儿心机，别人家找不到肇事者就把他当替罪羊了。云山实在不放心，跟到医院大厅。郝男儿刚刚送走交警，听到后面一声"老舅"吓了一大跳。

"吓死我了你，我不是让你在医院照顾老头吗？"郝男儿把云山教训了一顿。

"老爷子病情比较平稳，我赶紧过来看看，说清楚了吧？"云山心里担心得要死，生怕老舅把责任全揽下来。

"都清楚啦，全都没问题，你放心吧。咱们就是赶紧掏钱给老爷子治病。"

云山听这话不对劲，张大了嘴："你，你不是把这事给揽下来了吧？"

"我不揽谁揽呐，谁给他交钱？多可怜呐！"

云山简直要崩溃了，就知道他好心办错事，净想着别人，也不考虑下自己，白给老人看病也就算了，还落下个撞伤老人的恶名。再者说了，就是看病，这老舅哪里有什么钱啊，资金都困在道歉公司呢。

云山是很稳重的人，这会儿替他老舅愁得不停地自言自语："你没撞人干吗承认啊？像这种事别人躲还来不及，你怎么往上贴，又上医院，又交押金……"

郝男儿不高兴了，他对云山很失望，咱们家乡出来的人，咱们老郝家人一向是宁可自己吃亏，也不让他人受累。他正色质问云山："你说这个老人他倒在我车前，我管不管？到医院了没钱，我拿不拿？他家一个亲人都没在，我弄不弄？你要觉得我不对。你教给我一个办法，你教给我！"

云山说不过他，一个劲儿地摆手："你说的都对！都对！"

"都对不就完了吗？"郝男儿抱怨着，这云山，成天给我云山雾罩的，现在还变奸猾了，得好好改造改造。

云山也很冷静地质问他："老舅，你考虑过没有，万一撞他的人找不着，留点后遗症怎么办？有个好歹怎么办？要补偿怎么办？你考虑过没有啊？"

"没有啊。"郝男儿脱口而出。

"那你多大啦？怎么不考虑这些问题？"云山语气里有点生气，这个老舅，总是像个小孩一样，说话做事凭一时喜好，冲动起来根本不经过大脑，也不预估一下后果。

郝男儿皱起了眉头，他觉得云山确实有问题了，来城里几天，怎么变得这么狭隘，这么小我了，还怕事儿，一点也不相信警察有办案的能力。他看着云山说："你这个态度我不喜欢，你跟谁说话呢？你干吗非要把人都想得那么狭隘，那么龌龊呢？咱们是在交警大队，这些事都整不明白，交警干啥吃的？你行啦，别跟我啰唆了。"

云山知道自己说服不了老舅，只希望交警大队能够早点把真相查清楚。隔天，郝男儿带着海燕一块儿过来看老爷子。海燕乖巧地坐在另一张病床的床沿上削苹果给这位王大爷。郝男儿怕海燕累着、热着，不知哪里弄来一把芭蕉扇，给海燕扇风，两人不说话呵呵笑着。

没多一会儿，有个四十岁的妇女着急地走进病房，一进门就"爸爸爸"地喊起来。郝男儿知道是王大爷的女儿来了，开心地拍起手来。

"太好了，太好了。大姐，你是他姑娘吧？"

女人见这个傻瓜不知轻重地拍手掌就很不高兴，眼角余光一扫，不耐烦地问了句："你谁啊？"

"我是把他送来的人。"郝男儿很诚实。

"就是你撞的人吧，你瞎啊？这么大人你看不见呐？你开个破车你了不起啊，你为什么往人身上乱撞，你傻啊？"女人不由分说就指责起来。

"不，不是……"

"我告诉你这事你得负责到底，你知道吗？"

"这，不是，大姐你误会了，我跟你解释一下。"

"我告诉你，你得负责到底。"

郝男儿想解释一下。可是这位大姐情绪太激动了，冲上去就一顿骂，一连几个反问句，呛得郝男儿完全不知道该怎么解释。"你能有那么好心，谁信呐？不是你撞的你送人来？"

郝男儿没办法只好跟躺着的大爷求助："你看，你睁开眼看看你姑娘啊，你说说看到底是怎么回事。"

哪知道问老人也不行，中年阿姨又是一顿劈头盖脸的骂："行了吧你！我爸都病成这样了，他能张嘴吗？能说话吗？"

郝男儿试图解释一下病情："我首先跟你交代一下，这个腿啊它是骨裂，其他地方什么事都没有。"

"就是啊,都骨裂了,你怎么办啊？"女人一阵嚷嚷，推开郝男儿怒目而视："我爸都病成这样，你还逼他说话，你还有点良心吗？"

郝男儿是解释不是，不解释也不是，百口莫辩。事实证明云山的估计没错，中年阿姨接下来就谈到赔偿费用了："你听我说……我爸他腿落下病根，这赡养费啊、营养费啊，还有什么保险费这全是钱，谁给我啊？我告诉你啊，三天之内你要不给我三万块钱，我就上法院告你。"

海燕听不下去了，上前指责这个中年女人："你怎么能这样呢？不是他撞的。"

郝男儿也有气无力地申诉道："不是我撞的，而且我也没有那么多钱呐？"

女人有备而来，讽刺道："怎么，你没钱，你没钱谁信呐，我告诉你，我到交警队已经问啦，你又是厂长，又是董事长，区区三万块钱对你来讲算个屁啊。"

郝男儿哭笑不得，又辩不过她，只能你你你，我我我的。

海燕气不过，跟这女人争辩："凭什么让我们给三万块钱啊？你听我说，根本就不是他撞的，你误会了。你这是冤枉我们，根本就是别人撞的，跟我们没有关系。"

女人以为海燕是一伙儿的，想推卸责任，两人就吵开了，郝男儿最怕女人吵架，脑子都要炸了，猛一声喝住："别说啦！好啦！不就是三万块钱吗？三天之内我给你解决。"

眼看着三天的期限就要到了，还是没凑着数，郝男儿一个人跑到自动提款机前，把银行卡里的余额都给取出来了，也没多少钱。没办法，跟上次丢了车一样，他也只能求助好哥们刘京了。就这么个好基友，只要是有困难了风里来雨里去的都会帮他，他琢磨着去台球厅找刘京借钱去。郝男儿晃进来的时候东张西望的，刘京根本没搭理他。

郝男儿有些不好意思，开始自行组织开场白："我特别想你，昨天晚上我还梦了你一宿。"

刘京被弄得一身鸡皮疙瘩，知道郝男儿肯定有事要求他，双手交叉挡住："别肉麻，你找我有事啊？"

郝男儿打了个哈欠。

"没睡好啊？"

"我一宿都没睡……"郝男儿说着又打了个哈欠。

"那你在哪儿梦见我的呢？"

郝男儿呵呵一笑，娇羞万分。

"别笑别笑。你一笑我心里没底。你有什么事啊？"

郝男儿又做出贱兮兮、萌哒哒的表情："你猜！"

刘京寻思着说："你看你那一脸百年不遇的表情……不过你肯定不是来找我借钱的！你从来不管我借钱……"

郝男儿赶紧打断："恭喜你，我就是来借钱的。"

刘京一愣："借多少？"

郝男儿不好意思地把个身子摇来晃去的："可多了……"

"可多了是多少啊？"

郝男儿又不好意思地开口了："两万。"

刘京吓得往后退了好几步："这么多。"

郝男儿连忙解释："我这是等着救人呢。"说完就把事情的原委从头到尾解释了一遍。刘京一听，和云山、海燕、晓丹的反应都一样："什么！为这事借钱？你冤大头啊你！"

"不是，你甭管我冤不冤，现在事就是这样，就是老头躺在医院里，对不对？挺遭罪的，多可怜呐！"郝男儿推己及人，觉得别人的想法应该和他一样，不料刘京说道："可怜之人必有可恨之处！他讹你呢！要我说，他活该！"这个"该"字惹怒了郝男儿。

"咱不这么说话，行不行啊？这么说话丧良心的。你就告诉我一个字，借还是不借？"

刘京马上斩钉截铁地回答他："借！我肯定借你。不过这件事我必须得搞清楚，人是你撞的吗？"

郝男儿愣住了，他没法回答这个问题。

这事儿最后还是刘京的红颜知己思华给帮着解决的。刘京在警局也只认识思华一个熟人，为了这事，专门跑到警局找人，跟她说明了情况。思华很爽快，直接带着他找到了肇事的十字路口，路口没有找到摄像头，但旁边有家银行。思华向经理出示了自己的证件，获准可以调看视频资料。画面上清楚显示那天的情景：一位老人独自过马路，被一辆飞驰而过的三轮摩托车刮倒，三轮摩托车没有停，飞速开走，老人倒在路上，郝男儿的车在老人后面停下，郝男儿下车跑到老人跟前扶起了他。

第二天，思华带着交警就去医院把事情解释清楚了，刘京也跟去了，对思华千恩万谢的。好男儿本来还在病房解释，这下可算是给他解了围了。

思华办完事先上警车回去了，刘京还在那"慢走啊慢走啊"的柔情呼唤。郝男儿嘲笑起刘京来："哥们儿，你这，又拍到马胯骨上了吧？"

"你懂个屁啊，这叫情调。"刘京对于郝男儿的嘲讽，相当不以为然。

"这叫情调？这叫……"郝男儿纠正了一下语序："调情。这叫调情。"

郝男儿有了海燕之后去台球厅比之前少多了，哥们儿之间多了女人总是影响基情的纯度。好不容易今天心情好，和哥们儿畅谈，顺便询问了一下找房子的。别说，这刘京办事速度还真是挺快，已经找到一个三居室的，很干净，价格也不贵，这样接媛媛过来考试一点问题没有。云山隔了两周就回了趟老家把媛媛给接过来了。三室一厅刚好够住。

海燕来了也有段日子了，郝男儿怕她在家待着孤单，就把她安排到木器厂工作，给自己当个秘书，用郝男儿的话说，这样叫以公谋私，他们可以有多一点时间腻在一起，但是郝男儿没有充分预估到，正是由于自己自以为聪明的草率决定把海燕和晓丹的距离大大地拉近了，把正牌女友和高级情感陪护对象弄到一起去能有什么好处。厂子里的大妈们最擅长的就是察言观色、八卦嚼舌根子，他和晓丹经常出双入对，已经调动起厂里大妈们浓厚的讨论兴趣。而海燕的加入无疑提前了矛盾的爆发时间。

所以，郝男儿的生活看似渐渐步向美满，实则危机四伏。这时候陈云珠的邀约也是不失时机地到了。这事儿他和晓丹早有心理准备，就等着陈云珠来约，现在终于兑现了。陈云珠打电话约第二天跟客户见面。仍然是个饭局，仍然需要带上晓丹。仍然有不自在的郝有旺在场观看，也仍然要接受陈云珠的检阅。

陈云珠打电话通知的是郝男儿，他应下来之后头皮一阵发麻，还得去通知晓丹。走到副厂长办公室，海燕跟晓丹正在看一条项链，呵呵笑着。他走过去跟晓丹说："明天，你跟我去应酬一下。"

晓丹随口问着："干吗啊？"

"应酬。"

"干吗我去啊？"

"你不跟我去，谁跟我去啊？"

"海燕嫂子啊。"

"拉倒吧。初来乍到的啥也不会，出去给我丢人去。"这郝男儿因为心里烦躁，说话也没个轻重。

这话说得海燕很不好意思，语气很温和地责备了一下郝男儿："说什么呢你！"

"人家点名道姓让你去，明白了吧？"郝男儿烦躁得很，大声喊出来。

晓丹这回明白了，肯定是陈云珠又要吃饭了。帮着给海燕解释，可能是个老客户，以前跟郝男儿一起去谈过生意，因为上次有过接触，所以这次人家就指定她去了，让海燕别多想。海燕是个淳朴的人，一听真有事，就赶紧催着两人去商量，说自己明天继续学习电脑打字就行了，反正明天也得做饭给云山和媛媛吃，脱不开身。

第二天是郝有旺开车带他们过去，三人兴致都不算很高，勉强应付着说笑，只有陈云珠坐在副驾驶坐上幸灾乐祸地看着一声不吭的郝有旺。在陈云珠的心里，从来都没有放弃过对郝男儿和秦晓丹的怀疑，只不过一次次试探都没让她抓到确凿的证据而已，但只要是假情侣，总会露出马脚，陈云珠相信"只要工夫深，铁杵磨成针"的朴素道理，怀着不抛弃、不放弃的精神对后座的一对情侣进行360度无死角的勘探，在观察郝有旺的表情之余，她还不忘随时从后视镜中偷瞄郝男儿和晓丹。郝有旺在商场打拼多年，对于陈婆子的这套察言观色早就是油盐不进了，他装出轻松又严肃的样子，假装注意力只在开车上面，只是偶尔，趁陈云珠不注意的时候从反光镜中看看后座的晓丹。要说他对晓丹也是真心一片，除了不能陪在身边，不管晓丹有什么要求都能答应，只要是守在晓丹的身边，他的注意力永远都放在晓丹身上不会游离。这连郝男儿有时候都做不到，郝男儿贪玩，经常地这边跟海燕说着事儿，那边就被有趣的东西吸引去了。所以说，男人是不能比较的，晓丹缺失的是陪伴，没法认同郝有旺这套爱的逻辑，也只能任凭他们的爱情一步步走得更远。不知道是为了不露出破绽，还是有意气一气郝有旺，晓丹挽着郝男儿的胳膊。

餐厅在郊区，是个度假村的酒店。王经理应该是这里的老板。环境清幽，四周是落地玻璃窗。采光极好，透过餐厅包间的玻璃窗可以看见郝有旺、郝男儿几个人坐在那里推杯换盏。吃了有一会儿，简单地谈完一些合作事项，林场的王经理就起身告辞，再显然不过的局。王经理走前跟陈云珠交代："陈总，您要的房间我已经给您备好了，一会儿吃完饭让服务员给您安排。"陈云珠嫌一个简单的饭局不够她观察的，之前每一次匆匆一顿饭之后她都得不到什么重要的信息。这次决定下手狠一点，直接预订了宾馆房间，大伙儿都待在这儿，这才有好戏看。郝有旺简直要恨死眼前这女人。陈婆子向来阴险，这她知道，可是这一次，居然在没有征得大家同意的情况下，直接把宾馆房间定下来，这让他们几个怎么住，分明这婆娘已经打算要看一场好戏。有时候，郝有旺看陈云珠这么挖空心思的，真的不明白她到底是争遗产的乐趣更大，还是玩侦探，专门针对他郝有旺的乐趣更大。

王经理走了以后他立刻提出反对意见。吃完饭时间那么早，完全可以开车回去。但陈云珠早有准备，饭局一开始的时候，她不提今天要住在这里的事情，给大家都灌了一点酒。等到差不多要离席的时候再说订房间的事，两个男的都喝了酒，坚持开车回去就是酒驾。这步棋下得郝男儿不知如何应对，正着急的时候，他看了晓丹一眼，晓丹没喝酒，他很兴奋地提议，让晓丹开车送大家。不料郝有旺没头没脑回一句："她不会开车。"现场的气氛立刻冷起来。大伙儿面面相觑。郝男儿呵呵一笑解围，拍着老郝大哥的肩膀说："你怎么知道她不会开车？我就说我不能什么事都跟你说，再说两天的话，我们家存折密码你都知道了。来，来，来，喝酒。"陈云珠虽然怀疑也被他一顿别的话题侃晕，意识不到明显的逻辑矛盾了。

　　反正也是回不去了，大伙儿又各怀各的心事，只能猛灌酒，借酒消愁。郝男儿想打个电话给海燕，叫她放心，可是这陈云珠寸步不离的，打个电话，发个短信就跟向外界救援似的，也只能作罢。

　　此刻的海燕在家里确实是很焦急地等着郝男儿。自打她来这儿这么久，郝男儿还很少这么晚不回来，更别提夜不归宿了，这还是跟一个年轻漂亮的姑娘一起，再大度的姑娘也少不得会乱想。云山和媛媛吃完了，海燕在厨房客厅来回收拾着碗筷，祝云山在一旁帮忙，他看出来海燕有点心不在焉，心里猜着是因为老舅没回来的事，假装不经意问了一句："老舅没说什么时候回来啊？"

　　"没说，就说去郊区谈事了，估计应酬完就回来了吧。你歇着吧，我来收拾就好。"说着就抱起一堆碗去厨房了。

　　吃饱喝足，陈云珠的好戏就要上场了，房间是她安排的，门卡服务员刚刚也给送过来了。陈云珠一边说一边分发门卡。

　　"姐夫，这是你的，住我对面。"

　　"晓丹，这是你的。"

　　"这个是我的。"

　　唯独郝男儿没有，他问陈云珠要房卡，陈云珠瞪大了眼睛说："你俩住一块儿啊。"好像这就是再自然不过的事情，郝男儿专门过来问反而显得惺惺作态。

这可是老郝大哥的女朋友，这么做不是把老郝大可逼疯吗？郝男儿觉得这一次陈云珠实在是太不厚道了。虽然被她鄙夷了一下，还是争取着："要不要再开一间房啊？"

陈云珠早就打定主意不接他这个茬，白了他一样："这都什么年代了，装什么呀？去睡。"

郝男儿千思万想，抓肝挠心地想了个理由："房号不吉利。"

晓丹懒得跟他们啰唆，拉着郝男儿很优雅地朝郝有旺和陈云珠说："没什么不吉利的呀，我们走。"

陈云珠还让人生厌地对晓丹说："我的房间在隔壁，有事就招呼我。"

晓丹很礼貌地致谢了，拉着郝男儿进来房间，巴不得早点离开那种虚伪的、乌烟瘴气的谈话。

晓丹走了，陈云珠反过来开始跟郝有旺开涮："你这个朋友艳福不浅呐。"

郝有旺心里有气，很不屑地瞪着自己的小姨子。

"人家是王八看绿豆对上眼了，你管得着吗？"

"我说姐夫啊，你心气不太顺呐，心情不好啊？我怎么觉得你说话有点酸呢？"陈云珠还是挑事儿。

郝有旺堵心归堵心，也没什么办法，只能愤愤地走进房间，重重地关上了门。陈云珠看到郝有旺无奈的背影，心里志得意满、大喊痛快。

郝男儿和晓丹进了房间也不敢大声言语，陈云珠把自己的房间设在隔壁，就是为了上演隔墙有耳这出戏码，方便自己一晚上监听里面的动静。晓丹想想不自觉地讥讽一笑，这女人也真够丧心病狂的，为了调查郝有旺居然不惜把大家都弄到外面来住，还玩什么窃听的把戏，宁愿自己一晚上不睡觉也要搅得别人不得安生。郝有旺跟这样的人住在一个屋檐下，也真是够可怜的。晓丹知道，在她的内心深处，还是怀着对郝有旺深深的怜悯，要不然，她当时就不会同意这个荒谬的建议。

被折腾了一天，晓丹觉得自己累极了，脱了鞋爬上床靠在厚厚的枕头上稍微舒服了点。

郝男儿看见晓丹脱鞋就紧张起来，郝男儿害羞地护住自己："你别这样，我跟你说你别这样啊！你是要将计就计吗？那也不好！你别来真的。你干什么呀你？"

晓丹噗嗤一笑，虽然身体疲倦，精神还是被郝男儿逗乐了，顿时感觉轻松了好多，拿起枕头砸向他："你瞧你那样……不是，我问你，我来真的你能怎么着呀？"

"你来……我不能怎么着，问题我晚节不保啊……"说着就要逃出去，晓丹一把就给拽回来，小声说："你想怎么着啊？出去啊？陈云珠就在外面呢，去吧。"

郝男儿无奈只好坐在地板上。

晓丹知道这会儿郝有旺一定非常着急，他是多疑的人，不会信任郝男儿，肯定担心自己吃亏，但迫于陈云珠的压力，他又不敢把真相给捅出来。要不了一会儿，他等急了又听不到声音，肯定会给他俩发短信、打电话，索性把手机给关了，让他着急也找不到出口，看看他郝有旺到底是更在乎女朋友有没有受欺负，还是继续忍辱负重下去保住遗产。她先是把自己的手机给关机了，接着又抢过郝男儿的手机给关了，可怜的郝男儿，正握着手机想给海燕发短信，愣是被中途劫走了，还直接给关机了，郝男儿激动地站起来。晓丹挥手让他坐下，神秘兮兮地跟他说："郝有旺肯定会给我打电话的，我关机了，他肯定会给你打，我要让他担心、让他牵挂，这样他才会更在乎我呀。"郝男儿莫名其妙就被株连了，很不乐意，嘟囔着："不是……你这样不合适，因为你牵挂的人他着急，那跟我没关系，问题是我还有牵挂的人，我本来就一宿夜不归宿了，然后我手机再……"

"闭嘴！"晓丹一声粗暴的呵斥就把郝男儿给静音了。

和晓丹预测的一样，郝有旺在自己的屋子里根本坐不住，像笼子里的困兽一样在屋里转着圈，不时地到门口听动静。那边陈云珠也是将耳朵贴在墙上听着。他们这样神同步也是应了不是一家人不进一家门的老话。

郝男儿这样被困住又不能发短信实在是懊恼，盘腿坐在地上，用方言抱怨着："打了一辈子鹰，被鹰鸹了眼！搬起石头砸自己的脚，我清白一世啊！从来没有孤男寡女跟别人共处一室的时候……"

晓丹心烦地阻止他："行了！都这时候了，您还拽词呢。"

郝男儿很委屈："不是，我真的……我从来没有跟一个女的这样过……"

晓丹笑起来，郝男儿也有三十多岁了，一个奔四的男人居然从来没有跟一个女人共处一室，的确听上去挺纯情的，打趣郝男儿道："真的吗？还有这么纯情的大叔？"

涉及人品问题，郝男儿决定要严肃地解释一下："你不会理解我的，我是一个沿途看风景的人，我一定要做干净事，说干净话，我心里才能干净，我才能看到干净的风景，我不能让自己脏了，所以我一直有一个愿望，特别美好，我得让它达到。"

"什么愿望啊？"晓丹挺有兴趣的。

"就是……"郝男儿有点支支吾吾的，"我要把我第一夜给我自己最爱的女人。"

晓丹又抓住一个枕头砸过去，嫌弃道："太恶心了！"

这时候海燕正一个人孤独地坐在客厅沙发上，她刷完碗拖完地，没有任何事情可以替她转移注意力了，只好一个人在沙发上盘腿坐着看电视等郝男儿回来。

海燕看见云山从房间里走出来，惊了一下。

"云山，还没睡呢？"

"你怎么也没睡啊？"

"哦……"海燕不知道该说什么，找了个理由："我睡不着……看会儿电视……"

祝云山知道海燕在等老舅，看她一个人孤独，就坐下来陪着海燕一起看电视。

海燕脑子里忍不住地盘旋一些晓丹和郝男儿的画面，也不好意思问云山，最后还是没忍住，尽量以随意聊天的语气说出来："你认识那个叫秦晓丹的女孩吗？"

"认识啊，她是我老舅的秘书，怎么了？"

"你老舅今天就是带着她出去应酬的。"

云山一下子明白海燕在担心什么了，安慰她道："你想多了，海燕，那晓丹人挺好的，我老舅回村的时候也把她带上了，他俩在一起没事，没事。"

听云山这么说，海燕心宽了许多："我就是觉得，你老舅这个人挺有意思的，他工作这么忙，身边又有那么多人，而且他对谁又都挺热情的，你说，他……"

也不知道该说什么，海燕不好意思地笑了一下。

云山怕海燕多想，又解释起来："我老舅那个人就是那样。真的，靠谱！他身边的人也靠谱，可别多想！"

海燕觉得跟云山聊一聊，心里舒服多了，也就回屋睡觉了。

这边郝有旺可完全休息不了，满屋子打转，忍不住给晓丹拨了电话，关机；又给郝男儿拨了电话，还是关机，肺都气炸了，他知道是晓丹故意在躲他，出去吧，又怕遇见陈云珠，只好把耳朵继续贴在墙壁上，说是热锅上的蚂蚁一点也是有过之而无不及。

可对面房间，郝男儿和晓丹不受家产困扰，无欲无求的，却是一个床上、一个地上地聊着天。从郝有旺跟晓丹是怎么认识的开始聊，这是一次漫长的倾诉过程，对晓丹来说尤其是，她回顾了跟老郝认识的全部过程，等于翻开日历，将自己的过往又从头到尾捋了一遍，感慨良多。而对于郝男儿，虽然从郝家村回来，她就对郝男儿的印象有所改观，但并没有深入的了解，在这一夜的畅谈之后，她为郝男儿的很多朴素的想法感动，她甚至觉得郝男儿走进了她的心里，成为知己，日后她跟郝男儿之间反复说的要做一辈子的好朋友也是从今晚开始的。有的时候，事态的发展，人生的走向，是不受控制的，最愚蠢的人才会认为是他（她）在引导事件的发展，真实事物的复杂程度超越了单线思维的人的想象。比如陈云珠以为她苦心孤诣地布局是为了逼郝有旺现形，岂不知逆境锤炼得越是严酷，就越是会激起被压迫者的反抗欲望。郝有旺要是有那么容易就投降，又何必跟她对峙那么久，而相反的，因为他们的争斗，让两个毫不相干的人因为相近的志趣和价值观反而惺惺相惜起来，岂非绝妙的讽刺。

晓丹向郝男儿讲述她和郝有旺的故事是从一张照片开始的，郝男儿虽然红着眼睛打着哈欠，但还是愿意陪着晓丹，情感护理的职业本能给了他明确的暗示：这个姑娘需要倾诉。郝男儿尽可能让自己有精神，求晓丹说给他听。

晓丹靠在白枕头上陷入了回忆："应该是两年多以前……郝有旺第一次来影楼洗照片……当时他拿着他跟他老婆的结婚照片让我们的技术人员给翻

新,我们大家一看都惊着了,因为那个照片看上去他老婆比他大不少呢!他说今天是他和他老婆结婚四周年纪念日,想把他们的结婚照翻新,因为他老婆生病在医院,所以想让他老婆高兴……我们大家听了当时都特别感动。"

郝男儿点点头:"他就是一个有情有义的好人。"

晓丹也点头,接着说:"后来,他第二次来影楼,就是拿着他老婆的遗像来放大了,其实一开始我们大家都觉得,他可能是因为钱才跟他那个老婆结婚的,可是他放大遗像那次,整个人都憔悴不少,一副伤心欲绝的样子,所以我们就说呀,看来他对他老婆是真感情……"

郝男儿插进一句评论:"所以就是说其实那个时候,你就觉得他是好人,而且你挺喜欢他的了?"

晓丹歪了歪脑袋,想了一下说:"怎么说呢,其实女人呀这一辈子能够找到一个专情、靠谱的男人就踏实了,你肯定认为我跟他在一起是因为他的钱……"

"没有!哪能呢?我没那么想。"郝男儿忙不迭地解释。

"没事,其实你要是这么觉得也是应该的。因为很多人都这样觉得,但是我告诉你啊,真不是,我就是想跟他踏踏实实地过日子,谁知道又出来遗嘱这么一档子事。"晓丹叹了一口气,继续说:"其实,他就算一分钱没有了,我就冲他对婚姻家庭的这份专情和执著,我就喜欢他。我对他是真感情……"

"那老郝大哥对你是真感情吗?"

郝男儿冷不丁的一句问话把晓丹给噎着了,这也是一直困扰在她心头的疑问,自己设问了千百次,如果郝有旺真爱她,为什么还那么在乎那些钱,如果不是真爱她,为什么又要付出那么多。犹豫了一下,她还是回答:"应该是吧。"

晓丹觉得想这个无解的问题好辛苦,转移话题到郝男儿身上,歪头看他:"说说你吧。"

"我有什么好说的?我简单得不能再简单了。"郝男儿打了个呵欠。

"可是我觉得你这人挺奇怪的,有没有人说过你傻呀?"

郝男儿一向自诩聪明,哪里愿意承认自己傻,压根就不认同,赶紧撇清道:"怎么可能啊?没有人,不会有人说我傻的。我怎么傻了?"

晓丹开始跟他讲道理："你看呀，你是一个道歉公司的员工吧，你不想着拿出业绩、拿提成，老是接不赚钱的单子……还有这次啊，这个扶老头事件，明摆着跟你一毛钱关系都没有，你倒好，把这事全揽下来了。"

郝男儿很平静地说："我把这个事揽下来之后，我心里边踏实、我安生，明白吗？"

"这还不傻呀？"

郝男儿用少有的成熟对晓丹说："你以为这个事情、这个工作谁都能做呢？不是这样的。"

晓丹有些不信："你真是这么认为的？"

郝男儿开始摆出情感护理师的派头，给晓丹讲自己的理念："你看啊……人这辈子你说图的是什么？其实就是快乐为本，舒坦为本……我帮助他了，我高兴，我踏实了，我舒坦了。那反过来说，老大爷被别人给撞了，他也没有责任呐，对不对？他也是一个受害者呀，可是那你说谁管他呢？没有人管他，所以他就无助、郁闷。但是如果我管了他了，他就舒坦了。那他舒坦了，反过来我也舒坦，不就是这个道理嘛，对不对？"

在现今这个社会，生存艰难，晓丹很少能听到这么无私的言论，半信半疑地看着郝男儿："你真的是这么想的？"

"你看啊，事情是这样的，帮助别人，快乐自己，这是我的原则。你好，我好，大家好；你快乐，我快乐，大家快乐。我算过一个账，说一年三百六十五天，我们一辈子到底能活多少年呢，顶多一百年……一百年也就是三万六千五百天……你再刨除睡觉两万天，你还剩下一万多天……这一万多天，你是郁闷着过，还是斤斤计较着过？你算计着过，还是胆小怕事地过？它都是一种过法，但是我认为人这么短的一生，就是应该快快乐乐地、舒舒坦坦地过，你说我说得对不对？"

晓丹敞开了心扉，完全被郝男儿说的东西给吸引住了，她听得很感动，这也是她这么多年深深认同的人生观。所以，她才不图郝有旺的钱，她觉得两个人拥在一起取暖是多么宝贵的事情。可惜郝有旺不懂，他偏偏要用那账户数字的几个零的叠加取代掉现实生活里一点点流逝的快乐。想到这儿，晓丹轻轻拭去眼角的泪水，好像有人照着她胸口锤了一拳，以往那些不快、心酸和藏起来的忧郁通通都解放了，飞散到空气中来，环绕着她，让她忍不住鼻酸，然而心里的沉闷却是好多了，以往压抑的情绪像领了遣散费的流浪汉一样朝他乡去了，晓丹舒服了好多，更加愿意听郝男儿说了。

"咱这么说啊，你说那两个人……郝有旺，他死了前妻了，说好不容易他爱上了一个新的人了，谈个恋爱他小心翼翼藏着掖着，他都不能释放自己的情怀，你觉得他快乐吗？他不快乐。陈云珠、陈大姐，天天没别的事干，就是天天盯着她姐的那点遗产，你说这个钱，她拿不到吧她不甘心，她拿到吧，她自己本身已经很有钱了，她拿这些钱又干什么呢？她都不知道该怎么花，她花着也不舒坦，那是她姐的遗产……你说她快乐吗？她一样不快乐。可是你看看我，我没钱、没车、没房，我什么都没有，穷得叮当响的老哥一个，但是我活得洒脱，我活得无所顾忌，没有那么多牵挂，因为我是一个沿途看风景的人，看的是什么风景？我看的是人世间的这些美好的风景。就是说今天我帮他做了点事，好像我快乐了，我明天帮他再做点，我后天再帮他做点，其实我给予每一个人的帮助不多，可是有那么一天，当我活到老，活到最后的时候，每一个我曾经帮助过的人都会反馈给我一点快乐，你知道我有多快乐？真的，这就是人生沿途的风景。你说是不是这么个理？"郝男儿很真挚地看着晓丹，渴望她能够跟自己交换看法。

晓丹听了这话只觉得心头一热，她看郝男儿的眼神变得温柔，这个傻子，用最朴素的道理，真的把她给感动了。

郝男儿看看墙壁上的钟，已经十二点了，他给晓丹盖好被子，拿着沙发靠垫就往门口走去。

晓丹好奇地问："你干吗去啊？"

他拿着沙发靠垫走到洗手间，站到浴缸里。浴室和卧室隔了一堵透明的玻璃，他朝着玻璃那面的晓丹做了一个嘘声的手势，然后比划着让晓丹放心地睡在床上，他今天晚上睡在浴缸里。

晓丹又好笑又心疼地自言自语着："你是地球人吗？火星来的吧……"

郝男儿和晓丹就这么相安无事地睡了一晚上，但陈云珠和郝有旺几乎是一夜未眠，只要听见了什么风吹草动的就立马弹起来，也是够他们受罪的。

结果郝男儿和晓丹很早就醒了，坐在车里等郝有旺和陈云珠。这两人太辛苦了,早上一直睡到十点钟才走出来。陈云珠看着郝男儿和晓丹相安无事的,还打打闹闹,知道自己的计划又落空了,一脸的不高兴。回去的时候,还是郝有旺开车。

陈云珠坐在副驾驶位置上一路冷眼看着郝有旺。后座上的郝男儿昏昏欲睡,几次歪倒在晓丹身上,推开又靠回去。

晓丹情绪也不高,她让陈云珠把车子停在路边,放自己和郝男儿先下来。等车子走远了,晓丹气鼓鼓地甩着腿走路,一下子掐根路边的草,一下子跺脚噘着嘴。郝男儿也不敢惹他,试探地问:"你怎么了啊?"

"你说咱俩都住一块了,这郝有旺就这么踏实、这么放心,我能不生气吗?"晓丹狠狠地拽断了手里的草。

"他不没办法吗,那怎么办?你得理解他呀。"

晓丹不服地喊起来:"我理解他,谁理解我呀!"

"我啊!我理解你!"郝男儿举手表示支持。

"有用吗?"晓丹气鼓鼓的,随即下达了指令:"陪我逛街!"

陈云珠和郝有旺心里也都不爽,车子开到家门口,停下来,郝有旺正准备走,还是被陈云珠在后面给叫住了。

"姐夫,你说他俩是不是一对啊?"

郝有旺憋着气:"你不是都看见了吗?"

陈云珠故意添油加醋的:"之前是不是一对啊真的不好说,可是经过昨天晚上这么一折腾啊那就难说了,你想想看,那郝男儿他不是圣人吧?晓丹这么一个大美女在身边,他能坐怀不乱?"

"你就别乱猜疑了,人家本来就是一对。"郝有旺心烦意乱的,也懒得再搭理这个走火入魔的女人,回到自己的房间,从里面插上门,就立刻拿出专门给晓丹打电话的手机,拨号。

晓丹正在商场挑衣服。看到是郝有旺打来的,半是嫌弃,半是高兴,心情复杂,终究还是舍不得不接。晓丹知道郝有旺为什么打来,但她怀着复仇的心理偏偏要折磨郝有旺,接了电话也装作不屑一顾的样子:"你还给我打电话干吗……这跟你有关系吗……怎么着?你着急了?有本事你来找我呀?"说完该说的果断挂电话。可怜的郝有旺差点气厥过去,被女朋友和小姨子挤压得已经快变形了。其实，晓丹在挂电话之前已经把信息透露得很清楚了，就两个意思：一是我偏要气你，其实气你才表示什么都没有发生；二是希望你过来找我，这才会撂狠话说"有本事来找我"。郝有旺哪里懂这些女孩子细微的心思，只能忍受情绪的轰炸，权当修身养性了。

　　商场里郝男儿领着大包小包追着晓丹，等着给任性刷卡的晓丹买单提货。晓丹买了这么多东西还是很不开心，把自己的包甩给郝男儿，径直走开。郝男儿也是不懂她的心思，心里想着，这又犯什么病了，还是我家海燕好，简单、纯粹、好相处。

这次的偶遇开启了海燕无休无止的胡思乱想，刚来滨海时的无忧无虑仿佛随那天海滩的风一吹就散了。她怔怔出神发呆的日子多了，就连对外界的信任仿佛也减少了。有的时候，饭吃好了，她也不急着收拾，拿着抹布的手在桌子上擦着擦着就停下了。

16. 海燕误会了

郝男儿夹在晓丹和海燕之间，相当于个人空间与职业身份互相挤压。因为郝有旺的要求以及晓丹情绪的不稳定，郝男儿最近有点超负荷运转、疲于奔命的感觉，但是疲惫倒也是没什么，最倒霉的是郝男儿做错了两件事。第一，他居然在和晓丹逛商场的时候让海燕碰见了。第二件更惨，他居然在替郝有旺买钻戒给晓丹的时候，误打误撞给晓丹下跪又被海燕看见了。本来，前面两件事发生之后，郝男儿离牺牲已经不远了，却偏偏还自己导演了一场为海燕前夫道歉的戏码，把海燕之前的情感创伤赤裸裸放置于大家面前，海燕崩溃了。在接连超乎想象的刺激发生后，海燕觉得所谓原谅或者不原谅都已经没什么意义了。

自从那天晚上郝男儿被迫留宿在郊区的度假村之后，陈云珠没有再出什么幺蛾子，郝有旺那边也没什么事，一切风起云涌还隐藏在平静的湖面之下，没有山雨欲来风满楼的恐怖前奏。海燕在工厂当秘书，首先得学习打字，海燕跟着晓丹学了有一段日子了，晓丹怕海燕压力大，干脆教她用一指禅，能摁出字儿来就行。两人感情处得很好，要不是因为郝男儿的复杂身份，两人成为交心的好姐妹一点问题也没有，但美好总是短暂的。郝有旺对郝男儿下达了新的命令。因为过两天就是郝有旺跟晓丹认识两周年的日子。老郝大哥给了他一张信用卡，让他帮晓丹选个礼物，应该也包括陪同逛街加买单提货全方面服务吧，反正晓丹不高兴了就喜欢逛街。这纪念日，老郝大哥不能亲自来，又让她自己买礼物，晓丹肯定少不了一顿狂刷乱买，郝男儿觉得今晚又不能早回去，海燕会担心的。郝男儿没法未卜先知的是，海燕也在逛街，居然跟自己去的是一家商场，还碰上了。最要命的是，海燕看见的时候晓丹刚好脚崴了一下，郝男儿俯身扶着，一百个撇不清。人们常常会说，早知如此，何必当初。郝男儿早知道会在今晚让海燕误解，怎么着他也会哄着晓丹改一下逛街的时间。

为了完成老郝大哥的嘱托，郝男儿想了一段时间，最后决定替郝有旺送一串项链给晓丹。通过长期的观察，他觉得晓丹好像很喜欢项链，自己项链也多，那天还送了一条给海燕。郝男儿拿着郝有旺给他的信用卡去商场柜台买了一条项链。选的时候，他看见细细的链子中间坠一颗透明小石头看着挺漂亮，柜台小姐给他介绍，这是18K白金的链子，配上一颗施华洛世奇的水晶，象征着一生一世的爱恋。他一听"一生一世"四个字觉得好，这老郝大哥和晓丹不就是要许个一生一世的幸福吗！？就它了！回到工厂，他专门选了个海燕不在的时候溜进晓丹的办公室，把首饰盒子往她跟前显摆起来。

"猜猜看里面是什么。"郝男儿坐在沙发上一脸得意地说。

晓丹没搭理他玩的猜谜游戏，直接打开盒子，是一条水晶项链，很漂亮，不由得惊叹了一声。郝男儿在旁边聒噪，胡说八道地介绍是什么"失火洛是七"的，象征着"一生一世"。

晓丹咧开嘴笑了，她挺喜欢的，她知道跟郝男儿共事了这么久，他肯定知道自己喜欢项链。

郝男儿还在那儿叨叨介绍送项链的原因："老郝大哥让给你买的，说是为你们认识两周年纪念买的，人家了解你啊！"

晓丹淡淡说了一句："原来是他啊。"语气之中似乎还有点失望。

"除了他还能有谁啊？多好！最了解你的人啊！能爬到你心里的人，说钱马上钱就到位，说主意马上主意就来了，人晓丹就喜欢这个，你赶紧去给她买去，你上哪儿找这么合适、这么好的啊！又实诚心又细致，永远想着你，对不对啊？人家一片诚心，你可不能再伤人心了听见没有？"郝男儿真是最到位的雇员，帮老板把好话说尽。

说到郝有旺，晓丹立刻就没什么兴致了，跟郝男儿说："我告诉你啊，郝男儿，你跟郝有旺说，如果想道歉呢，让他以后亲自买给我。"

"你这就属于不懂事，人家是一个大老板，天天忙那么多生意，那么多人那么多事都要他管。你得想明白这一点，你这些跑腿的事，我来干不就完了吗？"郝男儿从沙发上站起来转圈指责晓丹不懂事，替老郝大哥说话，倒是也把自己摆在一个比较低的位置上。

正说着海燕回来了，看见郝男儿在房间里，以为是关心她学习进度来了，不好意思地坐到电脑跟前开始继续练习打字。郝男儿假装凑上来督导，问晓丹说："这个，海燕这个电脑业务学得怎么样？"

"特别聪明，非常好！"晓丹竖起了大拇指。

郝男儿很高兴，对着海燕朝晓丹努嘴："喏，你看，那就不错。行，那我就放心了，你有什么事以后你就问晓丹。"

木器厂假厂长的工作结束之后，就要开始真的工作了，陪老板女朋友逛街。他们就在单位旁边的一家商场逛，晓丹不停地试衣服、鞋子。晓丹挑中了一条裙子，郝男儿帮她去付款，一看价签值1800，这个价格让郝男儿肉疼，又不付了，从收银台回来，跟服务员商量价格，从熟客开启砍价篇章。

"那个，你认识她吗？你不觉得她面熟吗？她老来你家买衣服，你不认识她吗？"

"先生，您……"

郝男儿故作神秘地冲服务员眨巴了一下眼睛："我们是你的回头客呀，你们卖衣服，不想要回头客吗？"

"是啊，先生，所以希望你们以后能经常光顾我们的店。"

郝男儿开始把话题往价格上绕："但是如果我们觉得你这个衣服，比如说，从质量上到款式上，包括你的价位上，我们都有一些不太认同的话，那你觉得我们还能来作为你的回头客出现吗？"

"先生，您是觉得我们的服装质量还需要再改善是吗？"服务员都是比较机械化的。

郝男儿干脆直接说："也没有，就是，但是说，也不是特别的满意。你就比方说价位上，为什么这件新衣服新款，你打了八折，为什么我们买的这件，你不打八折？"

服务员咬准了价格不松口:"这个已经是给您打过折的价了,先生。我们这个是品牌店,您要是觉得贵的话……"郝男儿怕人家嘲笑他不懂规矩,倒是也变得快:"我就是考考你,你要打折就不对了,你知道吗?打折了就说明你不是品牌,你要不是品牌我肯定不买。行,就这么定了。"

晓丹从试衣间出来,看到郝男儿还在原地站着,问他:"你怎么还没走啊?"

"马上,这就去。"等郝男儿跑去买单的时候,晓丹瞅了一眼镜子里的自己,瞧不上地撇撇嘴,扭头跟服务员说:"包起来吧。"可怜的郝男儿,一会儿等他回来,立刻就又要跑一趟。晓丹也不知道是哪儿不对劲,心里一点也不高兴,没个灿烂的笑脸,却一路猛刷,一下衣服,一下鞋子的,东边瞄两眼,西边试几下。这不,又站在鞋柜跟前,拿起一双蓝色的皮鞋看着。服务员立刻凑上来:"小姐好眼光,这是我们的限量款,您看要不要试试?"

"挺好看的。"晓丹没精打采地说,翻开鞋底看到价签皱了皱眉头,"不便宜啊。"

郝男儿听到贵赶紧上去阻止,把晓丹手里的鞋子往外扒拉:"贵,太贵了,别买。"

服务员是个年轻的小姑娘,伶牙俐齿的:"试试吧,小姐。这双鞋子非常适合您的气质。再看这位先生,又高又帅,您穿这双鞋子肯定非常配他。"

郝男儿咳了一声,说道:"其实这鞋还是挺好看的。"

晓丹看着他那个爱慕虚荣的熊样,心里好笑,跟服务员说:"帮我去拿一双36号的吧。"

等服务员去仓库拿鞋,晓丹用肩膀顶了旁边郝男儿的肩膀一下,打趣他:"喂,听见没有?人家刚才说你又高又帅,就试试了?"

郝男儿有点不自在,挪了挪身子,离晓丹远一点,给自己开脱:"其实,人家也不能无来由地说假话吧?那你觉得人家眼瞎了?"

晓丹饶有兴趣看着郝男儿努力表现出自信的样子,逗他:"知不知道什么叫忽悠啊?真是的,人家就是想让我买这双鞋。"

"人不会轻易撒谎的。"

"怎么样?看看。好看吗?"晓丹穿上了鞋子。

"你是问我吗?"郝男儿不知道在发什么呆,半晌才反应过来。

"鞋。"

"行,你就买嘛,挺好,买。"郝男儿还在回味刚才服务员的话是不是真的,他真心觉得人家没有必要撒这个谎。

晓丹朝服务员点点头,算是要了,要她去开发票。带着对郝有旺的恨意花他的钱,晓丹一点也没觉得舍不得,自己感慨着:"这钱呀,一分钱一分货。这钱呀,我看了,花出去的才叫钱,花不出去的就是纸。"看到郝男儿给她提了那么多袋子,累得摊在一边,晓丹突然也想给郝男儿买一双,反正郝有旺钱多,还那么爱钱,就刷他的卡。想着,就歪着脑袋看着郝男儿说:"你为什么不买一双呀?"

"为啥呀?"

"这个为了,奖励你,今天陪我逛街逛得很成功。"晓丹偷偷乐起来:"要不然,咱们用那卡里的钱给你买一双?"这有种她和郝男儿在同一阵营要郝有旺的感觉。

郝男儿连连摆手:"这玩笑不敢开啊,这个钱对于你来说,你们是消费的,对于我来说是公款。我公是公,私是私,我分得很明白,你别开这玩笑,我不能挪用公款。可千万别有这想法。"

晓丹看他像弹簧一样摆手摇晃的样子,越发像个上了发条的不倒翁,用手指戳起郝男儿的太阳穴笑起来:"行了,开个玩笑嘛,看你认真的。"

两个人说笑着起身准备再逛逛别的地方。郝男儿拎了六七袋衣物跟在晓丹后面,像足了哄女朋友开心的冤大头男友。他不知道,这会儿海燕也正往楼里走呢,就是这幢商业大楼。海燕平时不爱逛商场,唯独今天例外,今天加班比较累,被王姐喊着一起出来玩,逛逛商场散散心。两拨人随时都有可能碰面。晓丹带着郝男儿扫荡了皮具、手表、钻石、服饰、化妆品各类柜台。终于把卡刷到了透支上限。郝男儿嘲笑晓丹:"这回你消停了。"抱着一堆袋子准备离去,晓丹可能穿着高跟鞋走这么远太累了,走着路一个不小心崴脚了,郝男儿吓了一大跳赶紧半跪着身子扶住她。

赶巧了,海燕和王姐从皮具区出来,恰好看见,郝男儿扶着晓丹从一边走过来,海燕简直不敢相信自己的眼睛,待在原地。王姐看着她身子不动,目不转睛的,赶紧拍拍她,说:"海燕,怎么了?"

海燕不想让王姐看见郝男儿他们，转过身就往别处走，假装没事地说着："没事，咱们去那边逛逛吧。"

接下来的时光，可想而知海燕是怎么度过的，她的魂儿好像从身上飞走了，身体像个躯壳一样跟着王姐四处转着。也不知道是几点钟回家的，反正到家的时候没看到郝男儿身影。海燕跟云山和媛媛说自己已经在外面吃了，就进屋把自己锁在里面。过了有一会儿，睡了的海燕听到房门外面轻轻的敲门声。是郝男儿，海燕的思绪一片混乱。她看着眼前这个人熟悉的脸，突然觉得很陌生，这是那个深夜陪着她在海边漫步的人吗？是那个为了她在孔明灯上题诗的人吗？

"你睡了吗？"郝男儿柔声问道。

"我睡了。"

"你出来一下呗。"

海燕心很乱，她不知道应该用什么态度面对郝男儿，只是急急地想逃开，"我睡了，有什么事明天再说吧。"说着就要关门。

郝男儿赌气地拦住门口，笑着说："那你闭上眼睛。"

海燕闭上了眼睛，感觉有个滑滑的、纱巾一样的东西蒙住了她的脸，好像把脖子也给捆住了。海燕赶紧睁开眼睛，有点恼了，冲郝男儿低声呵斥起来："你干吗呀？大晚上的。"

"纱巾，我给你买的纱巾。"郝男儿应该是刚回来不久，还稍微有点喘，大概放下包就来找她了。他把纱巾从海燕脸上拿下来，轻拂着给海燕展示："你看，多漂亮呀，不喜欢啊？这颜色多好啊！咱们老家那边，春天，播种的时候，风大，有风沙，不都是蒙这个吗？又不眯眼睛，对不对？又不吃土。"

"你今天买的啊？"海燕的心情很复杂，郝男儿的确很关心她。

"啊。"这傻子应了一声。

"你去逛商场了？"

"嗯。"

海燕心里浮现出他搀扶着晓丹，提着大包小包的样子，莫名的一股怒火直蹿脑门，什么话也不想说，转身进屋把门"砰"一声带上。

郝男儿不明就里，还以为是海燕收到礼物太激动了无法克制自己的情感，自己也沉醉地靠在门边。

　　这次的偶遇开启了海燕无休无止的胡思乱想，刚来滨海时的无忧无虑仿佛随那天海滩的风一样，吹过也就散了。她怔怔出神发呆的日子多了，就连对外界的信任仿佛也减少了。有的时候，饭吃好了，她也不急着收拾，拿着抹布的手在桌子上擦着擦着就停下了。

　　本来以为事情就这么结束了，海燕想着过段日子也许自己就淡忘了，哪里知道还有更犀利的在后面，她竟然看见了郝男儿举着戒指单膝跪在晓丹的面前，海燕转身就跑了出去。郝男儿通过眼角的余光扫到海燕惆怅的背影，心中一动，坏了，把戒指扔给晓丹跟着就追了出去。

　　如果说上次郝男儿错在不该早点跟海燕坦诚相告的话，这次的确是场误会。郝男儿之所以会拿着钻戒出现在晓丹的办公室里，完全是因为晓丹两口子吵架了。郝有旺给郝男儿下达了指令，必须把这事儿给解决了。郝男儿这才自作聪明地买钻戒向晓丹赔罪。模式和上次送项链一模一样，郝男儿觉得好看，让晓丹带上，晓丹啊推脱，一来二去的，戒指就掉在地上，滚到沙发底下去了，郝男儿在地上尝试各种姿势造型终于拿到戒指了，顾不得身体还是半跪着，拿起戒指就向晓丹炫耀。门缝里看上去恰巧是一个手拿戒指跪在那里，一个笑容微醺地坐着。海燕觉得自己快要不能呼吸了，她脑子里只有一个念头，就是逃离，赶紧逃开这里，去一个有风能呼吸的地方。跑着打上车，以最快的速度赶回家，海燕的眼泪被风吹干了好几次，在这么长时间的折磨里，郝男儿现在能带给她的已经不再是快乐，而是煎熬，她现在只希望能尽可能快地收拾行装，好赶在那个人回家之前就离开。

　　然而不管海燕的动作有多麻利，郝男儿还是大汗淋漓地跑回来了，看着海燕的包裹已经装得满满当当，郝男儿顾不得擦汗，上前夺过海燕的包来："你，不要走！怎么这么犟。"

　　海燕抢不过她，干脆连包也不要了，淌着眼泪夺门而出，云山和媛媛赶紧拉住，郝男儿一个箭步跟上，将身体横在海燕面前："别走啊，你听我说，你别吓唬我啊，海燕。"

　　"你，别管我。"海燕往郝男儿身旁的空地挪。

　　"你听我，你静一静，你等我把话说完再走嘛，好不好？你冷静一下，咱俩有什么话，不能把它说开了吗？"郝男儿伸手，抓住海燕胳膊。

海燕凝神瞅着他，眼睛里半是怨恨，半是不甘："郝男儿你知道我为什么来这城市吗？"

"我知道啊。"

"是啊，你知道，我知道，全村的人都知道，他们都知道我是奔着你来的。他们也都希望我们有好结果。可是，我来这儿这么久了，你什么时候好好陪过我？我心里想什么，你都知道吗？"说到这，海燕心一酸，眼圈又是一红："第一次，你夜不归宿，第二次，你陪着别人逛街，你给她买了那么多东西，然后今天你给她的是什么东西啊？"像所有濒临崩溃的女人一样，海燕几近歇斯底里。

"戒，戒指。你刚才说这个，我是照顾你不够，我改，行吗？"郝男儿想把话题引开。

"戒指，你给她买的戒指吗？"海燕仿佛不认识这个人似的看着他。

"是我给她买的。"这话刚一出口，郝男儿就知道自己犯了一个天大的错误，照着自己的脸上就是一巴掌："不是我给她买的，是我帮别人买的。钱是人家的，我跑个腿。"他说得乱七八糟的，简直不知道怎样用最简短的话把他和郝有旺以及晓丹的复杂关系讲清楚。

"是，人家的钱，你跑的腿，但是你帮别人给戒指，你至于跪在地上，给别人戒指吗？郝男儿你知道一个男人跪在地上给别人戒指，这意味着什么吗？"海燕无法相信郝男儿这些滑稽得完全讲不通的逻辑，她的脑子里各种画面交织着，郝男儿求婚的画面、夜半郝男儿和自己一起放孔明灯的画面等等，想到一处伤心一处，泪水便立刻决堤。

"你，你完全误会了。我说人家给你买的，人家她不要，一扒拉就骨碌到地上去，那我肯定得找吧。我都快吓死了，别再给人摔坏了那算我的责任呐。我就满地乱找，在那个沙发椅子底下呢。这么贵重的东西，我肯定得马上给她吧。一给她，你看见了，就这么巧，你说这。"郝男儿生怕哪句话不对，又惹恼了海燕，尽力搜索着她能接受的词语，语气也因为着急开始显得有点结巴。

"是,就这么巧,这么说你信吗？"海燕平静下来了,肩膀颤抖,心都碎了。

她根本不想要这些乱七八糟的解释。

"不是我信不信的问题，它就是事实嘛。"郝男儿急得满头大汗，也不知道怎么办才好。

海燕甩开他的手，又没忍住哭起来："郝男儿，我不知道你是什么样的人。我来这儿这么久了，我发现我一点都不了解你，而且我更不知道你跟那个秦晓丹到底是什么关系。"

"我们是工作关系，陪她工作，陪她逛街，甚至给她买戒指都是工作关系，你要相信我。我做的是情感的工作，你明白这个意思吗？我不能把客户的信息随随便便报告给别人，你是我亲妈，我都不能跟你说。我有对客户保密的职责，我不能说，你逼着我有什么用呢？"郝男儿真的很害怕失去海燕，但是为了老郝大哥这个事，他又不能把话挑明，要说不说的，他自己也很难受。

"你保密，你什么都不告诉我，那我在你心里，到底是什么样的人啊？"海燕又抹了把眼泪，但终于不再往大街上移步。

"你肯定是我至亲至爱的人哪！"

"至亲至爱的人？"海燕冷笑道："至亲至爱的人，你什么都不告诉我？"

"我不能告诉你，你别逼我。"郝男儿的样子也挺可怜的。

海燕看着他，终于把心头的苦都说了出来："郝男儿，我告诉你，我的前夫李亮他也是这样的人。他去城里打工，我担心他，问他在那边怎么样，他每次都说你放心，我在这边挺好的。直到有一天，他的心被别人带走了，我就彻底地放心，彻底地不用担心了。郝男儿，我刚认识你的时候，你说话那么诚恳，我那么相信你，我才来这里。但是现在我不知道为什么，我招谁惹谁了，我怎么遇到的全是这样的人。我已经受过一次伤害了，我不想再经历一次，所以，这个地方，我真的待不下去了。"海燕说着拿起行李又要走。但媛媛和云山上前阻拦，她已经不像之前那样坚决了。

郝男儿堵在门口，媛媛和云山拽着她的包，海燕虽然要走，然而身体却是迈不开步子，她心底里舍不得郝男儿，虽然脸上还挂着泪痕，虽然还是不愿意相信他的鬼话，但看着郝男儿手脚无措的样子，她还是希望给彼此多一点机会。叹了口气提着行李包进了自己的房间。

海燕知道自己的让步还会给自己带来不少的苦恼，郝男儿并没有把晓丹和他的关系讲清楚，这就意味着自己在日后还是会忍受自己男友陪伴别的女人，还冠以可笑的工作理由。海燕可以想到一千一万种理由让自己离开郝男儿，然而总是在最后临门一脚的时候踏空。她有点恨自己没出息，宁愿承受猜忌所带来的不安全感，也不愿放弃这个男人。

郝男儿被这次海燕的爆发吓坏了，跟郝有旺请了几天假，专门守在家里，生怕海燕哪天趁他不注意就离开了。他人生走了一半才找到个知心爱人，没办法接受海燕离开她。如果海燕不需要他，就是全世界都不需要他了，还谈什么事业、理想呢？

女人最需要的就是哄，经过几天郝男儿全面无死角的看护，海燕终于慢慢被融化了，愿意和他说话了，也愿意上班了，甚至还愿意和他一起出游，对于曾经的求婚事件，双方都尽可能不提它，把它当做惊动水面的一粒小石子，沉下去就索性忘了。郝男儿的一家三口恢复了以往的运作，而木器厂里的那对假情侣似乎也可以恢复运作了。毕竟，大的灾难现在还远没有到来。

  周末如期而至，阳光和煦地照耀着大地，是个难得的好天气，按照之前制定的计划，郝男儿和海燕驱车去了海边。海天一线的绝美景象让两人心胸开阔了许多，一扫近日以来的各种忙碌。这一天，两个人玩得很嗨，一会儿看着光景，一会儿拍拍照，一会儿嬉戏打闹，玩得十分开心。就在这种玩耍嬉闹的过程中，两人的心与心之间又有了一个新的交融，聚合度似乎越来越高。

17. 假性恋爱状态

  郝有旺自从上次和晓丹闹翻以后，失落感与日俱增，每天都想着与晓丹再见一次，最好是能说服晓丹。眼瞅着今儿个黄历还不错，公司事情不多，陈云珠也有事要出去，无法监视着他，天赐良机，找了个空儿开着他那辆奔驰奔驰到厂子里找晓丹。

  为了表示诚意，郝有旺鲜花、礼物都有带，心里盘算着见了面说话要诚恳，态度要殷勤，出手要豪爽，算盘打得拨浪鼓响，就看晓丹上不上道了。

  晓丹没有理由上道，她现在越来越发觉，她跟郝有旺就不是一条道的。关于他们矛盾的主线从来就极为分明，她看得出来，郝有旺不是不想妥协，是不愿意妥协，在他那里，金钱第一，情感第二。而在晓丹这里，情感第一，金钱第二，这是个雷都打不动的原则，就算一直吵下去，她也预见不到结果。只是可惜，晓丹都看透了这个关节，郝有旺却还没有，他仍在痴痴地等待着晓丹能够回心转意。

  所以当这次郝有旺出现在她面前时，她再也没有了那种以前的期冀，反而是在郝有旺不在的这段日子里，她感觉到一种舒适的解脱。这变化让她也有些惊奇，似乎，郝有旺的身影正在逐渐模糊，而另一个人却在心里渐渐清晰。

  郝有旺抱着花站在晓丹的办公桌前，晓丹并没有多看他一眼，郝有旺心里一咯噔："这气,你要生到啥时候啊。"

郝有旺是来道歉的,晓丹没叫他坐,他也不敢坐,气氛就那样僵持。

到了郝有旺感觉腿有点麻的时候,他终于忍不住了:"晓丹啊,我都站这儿这么长时间了,你倒跟我说句话啊。咱们一直这别扭着,这到什么时候是个头啊?"

晓丹白了他一眼:"您现在有时间搭理我了啊,到什么是个头?对呀,这话我得问你呀,到什么时候是个头啊?"

"晓丹,你看咱俩好不容易见一次面,就别再为一些老生常谈的事生气了,行不行啊?几年的时间很快就过去了,到时候我什么都依着你,还不行吗?"

"几年?到底是几年呀?说来说去你就是放不下钱。走,赶紧走,别让我看见你,走。"晓丹气不打一处来,只希望这个人赶紧离开,有多远走多远。

看晓丹铁了心的样子,郝有旺就知道今天这事儿又黄了。无奈只好赶紧离开,心里想着下次再把黄历看准点。

望着窗外郝有旺和他的名车一起消失在视线中,两行清泪从晓丹脸上滑下来。听到郝男儿敲门,泪痕尚未干结,晓丹赶紧掏出纸巾自己擦了擦。

郝男儿从门外探出头来,挪身进屋,笑嘻嘻地看着晓丹,完全没有注意到她强颜欢笑下的神伤表情。

"哗",晓丹身后屏风上的照片突然掉了下来。郝男儿眼尖,一把接住,定睛一看,这不正是自己当初给晓丹粘的那副吗。为了掩饰自己的尴尬,郝男儿打趣道:"我的威力太大了,气场太强大……"

"只能怪你当初粘的时候没粘好。"晓丹这会儿没有心情跟他开玩笑。

"是是是,我今天好好粘粘。"郝男儿似乎也听出了晓丹话中的不对劲儿,赶忙赔着笑脸。

"说吧,找我什么事?"

"咱们说好了是,本来周末一块加班,对吧?你有事吗,明天?"

"没事啊。你有事?有事说吧。"

"明天我想带我家海燕出去郊个游,度个周末。"

"我家海燕。"听到这四个字,晓丹心里莫名地像被针扎了一下,隐隐作痛，但口上却应道："好啊。"

"是吧，完了就……"郝男儿有点不好意思。正巧，晓丹的电话响了起来，他连忙岔开话题："那个，你电话。"

晓丹拿起手机瞧了瞧，一看是黄建华打来的，她才懒得理，摁一下挂掉。

"然后，明天家里面……"晓丹电话再次响起，郝男儿又向他嘟了嘟："你电话。"

这次是郝有旺打来的，晓丹更加不耐烦，用劲摁掉。

郝男儿有点懵，不知道晓丹咋回事，只是于情理中觉得他这样不接人电话是不友善的行为，提醒他："你电话，你怎么不接呢。"

晓丹没好气地说："我不想接。"

"以后别穿这种疑似病号服的衣服，看着眼晕，真的。"郝男儿临出门时，晓丹总算找了个借口消遣一下郝男儿，这个看不懂人心思的男人。

周末如期而至，阳光和煦地照耀着大地，是个难得的好天气，按照之前的计划，郝男儿和海燕驱车去了海边。海天一线的绝美景象让两人的心胸开阔了许多，一扫近日以来的各种忙碌。这一天，两个人玩得很嗨，一会儿看风景；一会儿拍照；一会儿嬉戏打闹。就在这种玩耍嬉闹的过程中，两人的心似乎也贴得更近了。

但是，要知道，人生就是一个跌宕起伏的过程，今天你心花怒放，明天你却可能陷入悲伤之中。郝男儿也是如此。

这边刚跟海燕过了几天的幸福生活，那边晓丹又出问题了。郝男儿总觉得晓丹情绪不大对劲，上班的时候到处挑刺，天天训人。这不，今天晓丹训斥员工的声音就直直地从门缝里传了过来。郝男儿拍了拍耳朵，不想去管，可晓丹的声音越来越大，他已经没法睡了。

得，睡不着了，去看看吧，郝男儿下意识地驱动着自己的身躯。

"穿个西装，衬衫应该夹在这个裤子的里面，知道吗？"郝男儿有点奇怪，晓丹竟然对员工的衣着问题品评起来，这是以前从没有出现过的事情，同时他又下意识地看了看自己，发现自己也没把衬衫放在裤子里面，赶紧扎了扎。

"邋里邋遢地上班，注意点厂子里面的形象。还有啊，领带，你怎么想的啊你？这是领带，不是红领巾。"这是说员工还是说我这个厂长呢，郝男儿心下嘀咕，对比了一下自己，正了正自己的领带。

"走吧，你回来，鞋底子太脏了，你看看这好不容易小杜早上起来擦的地，这，你一踩全是脚印。"郝男儿马上又瞅了瞅自己的鞋底。

"记住啊，以后进我屋，把鞋底擦干净，听见没有？行了，赶紧走，赶紧走。再重新做一份报表，不要再让我生气，不要再让我说你了，我都说烦了，走吧。"

郝男儿知道晓丹这么烦躁是因为郝有旺。解铃还须系铃人，事情的源头在郝有旺那里，不做通郝有旺的工作，晓丹的结就解不开，郝男儿专门开车到郝有旺的别墅前，按响了门铃。

郝有旺的声音从屋里传来："谁啊？"

脚步的声音从里面响起，没一会儿，郝有旺的脑袋从门后探出来，当他发现来的是郝男儿时吓了一跳，赶紧把门关上，拉他远走几步，才低声对他说："你怎么上这儿来找我来了？你胆子也太大了！这全是摄像头。"

郝男儿不理他，说道："晓丹要……"

刚开了个头，郝有旺就一把捂住他的嘴，朝周围看了看，他心里有鬼，生怕一不小心让陈云珠发现了什么。但对于晓丹的事情，他又不能不听。逡巡一圈后，发现附近一条水沟算是最隐蔽的所在，于是连拉带拽地把郝男儿拉过来，蹲在沟里。"养尊处优的大老板蹲沟里跟人说话，也不怕人笑话。"郝男儿憋着没笑出来。

"你说，晓丹怎么啦？"郝有旺急切地问道。

"晓丹要疯了，你想想，你多长时间没去见她了？你多长时间没陪她了？你多长时间没关心她了？真的，现在要疯了，你说怎么办？你做得不对呀，老郝大哥。现在她已经在厂里面她逮谁骂谁，然后一天到晚就是，就跟疯狗……都不够，这样。"郝男儿开始数落郝有旺。

郝有旺自知对不住晓丹，可陈婆子最近也不知是嗅到了什么还是抽了哪门子疯，完全把他当一个囚犯对待。郝有旺一副身不由己的样子："我也是没有办法，最近陈云珠盯得我特别紧，我根本就出不去，你帮我跟晓丹说一下，让她再多忍耐一段时间。"

郝男儿见不得郝有旺这种为了遗产认怂的样子，说："不是，你光让我说是没有用的，我可以保证她平时，关键点还是你来挡。"

"我，我根本就出不去，我怎么挡？我让你干什么的？你不就是情感陪护，陪护她，照顾她，给她买东西，让她高兴啊，对不对？我告诉你啊，你陪她的时候保持点距离啊！"郝有旺把皮球又踢回到郝男儿身上。

　　郝男儿还想再晓之以义，郝有旺一看手腕上的金表，心里想着不能再多待了，再呆陈婆子发现了他吃不了兜着走，赶紧把郝男儿给轰走："保持距离，赶紧，赶紧走吧。"说完自己先爬起来，走了。

　　"这都什么事儿啊。"郝男儿蹲在沟里琢磨了半天，喃喃自语。

　　正不知所措的当口，海燕的电话来了，对郝男儿说她正在商场里挑选衣服，有几件中意的，让他赶紧过来，帮忙看看。

　　等郝男儿赶到，海燕招了招手，正试着一件今年流行款的格子大衣。"怎么样。"海燕兴奋地跳着转了个圈，以让郝男儿看得更仔细些。

　　"我看这个好。"

　　海燕不好意思了："我穿不太适合吧？小姑娘穿还差不多。"

　　"那，你你就是小姑娘啊，你怕什么呀？怎么样？"

　　"就知道说好话，意见，意见啦！"海燕嘟了个嘴，拉着郝男儿继续逛。在某著名女装品牌门店前，海燕又挑上一件呢子大衣，穿在身上不住地比划，朝郝男儿嚷嚷："怎么样，怎么样？"

　　"好。"话才出口，郝男儿突然发现，陈云珠的鬼影不知道什么时候出现在了他俩身后，正阴阴地看着自己。

　　瞬间，郝男儿头上冷汗就起来了，按照他和郝有旺的约定，他和海燕的恋情是绝不能让这个女人知道的，否则一切都要穿帮。郝男儿再也没心思帮海燕瞅衣服，拉着她的胳膊往旁边挪，口中应道："走，我们上那边，那边再看看。"

　　"看什么啊。"海燕还想再试，被郝男儿一股大力扯过，差点摔一个趔趄，胳膊生疼，她白了郝男儿一眼："干什么啊？"

　　"没事。"郝男儿样子很着急。

　　"干吗呀？这么着急。"

　　"不是我，我得上个厕所去，我尿急，你看那个。"郝男儿打着马虎眼。

　　"那你去那边看看吧。"海燕没好气地说。

"行，好，好。"郝男儿急着要离开这里。

"郝老板。"陈云珠的声音从背后响起，郝男儿吓了一跳，陈云珠什么时候跟过来的他都不知道，不愧是搞"敌特工作"的，跟踪人也能这么无声无息。但不管怎样，他今天是甩不掉了，只好硬着头皮上，先随机应变再说。

"这么巧啊，陈大姐。"郝男儿支吾道。

"这位是？"陈云珠显然对郝男儿旁边的海燕更感兴趣。

"那个那个，你，咱们有时间得吃个饭哪？你看，上次我就一直说，我说，我得请你，不能是你老请我吃饭，是吧？因为你给我们介绍生意，你说这么重要的事，我，我怎么的我也得感谢一下，一直说这事，一直没有时间，这个事，这样啊，你来订这个时间、地点，我买单，好不好？就这样啊，咱们再一块……"郝男儿赶紧想把话题岔开。

"别走啊，你还没介绍这位姑娘给我认识呢？"陈云珠又把话题转回来。

郝男儿没法，只好道："是海燕，张海燕。"

"我不就是想护着晓丹吗？好久不见了，你看看你。"陈云珠似有把话挑明的意思。

郝男儿感觉到海燕射来的怀疑目光，等转回头，海燕说了句"媛媛在家我不放心，我先走了"，就气鼓鼓地走了。

"坏事了。"郝男儿想去追海燕，把事情解释清楚。

陈云珠赶紧卡在郝男儿身前，把他拦住："媛媛？你跟海燕都有孩子了？"

郝男儿又气又恼，想说清楚又不想跟陈云珠掰扯："你别胡说八道，媛媛是……没事，逛着，没事啊，我先走。"

"你可不能喜新厌旧啊。"陈云珠像刑侦探发现有力证据一样趾高气扬的。

"谁喜新厌旧了？我怎么了？"郝男儿自己都感觉有点说不太清楚了。

"你还不喜新厌旧啊？你有个这什么海燕，那晓丹能………"

"废话，海燕是我唯一的一个女，女……"急火攻心下，郝男儿终于吐出了陈云珠想要的话。

"原来你真不是个什么好鸟呢，我就说了，我看人不会走眼的。"陈云珠一阵奚落。

"你什么意思啊？陈大姐。"一向好脾气的郝男儿也愠怒了。

"你老实交代,那个晓丹是不是郝有旺的小情人,拿你来做垫背的?说!"陈云珠步步紧逼。

"陈大姐,你也是生意人,我也是生意人,咱们有些话别把脸撕破了再讲,为了生意,这些应酬东西你不理解吗?我陪人家逛个街怎么了?都是生意往来的东西啊。你干吗非要打破砂锅呀?这属于商业秘密。咱们俩的公司有上下级关系吗?没有,你问这么多干吗呢?对不对?怎么了?晓丹是我女朋友啊,这是我生意上的一个往来,不行吗?就算是我喜新厌旧了,我脚踩两只船了,跟你们家老郝大哥有什么关系啊?你想多了。"郝男儿仍想极力撇清关系,自己怎样不打紧,郝有旺的事,他现在还必须对陈云珠保密。

"郝厂长,你演了这么久的戏,很辛苦吧?"陈云珠那双能洞察世情的眼睛,看得郝男儿想找个地缝钻进去。

"我演什么戏呀?我哪会演戏呀?"

"别在这儿胡扯了,我告诉你,我先去收拾那个郝有旺,有了闲工夫,我再收拾你这个帮凶。"说完,陈云珠径直走开,留下郝男儿傻傻地愣在那儿。

事情发生得如此突然,郝男儿完全没防备,一边是气急的晓丹,一边是误会的海燕,还有得意忘形的陈云珠,以及囚犯般失去自由的郝有旺,郝男儿的周遭整个是一个烂得不能再烂的摊子。

"这都不是事儿。"关键时刻,郝男儿想的还是这句,再难解的结也有云开见日的时候。

那边厢,陈云珠很快就把"刑侦"结果扔给了郝有旺。

当陈云珠说出郝男儿有个女朋友叫海燕,并宣称自己要找律师时,郝有旺彻底懵了,他意识到郝男儿把事情办砸了。气急败坏的郝有旺一通电话打给郝男儿,在陈云珠把事情搞清楚之前,他先要把郝男儿教训一顿。而这个时候,郝男儿已经决定了要收手,他不想再这么演下去了,心纠结得太累。郝有旺找了个机会把郝男儿叫出来,开车载他去海边,准备好好掰扯一下,郝有旺生气,车子飚得太野,郝男儿一下车就吐了。

那位大老板目中无人地骂起来:"今天陈云珠找我了,遗产的事马上就要露馅了,你知道吗?你这出戏怎么给我演的?那天陈云珠是不是碰见你跟你那什么女友海燕了,是不是?"

"是。"郝男儿实说。

"你是不是承认海燕才是你的正牌女友？"

"是。"

"你为什么要这么说呀？"郝有旺越说越气，语气近乎怒吼。

"我不是故意的。"

"我哪点有对不住你了？厂子厂子我给你管，我给你钱花，给你车开，我哪点对不住你了？你说你要什么我给你什么，对不对？我哪点待你薄了？我唯一的要求，不就是让你帮我演好这出戏吗？我对你还有过分的要求吗？你怕担事别答应我呀，当初谁拍着胸脯跟我说什么专业的情感陪护师，是不是你说的？你为什么要在陈婆子面前出卖我？你这叫背信弃义，知不知道？"郝有旺已经怒目圆睁，很讨人嫌的长相。

"对不起啊，老郝大哥，我现在，我现在我也不知道该说些什么了，我是恨不得有把刀，我，我交给你，你把我心剖开，你就能看着，就是这仨字，对不住你说我一天到晚的，晓丹说要干什么，我就陪她干什么；晓丹说要吃饭，我就陪她吃饭；晓丹说要逛街，我就陪她逛街；晓丹说往东，我绝不敢往西；晓丹说要打狗，我绝不骂鸡。我天天都陪她，我恨不得一天二十四小时，除了睡觉上厕所，我都陪着她，我就是这一次我疏忽了，我说我陪陪我们家海燕，我也逛个街，我就觉着她不容易，没想到，就让你家陈大姐给看见了。我不是跟你说我有多委屈啊，这个事确实是我不对，肯定是我对不起你。我太知道你对我有多好了，你说你，你车、钱、那么大工厂，你把那么多人，你那么放心你就交给我了，人生得一知己，我还有什么可图的呢？我拍着胸脯子跟你说，我说这个事我肯定能办好，我肯定帮你，但是我给你捣了乱了。我什么都不说了，你说要你要解气的话，你骂我也好，你打我都可以，但是说这个事情，我退出吧，我真是没脸见你了，我退出，我走了。"郝男儿觉得，有些东西他要还给郝有旺了，他办砸的事他还能奢求什么，他给郝有旺鞠了一个躬，转身就要走。

郝有旺急道："别走啊，还有个事没办呢。"对于郝有旺而言，他找来郝男儿，除了发泄，还要诉苦，这些事情只有他和郝男儿最知根知底，有些话不说出来他心里堵得慌，郝有旺从车里拿出啤酒，叫上郝男儿，在沙滩上坐下，两个消沉的男人就那么对着大海,一人一口酒地说着各自的心里话。

"兄弟,刚才你说你不想干了,不瞒你说啊,我早就不想干了。这种偷偷摸摸,天天装神弄鬼的日子,我早就过够了。不就是钱吗,对不对?大不了我给她一半,还能怎么着?到时候我跟晓丹幸福地生活在一起,我觉得比什么都强,是不是?你呀,你说这段时间陪着我一起演戏,你也辛苦了。这下好了,现在全好了,大家全轻松。来,走一口。"郝有旺苦笑着故作轻松。

"这事啊,是我不对。"郝男儿心想,别把郝有旺刺激坏了。

"你刚那一席话,点醒梦中人,真的,我一下就醒了,我什么都不在乎了。这样多好,咱俩全轻松啊,对不对?"

"那遗产这边你失败了,你拿的就是那一点钱,你还有木器厂,那么多人等着你发工资呢。你和陈大姐那个公司还会合在一起吗?那晓丹这边,你们俩的日子怎么过?"郝男儿挺担心郝有旺的。

"听天由命吧,本来我还指望着拿那点遗产的钱,和晓丹一起过好日子。我图啥啊,我图的不是自己,是晓丹,我爱她。你知道不,现在,我也不知道,我们俩将来会是一个什么样子。"

"老郝大哥,我郝男儿活到今天,也三十好几的人了,我跟你一样,苦孩子出身,只不过现在,我没有你这么好的一个成就,但是我很快乐,没有什么事能把我难倒。我是一个沿途看风景的人,我从来不认为人的命运是老天爷主宰我的,或者说别人主宰我的,如果你跟我讲听天由命,就说明你放弃了,如果因为我把你们俩毁了,那我是罪人啊。"郝有旺失魂落魄的样子让郝男儿有点慌,他不忍心看一个老大哥这么难过,要不他自己把事儿都担下来,给陈云珠说这一切都跟郝有旺无关,都是他脚踩两只船的结果。

郝有旺又猛地灌下一口酒,脸色有点发白了,郝男儿猛一跺脚,算了,认了吧:"要不这样吧,如果你和晓丹你们俩将来能快乐,你们能幸福,我继续演下去。"

郝男儿终于还是被套进来了,夕阳落下,郝有旺的心情迅速怡然自得起来,现在罪都让郝男儿揽了,那他将重新夺回遗产争夺战的主动权。

"郝男儿,对不起了。"

郝有旺从妥协到坚强的转变让陈云珠非常吃惊,当郝有旺将事情真的全都推到郝男儿头上时，陈云珠被杀得措手不及，但她相信百密一疏，事情总有突破口。郝有旺有新欢对她来说这是一个真得不能再真的真理，问题是怎样在他的严防死守下找到致命的马脚。

次日，郝男儿意气风发地来到厂子，心里想着第一时间把这个"好消息"告诉给晓丹。晓丹办公室的门是敞开的，她人已经到了。最近因为和郝有旺闹别扭，晓丹心情不好，但她在工作纪律上却很注重，从来都是早早赶到公司，工作很卖力。

郝男儿进屋，顺手就把门关上，笑嘻嘻地看着晓丹。晓丹不知道郝男儿今天是撞了哪门子好事，自己窝火他也不知道礼节性地安慰一下，想想就来气。

郝男儿不为所动，清了清嗓子，做出领导发言的姿势，立了个正，朗声道："我宣布，从今天，从现在开始，我们要正式恢复为伪情侣关系。"

"你有病了啊？你什么意思呀？"晓丹并不知道郝有旺哥俩私下谈判的事。

"我……跟……你们家老郝大哥都商量好了，你不用操心了，我继续装回来，没问题，我不累，帮人帮到底，送佛送到西。我什么时候要能把你们俩送到一个幸福的、金色的彼岸的时候，我就光荣卸任了。"郝男儿维护着自己心底的正义。

"你不怕你们海燕吃醋啊？"

"我们家海燕最大度、最懂事了，她一听说我要重新帮你们，拍手称快。"说这种善意的谎言时，郝男儿都不带眨眼的。

"你们俩没事吧。"晓丹狐疑地看着郝男儿。

"什么？什么俩？我和海燕，还是我和你们老郝？"

海燕不想讨论这样的问题了，她的心里很矛盾。她现在已经对郝男儿有了一种依赖感，以前她和郝有旺说白了就是一种地下情，现在和郝男儿再来这么一段"地下情"，自己想想都觉得不好意思，她要的是一段光明正大的感情，不管是郝有旺还是郝男儿，想到这里，晓丹夺门而出，不想再理会了。

"不是，你走什么呢？你生什么气呢？这不是好事吗？"郝男儿赶紧追了出来。

"什么叫好事啊？我告诉你啊，说不装，就不装。"

"不是，我都不明白，你这个脾气从哪儿发的？你冲我来干什么呢？你说又不是我招你了，对不对？"

"你不尊重我。"

"我怎么不尊重你了？"

"你说装就装，你说不装就不装，你以为小孩过家家呢？我告诉你啊，现在你想装，本小姐还不愿意呢。"

"你搞清楚了，我是要帮你们，对不对？我只有，咱们重新把这个事续上了，然后你们将来，什么，什么遗产啊，乱八七糟这事过去了，你们俩不就修成正果了吗？对不对？我是为你们好，你干吗？我又不是害你们呢，对不对啊？既然你这样说，那，那我，我这么着，我征求你一下意见，行不行？秦晓丹同学，你愿不愿意跟我说，咱们继续恢复以前那个，那个假情人关系？你愿不愿意？"

晓丹有点想笑："你求我，你求啊！"

"我求你了。"郝男儿顺从地卖起萌来。

"行，我考虑考虑。"

"你考虑什么啊？赶紧同意就得了，闹什么呀？"

"我告诉你啊，如果说，你以后表现不好，我可以随时反悔。"

"行行行，我表现好，我一万个好，行不行？"

晓丹听郝男儿这样说，伸出拇指要和郝男儿拉钩，郝男儿赔着笑凑上大拇指和晓丹盖了下。

让郝男儿始料未及的是，就在他正大光明地和晓丹恢复情侣关系的时候，他和海燕的恋情也在厂子和朋友圈里变得不再是秘密，一时间，工人们看海燕的神色变了，而这一切，郝男儿都没太当回事，他觉得流言蜚语都是假的，活生生的人不能跟假的事物生气，那是跟自己过不去。但是，海燕和晓丹却无法做到像他那样淡定。尤其是海燕，每一回看见他和晓丹装出来的亲昵，内心就隐隐作痛觉得自己和郝男儿之间的距离隔了好远。

转眼之间，郝男儿的生日到了。这段时间和郝男儿的相处，晓丹的心情愉悦了不少，虽然还是有为这"地下情"神伤的时候，但郝男儿的贴心和憨直又让她觉得如在梦中，有时候真的不愿意醒来。

这天，晓丹给郝男儿准备了一个特别的生日蛋糕，拉上郝男儿一块坐上橡皮艇出海游玩。海风拂来，连晓丹都有种"这都不是事儿"的感觉，心里的不畅在这一刻完全抛在了脑后。

船离海岸，随浪飘荡至海中央。在海天一色之间，晓丹提议郝男儿把蛋糕拿出来，两人一起点上蜡烛，晓丹的声音旋即响起："祝你生日快乐，祝你生日快乐。"也许上天也是想给郝男儿的生日点不一样的东西，就在两人的兴头上，晓丹注意到了橡皮艇发出的异样，问郝男儿道："你听到什么声音了吗？"

郝男儿凝神一听，神色立马就变了："好像是船漏了。"目之所及，果然如此，不知从啥时候起，船底已破了个小洞，咕咕咕的海水开始往船里倒。

"啊，怎么办啊。"晓丹吓得不轻，求助地望着郝男儿。

"划回去。"郝男儿意识到这是唯一的办法。

"我不会游泳。"晓丹带着哭腔说。

郝男儿的大丈夫气概上涌，马上安慰晓丹："别，别着急。我在你身边，你别害怕，我救你。"

晓丹担心地问道："你会游泳吗？"

"我，我也不会。"

眼看涌入船内的水越来越多，郝男儿顾不得多想，纵身跳向海里。

"你不是不会游泳吗？"晓丹见状大惊。

郝男儿缓慢地挪动着身体，想用身体去堵住漏水的地方，可是距离过远，无论如何努力还是差了一截。

"你上来吧，你别在下面了。"晓丹喊着，她担心郝男儿出事。

"你傻呀，我上去的话咱俩沉得更快，这样至少你能浮得还长一点，万一有人能救着你呢，我们再等一会。"郝男儿的赤诚让晓丹非常感动，看着面前的这个伪男友，晓丹能觉出自己的真情，她望着这傻子说："郝男儿，你答应做我一辈子的好朋友吗？"

"如果，今天是我这辈子最后一天的话，你肯定就是我的好朋友了。"

晓丹站上船头，拼命地喊着救命，可是寂静的海面上，哪里有半个人影。

"我知道,晓丹,你是好人,你记着,你答应我一定你活着啊,你一定要活着,然后你记得你要活下来的话,你要跟郝有旺结婚啊。如果我要回不去的话,你帮我照顾我老姐姐啊,帮我照顾海燕,你帮我给她找个好人家,然后你记着管点云山,然后你管点媛媛。听见了吗?你帮我……"这都不是事儿惯了的郝男儿这会也没再抱太大希望,船底的水流开始变成碗口粗,他的性命也就是分分钟的事儿。

"我不管,我不管,你事太多了,我管不过来。你要活下来,你不可能死的。你人这么好,这么善良,我们一定会有人,救命呀!一定会有人救我们的。你干吗呀你这是?救命呀!有人落水啦!救命呀!"晓丹声嘶力竭地喊道。

突然之间,晓丹想到用船上木桨去堵漏洞的法子。但等她取回木桨以后,却发现原来攀在船底的郝男儿不见了,晓丹一见马上就急了,将木桨扔在一边,狂呼:"郝男儿,郝男儿,你出来,出来呀。"

"在这儿呢。"郝男儿的大头从船后浮出来。原来,郝男儿下水以后,奋力地扳动着小艇往海岸靠,没过多久,他就发现自己触到了海底,原来这是一个浅海,离海岸近的地方海水并不深。人能站直,那船就能托住,就这样,他慢慢地把船带回了岸边,两人重回生天。

"你个骗子。"晓丹撩起一捧海水往郝男儿头上洒去,两人同时开怀大笑。

共过患难的人,心会贴得更近,没想到这样的事今天落在晓丹和郝男儿身上了。等两人上岸收拾完回到家,已是晚上差不多十一点钟的光景,而那会儿,海燕已经快气得不行了,她今天也预备给郝男儿过生日。

媛媛和云山都回家很早,准备了丰盛的酒菜,预备着给郝男儿一个大大的惊喜。在众人的布置下,餐桌中间放了一个大大的蛋糕,四周都是菜,海燕更是在厨房里里外外地忙活得不亦乐乎。

按照大家的安排,等郝男儿回来以后,大家首先关灯,关完灯后鼓掌,鼓完掌再由媛媛唱生日歌,大家很期待看到郝男儿惊喜的样子。结果大家左等右等,就是不见郝男儿人回来,眼看饭菜都凉了,他才被晓丹给拉回来,浑身湿漉漉的,连个人形都没了,枉了海燕一片好心,再加上觉着郝男儿宁肯跟晓丹一起也不脱身回来陪自己,心里发酸,生上了闷气。

等郝男儿意识到问题的严重性时,海燕已经不愿再跟他多说半句话。郝男儿一遍遍地打着电话，海燕一遍遍地不接，这样几个来回之后，海燕电话才算接通，郝男儿马上端正态度，作了深刻的检讨："海燕啊，我，我……咱，咱不生气了行不行啊？我知道我错了。昨天那个，我没想那么多。也没把自己的生日当回事，我跟你说实话。我真不知道你在家。是我忽略了你，不对，是我忽略了我自己，并不是因为我不爱你，是因为我没把自己的生日当回事。那么为什么我不把生日当回事？是因为我从小是个孤儿，海燕啊，你说我一个没爹没妈的孩子，生日对我来讲有啥意思？我就没怎么过过，所以习惯了。我也没想到你会，要给我过这个生日。咱不生气了，咱这样。你要接受我的道歉，今天下班以后，我就带你出去吃饭去。行不行？"

经过数次这样的把戏，海燕觉得自己已经累了，生气也气不了太久，她不喜欢这种疲倦。在郝男儿三番五次地电话道歉之下，海燕决定再一次原谅他，毕竟，她还是希望再给自己一次机会好好过日子。郝男儿很开心海燕的"大度"。他不知道，在海燕的心里，两人已经越走越远了。

准备好道歉用的工具箱，郝男儿驱车来到叶老板所在的公司大楼，却被大楼的保安拦下。也亏得郝男儿机灵，一来二去和保安拉上了老乡关系，又教起保安们拳脚功夫来，没几天，就和这帮保安混得怪熟。他心里想着，自己这样出格的举动，必然会受到叶老板的注意。山不过来，我就过去，既然你叶老板不见我，那我就让你来见我。

18. 叶老板的表

　　郝男儿有一阵没回到自己的道歉公司了，心里估摸着也不知道赵明和云山这俩小子把公司盘得怎么样了。眼看和海燕的事情解决得还算圆满，同时和晓丹的关系也假得比较真，好多事情都在朝正确的轨道上走着，这才抽了个空，到道歉公司来。

　　一进屋，就发现赵明和云山正在讨论着什么。

　　"你俩干啥呢。"郝男儿乐呵呵地看着两人，抽了个凳子坐下。云山将面前的文件挪到他面前说："有个案子，挺难的，我去了三趟了都，我这都，撵到门外，被道歉方也见不着。"

　　郝男儿乐了，奚落云山："你研究不明白，你去了，签不下来，那说明你笨，知道吧？你这换人老赵，老赵一下就拿下了，你信不信？"

　　赵明抬起头来，愁着脸对郝男儿说："郝董，我也去过了，也是门也没进去。"

　　"不是，什么案子啊。来，介绍介绍情况。"越难办的案子越能激起郝男儿的兴趣。

　　赵明指着白板，对郝男儿说："你看看吧。"

　　郝男儿望了一眼，咋呼起来："这不是王八吗？"祝云山画的是块表，但他那艺术水平，能让郝男儿看成是王八已经很不错了。

赵明马上提醒："郝董，不是王八。这是置业公司叶老板。"

"啊。"

"这泡桑拿呢。"赵明解释："这个叶老板呐，非常喜欢泡澡，就是桑拿，就是咱那个，那个夏威夷浴都，天天去，老泡。这个是那个浴都的两个小服务生，这个啊，是这个叶老板的那块表，挺贵重的。"

祝云山接下话头："他每次去泡的时候，他就把这块表存到这个贵重物品的存放处，他就在里边泡。这两个小服务生啊，没见过这种，这不好表吗？不是结实吗？他们也找个盆，天天也泡那块表，天天就是叶老板在这儿泡，这俩小服务生就把他的表在这儿泡。"

郝男儿更加惊疑："他俩在盆里面泡这个叶总的表？"

"对，他就是为了看它到底防不防水，但是再好的表它也架不住天天这么泡啊。这叶老板就感觉，每次回来就是戴这个表，有点不对劲了，不对劲之后呢，他就，有一次啊，他就去泡的时候啊，他就把表放到这儿的时候，他就进屋了，他没去泡。他过了十分钟，他穿衣服又出来了，他一看这两个小孩在这儿泡表玩呢，当时就生气了，让索赔。"祝云山总算解释完了。

"现在是这样，叶老板已经把夏威夷浴都告了，夏威夷浴都委托咱们向叶老板道歉，希望呢，叶老板能高抬贵手，放他们一马。"赵明补充道。

两人说到这，郝男儿对这案子算是了解清楚了。他本来觉得这不算是一个太难的案子，但问明情况知道云山和赵明几次赶到叶老板公司，都是不得其门而入，这激发了郝男儿的兴趣。越难的事情郝男儿觉得越有意思，他虽然没有多大的文化，但钻研精神一直都在，这个案子出来以后，他决定亲自出马，"这都不是事儿"，他就不信天底下有摆不平的事、过不去的坎。

准备好道歉用的工具箱，郝男儿驱车来到叶老板所在的公司大楼，被大楼的保安在门口拦下。也亏得郝男儿机灵，一来二去和保安拉上了老乡关系，又教起保安们拳脚功夫来，没几日工夫，就和这帮保安混得惨熟。他心里想着，自己这样出格的举动，必然会受到叶老板的注意。山不过来，我就过去，既然你叶老板不见我，那我就让你来见我，一样的道理，多费这点工夫，他郝男儿等得起。

事情一如所料。这天就在郝男儿继续教保安打拳的当口，感到有一双大手拍在了自己的肩膀上。回头一看，是个戴墨镜的中年人士。

男士看起来有点不耐烦，向郝男儿道："你是谁啊？这什么情况？"

"来了。"郝男儿心里一阵窃喜，情知面前这位应该就是叶老板了，却故作糊涂地问道："你是谁啊？你是什么情况？"

这时，保安们都端端正正地向面前这个男士敬了个礼，大声而又整齐划一地喊道："老板好。"

郝男儿像这才反应过来的样子，伸出右手："叶总，叶总啊，我是来给你们保安教拳的，已经给你们保安队长打过招呼了。"

叶老板也不是傻子，一眼就看出这是郝男儿故意所为，等的就是他这只猎物的出现，不跟郝男儿握手，开门见山地说："找我有事。"

郝男儿把手缩回去，不好意思地搓了搓："这个，我是确实有点事想跟你聊聊。"

当着众保安的面，拒绝似乎不妥，叶老板只好答应下来。郝男儿心下暗喜，山路十八弯，能进到公司门，事情就算成功了一半。

叶老板的办公室非常气派，二十平米的办公间，雕花的红木办公桌和书柜，墙上挂着郝男儿看不懂的各种名画，整个房间充满了古朴而又典雅的气息。

叶老板落座，秘书给倒了一杯咖啡，顺便也给郝男儿泡了一杯。咖啡的香味在狭小的空间弥漫开来，叶老板好整以暇地喝了一口，示意郝男儿不用拘束，也品尝品尝。郝男儿轻松下来，顺手将工具箱放在身边，按了按。

"这么大个箱子，里面装的不是凶器吧。"叶老板很幽默。

"怎么可能呢。"郝男儿边说边把箱子打开，取出里面道歉的专用装备，纸、笔、合同一一铺好，说道："这都是我安身立命的东西，尤其是这纸巾，湿纸巾、干纸巾，什么都有。"

"你们这个烦不怕道歉公司还负责兼职推销纸巾？"叶老板来了点兴致。

"不是，因为，我们这个道歉公司其实还有个主营业务是什么呢？情感陪护，说这个情感陪护是什么意思呢？你说，客户如果说，他需要我们陪护他的情感，他痛苦了，他忧伤了，他可能会宣泄出来，那纸巾就用得上。"郝男儿兴致勃勃地向叶老板作着解释。

"那这用量应该挺大吧。"

话题就从这道歉公司的工具上展开了,这是郝男儿喜欢看到的,一定不要开门见山地直指中心,一定要有个过程,凡是一定想要达成的事情都是需要慢热的,这个道理郝男儿懂。

"基本有我在都不哭。"道歉场中混了这么多年,郝男儿对自己有着特别的信心,同时,这种自信也能激发起客户的好奇心,能把话题在良好的氛围中持续下去,他等着由叶老板来开启这个话题。

果然,叶老板随即问道:"你这么煞费苦心、处心积虑的,是不是就是为了洗浴中心弄坏我手表的事情来的?"

进入正题,郝男儿也就不再藏着掖着了:"当着真人不说假话,当着真佛不说假象,就是这么回事,我这也跑了好几天了。是这样啊,叶总,这个,据我的委托人呢,他的一个自我陈述,说是他们几个小孩不懂事,在您洗澡的时候,把您的手表给泡到水里去了。这件事呢,肯定是他们不对,他们也自知理亏,所以呢就几次三番的呀,说是也是,想跟您进行一个当面的一个道歉,但是,您肯定是这个,一方面,您太忙了,另一方面呢,您这个也是生气嘛,对吧?你就没给他们这个道歉的机会,所以他们特意全权地委托我们这个烦不怕道歉公司,今天特地向您来当面道歉,希望您能够原谅他们。在我这儿呢,我就替他们跟您说声对不起。"郝男儿话说得蛮圆,话中透露着完全为叶老板考虑的殷殷之情。

"如果这对不起就让你们随随便便说了,那还要警察和法院干什么使啊?"

"这个,因为,不管将来需不需要走到这个法律流程这一块儿,这都是后话,但是从这个道德上来讲,道义上肯定是需要我代表他们,或者他们自己,向您表达这么一个歉意,对吧?"郝男儿说得很诚恳。

郝男儿小心翼翼地问着:"这个,您这个手表有损坏吗?"

"坏了。"

"那您这个表,多少钱啊?"

"几十万吧。"

几十万这个数字在叶老板嘴里很轻松地说出来,郝男儿却瞬间张大了嘴巴。这表名贵是他事先想过的,但没想到会贵成这样。几十万的表坏了,这可不是单纯道歉能解决的了。

想到这,郝男儿收拾起工具箱起身要走,可是刚到门口,突然一拍脑门,想到自己忽略了一个非常严重的问题。

他立刻回到叶老板的办公桌前,神秘兮兮地问起来:"叶总,您说您这几十万的水表,怎么说进水就进水了呢?"

叶老板有点诧异,正想说话,郝男儿摆摆手打断他:"这说明您这手表要不然是假的,要不然是质量有问题,您有发票吗?您有购物的小票吗?叶总,这么说啊,我两年以前花了一百五十块钱,我买了一块电子表,我把它放水盆里,不小心掉进去的,没漏水,泡了一整天什么事都没有。您这是几十万的一块手表,您放到水里,说漏水就漏水啦?几十万的东西怎么能说坏就坏呢?如果说您这个表存在质量问题,或者说您买了假表了,这事好解决,为什么?"话说到这一步,郝男儿习惯性地又亮明自己道歉公司的宗旨:"我是道歉公司的,这事我好说出口,我们道歉公司的原则是什么呢?您说不出来话我们替您说,您办不成的事我们替您办;如果有人骂您我替您挨,要揍您,我都能替您扛喽。别说是一块假表了,就是一块天大的一个假飞机,我给您能退了,怎么样?真的,您把这个发票给我,这是我的专业,我去跟他们死磕去,我一定把这个表的价值首先还给您。"

叶老板很平静地说:"这确实是一块假表。"

郝男儿又试探着问了一遍:"真的?"这么高大上的人物带一块假表,说出去恐怕没人会相信。

叶老板微微笑着,饶有兴趣地跟郝男儿聊起来:"你还别不信,这真就是一块假表。是我大学毕业时候买的,那会儿我什么都没有,怀才不遇,踌躇满志,每天夹着一个小包,到处去向别人推销自己的产品,我仇视那些有钱人,可是又羡慕他们,想和他们混在一起,就去买了块假表。这块表我戴到现在,整整十年,等我有钱了,反而我会觉得自己很搞笑。是啊,就像你说的,置业公司,今天我什么都有了,有车有房有公司,可是我依旧戴着它。"

"为什么?"

"因为我要时时刻刻提醒自己。"

"提醒什么？"

"没钱的时候不要去仇视有钱人，没钱的时候更不要去装有钱人，所以，你觉得这块手表，对我重不重要？"

念旧的人，或者是从艰辛岁月中打拼出来而又能悟出正确道理的人是值得尊敬的，这块表的故事让郝男儿很有些感动，对照自己的经历，他郝男儿何尝也不是这样呢？但是，话又说回来，这个事情总归还得解决，他也希望叶老板能把这事儿给化了。

叶老板的故事似乎还没有完，他打开抽屉，拿出那块假表。表面已经有点斑驳，指针早就停止了走动。郝男儿注意到，叶老板拿着表的手，有点微微抖动。在把表放到桌面以后，叶老板紧跟着抽出一张老照片，一看照片成色，该是放了有十余年了，照片因为时间的关系颜色发黄，但保存得非常完好，是个合影，左边的是叶老板，那时候的他意气风发，身形弱小，而现在，明显已经富态了不少。

叶老板指着照片右边的人物："照片上这个人，就是夏威夷浴都的老板，我也是刚刚才知道。"

郝男儿惊疑莫名，理了理自己的思绪，扒根究底地问道："你们，你们怎么还有合影。"

叶老板的身体在宽大的办公椅中挪动了两下，双手合十，慢慢道："我们两个不仅认识，还是大学同学，他也曾经是我的合作伙伴。就是这家公司。但是很多年以前，我们两个因为经营理念不同，最后分开了，也可以说是闹掰了吧。他在我最痛苦的时候，钱最少的时候，拿走了公司百分之五十的股份，知道我们为什么分开吗？就是在于服务，他到了今天还是这样，这也就是我跟他分家的原因。所以，我根本就没有像你说的那样，会瞧不起没有钱的年轻人，我只是想通过这件事，给我曾经的同窗，曾经的合作伙伴，一个小小的教训。如果这几天你不来，我也会去找他。"

闹了半天，叶老板不是在折腾夏威夷，也不是在折腾烦不怕，而是想小施惩戒，教育一下曾经的同窗，这个理会郝男儿倒是非常认同。

"这事不用你去，我觉得你刚才啊，你不是说要给他个教训，其实你是想帮他。您忘了我是做什么的，我是道歉公司的董事长，而且我们公司的主营业务是情感陪护,如果说他的情感,比如说他痛苦啊,他愤怒啊,我们来陪护,那么同时如果他的情感有缺失,我们一样可以达到一个陪护的目的,所以说我想我今天这单生意,可能跑错地方了,我应该先去他那儿。盐打哪儿咸,醋打哪儿酸,万事有个源头,这些错,小错在他,大错也在他,而且我觉得,您也不是在一味地惩罚他们。别的我不敢说,我觉得,我可以让他跟您道歉,我把这个道理传递给他,我相信他一定会明白的。您要是相信我,这事我一定能把它办好!"郝男儿拍着胸脯保证。

叶老板一番情感宣泄之后,心情已经好了很多,而且他对面前的郝男儿已经有了深深的好感,这人实诚,不怕困难,有担当,事情交给他,一百二十个心都放得下。看着眼前的这块假表,他决定送给郝男儿,这块表对他而言,是过去的意义,而对郝男儿,可能正是当下的意义。

郝男儿十分荣幸地接受了叶老板的礼物,这一趟,没有白来。

烦不怕道歉公司内,郝男儿抑制不住自己的兴奋,向大家宣布每个人都要学些东西,不管是武术、舞蹈都好,他这次能够成功打进置业公司内部,就是一个典范,这个典型需要树立起来。同时,对于在叶老板那里取来的真经,郝男儿也跟员工们一起分享了。他认为,人在没钱的时候,不能装有钱的,有钱的时候,也不能瞧不起别人没钱的时候。这是社会淘出来的,不是在书本上就能学到的。

在成功完成案子的同时,郝男儿决定兑现承诺,请海燕吃个饭,以修复他们之间因为自个儿生日的不愉快而产生的那一点嫌隙。海燕愉快地接受了郝男儿的邀请,两人并排走出厂子大门。

聚味轩餐厅是滨海市市民心中一家菜品非常不错而又价格实惠的餐厅,装修讲究,服务周到,为此没少吸引一些蓝领白领,就连一些有头有脸的人物也常来光顾。郝男儿和海燕选了靠里进的一间桌子,郝男儿特意点了几个海燕爱吃的小菜,还要了一瓶红酒,按时下的说法,这就是小资,兼具浪漫。

"这么巧。"一个熟悉的声音从两人背后响起,郝男儿和海燕皆吓了一跳,回头一看,晓丹正笑意盈盈地站在他们面前。一袭粉红色得体的裙纱,凸显着她曼妙的身材,脸上也洋溢着久违的光彩。

"怎么,不请我?"晓丹笑。

"来，来，来。"郝男儿赶紧给晓丹让了个座，问她："怎么会这么巧。"

晓丹不以为然："实话给你说吧，我是专程来找海燕的。"说着，晓丹正了正身子，面向海燕："海燕嫂子，其实今天我是来跟你说对不起的，郝男儿过生日那天吧，他是真不知道。"

"我，我真不知道，你看这个话终于就说开了，我真的是不知道说你在家准备好饭好菜等着我，要不然……那天我怎么说的？"郝男儿扭头问晓丹。

"对，他当时是这样说的，就是，他如果知道你在家给他做好饭等着他，就是拿刀架他脖子上，他都不会去的。"晓丹帮着郝男儿说话。

"行了行了，其实我也没往心里去。"海燕打断两人，她内心其实不愿意再提这件事了。

郝男儿舒展开来，故意摆出耍流氓的大爷谱，用食指挑着小燕的下巴说："来，给爷乐一个。"两位女士被逗得捧腹大笑。完全没注意到陈云珠和郝有旺也进了这家店。

"嘿，都在呢。郝老板，好雅兴啊。"看到远处的郝男儿三人，郝有旺就心下发虚，本来不想打招呼，拉着陈婆子把饭吃完就算了。可是陈云珠哪肯放过这样的机会，笑嘻嘻地过来和三人打招呼。

郝有旺这些日子也是提心吊胆的，自从陈云珠调查他的信用卡使用明细后，他一直没想到好办法去对付这老女人，只好给陈云珠陪着小心，生怕她气一上来，又做出啥对自己不利的事。

看到陈云珠和郝有旺，郝男儿的刚放下的心又提到了嗓子眼，今天咋会这么巧，你说吃个饭吧，这关键人物咋都扎堆地往聚味轩赶。

"海燕，还记得我吗？上次咱们商场见过的，就是你跟郝男儿逛商场那次。"陈云珠有心要把三人关系搞清楚，专拣郝男儿最不想听到的事情问。

晓丹不用问也知道陈云珠脑海里在想些啥，故作亲昵地道："郝男儿，什么时候跟我海燕姐去逛商场啦？你怎么也不跟我说一声啊？"在陈云珠面前，她对海燕的称呼由海燕嫂子变成了海燕姐，在陈云珠面前，戏还是得演下去。

听到这，海燕很自然地醋意上涌，没好气地问："我们俩逛街为什么要告诉她呀？"

郝男儿一时不知如何回首，支支吾吾了半天没说话。

陈云珠故意挑拨："晓丹，我真的很佩服你啊，你能跟海燕处得这么好。"

晓丹将身子往郝男儿身边靠了靠，搂着他的胳膊道："那当然啦，我海燕姐脾气可好了。"

郝男儿无法下台，只好先把陈云珠这儿混过去，下来再跟海燕解释，顺势说道："对对对，我们，我们都喜欢海燕，姐。"

陈云珠继续添油加醋地说："幸亏海燕的性格好，要不然你看你俩老这样，这，郝老板夹在中间多难受呢。"

"怎么会为难呢？郝男儿，下次这样吧，我跟郝男儿再逛商场的时候，海燕姐你也一起来吧，人多了热闹。"

陈云珠问不出什么来也就走了，但海燕简直要气炸了。她想不明白自己为什么要受这种侮辱，那个晓丹，她们俩的关系还真是伪装出来的吗？恋爱的女人情商低，吃醋的女人就更没法言喻了，海燕就像一个杯子，刚刚修复过来又被狠狠地摔到了地下，变得支离破碎，她觉得自己再也无法正视眼前的一切，挂着满脸的泪痕夺门而出。

郝男儿和晓丹赶紧追出去，截着海燕。郝男儿一脸无辜："海燕，你听我说，是这么回事，你今天碰着事主啦。"

"事主？"海燕略显诧异。

郝男儿不得不把事情原原本本地说了出来。但即使这样，海燕也觉得心凉透了，一个打碎的杯子再修复起来，再怎么也会有裂痕的，何况是一个摔碎两次的杯子。

按照既定的项目，晓丹一早就约着郝男儿去了商场。晓丹希望能买上几件合身的衣服，当然，潜意识里还是想和郝男儿多一个相处的场合。随着时间的推移,她越来越觉得离不开郝男儿的陪护，有他在，她的快乐会增加一倍。她开始不愿意被剥夺这种恋欲，哪怕它是假的。

19. 晓丹的秘密

聚味轩的一番折腾以后，郝有旺从陈云珠的眼神里读得出来，尽管他现在和郝男儿演得滴水不漏，但陈云珠的疑心却越来越重。这个时候，他要再是一门心思防守，那说不准啥时候就会被陈云珠钻了空子，而要打倒陈云珠，他就应进攻，以攻代守，化被动为主动。

郝男儿放不下海燕，却又只好打起精神陪护晓丹。按照既定的计划，晓丹一早就约着他去了商场。晓丹希望能买上几件合身的衣服，当然，潜意识里还是想和郝男儿多一个相处的场合。随着时间的推移，她越来越觉得离不开郝男儿的陪护，有他在，她的快乐会增加一倍。她开始不愿意被剥夺这种恋欲，哪怕它是假的。

商场的衣服琳琅满目，今年又多了不少流行的款式，每一件都让晓丹觉得挺好看。

郝男儿也积极出谋划策，指了指面前一件自己觉得很顺眼的衣服："晓丹，这件挺不错。"

"这件吗？"晓丹伸手往货架上移去，要取衣服。

这是一个店家中间的货架，货架两边都是顾客的通道，左右都可以取衣服。晓丹想拿，但另一头也有顾客看中了这一件，而且几乎是在同时把手攀上了衣服。

感觉到有人拉扯，晓丹把货架上的衣服往两边拉开，一个熟悉的脸孔呈现在面前。

"经理。"晓丹叫了出来："好巧。"

"是挺巧的。"原来影楼的经理就那么直愣愣地站在晓丹面前，仍是一副上流人看下流人的面容，满满的都是姿态。

"这我先拿的。"晓丹来了气。

"拿得起你买得起吗？"经理没好气地答应着。

郝男儿这时才发现状况，赶过来跟经理打着招呼。

话说到这，晓丹的气就上来了，这不欺负人吗，以前在影楼欺负人也就算了，现在她又怎还容得下这经理的风言风语："你没事吧你？你把'吗'字去了行吗？"

"脾气见长啊。"经理冷冷地回道。

郝男儿生怕晓丹跟人起着冲突，赶忙圆场，他认为大家都是相识，实在没必要把话说那么僵。经理正眼也没瞧他一样，继续拿着他的白眼看人。

晓丹的火气腾地就上来了，单纯说她晓丹她还能忍，但这个眼高手低的女人却连郝男儿也给不了脸色，这衣服甭管多少钱，她都得买了，这股气她今天就没打算咽。

那边经理哪肯罢休，两人就这样扯着一件衣服拉来拉去，高声嚷着服务员开票。为此，晓丹不惜开出双倍的价钱。经理也不示弱，讥讽两人的话语从来就没断过。不久，简单的动作变得粗暴，两人开始扭打在一起，任郝男儿如何劝架，也没能拉开。

"嘿！"一声清脆的声音在两人身体下响起，那件柔软的衣服受不了两人你拉一角，我扯一角的大力拉扯，在外力的驱使下自己先粉身碎骨了。

商场的经理也赶了过来，在礼貌性的相劝之后，三人被带到了商场保卫处的办公室。在报警与赔偿的选择题中，郝男儿当仁不让地选择了赔偿。

晓丹不干了："凭什么赔啊？又不是我一个人撕的？"

郝男儿示意晓丹，自己来处理，寻思着由于衣服是放置在打折区，希望商场方能让个价，以打折的价钱，由他来把这衣服给赔了。但是商场保安队长不乐意了，非得要郝男儿把这原价给出了。

郝男儿无奈，悄悄打电话给刘京和海燕，让他们把钱送来把这事结了。晓丹和那经理这会也没闲着，两人冷冷对着，时不时还你一言我一语地放上两枪，谁也不肯把这赔偿钱单独给出了。

不一会儿，刘京和海燕的身影出现在商场，可能是因为着急，海燕的脚一崴一崴的，郝男儿扶海燕坐好，如数将钱交给了商场方。

"为什么叫海燕送钱来啊。"晓丹本就不想出这个钱，而且要钱时郝男儿找的是海燕，而不是她，心下突然有种失落感。而海燕呢，郝男儿在聚味轩的事情还没算了结呢，一直铁青着脸，两个女人就那么一前一后气鼓鼓地走了出去。那个闹事的经理，不知啥时候也不见了人影了。剩下郝男儿和刘京待在那儿。

"晚上有事吗？"刘京问郝男儿。

"没啥事。"郝男儿想着给晓丹和海燕说清楚，但知道现在不是时候。

"去我那儿喝两盅吧。"刘京提议。

"走。"郝男儿起身，拍了拍刘京。

台球室的后房，刘京亲自炒了两个小菜，又拿出自己藏了些日子的二锅头，给郝男儿满满地斟上一杯，自己接着拿起酒杯先仰脖喝了一口。

"你不对劲。"郝男儿望向刘京，以前这哥们从来不会独自喝酒，在他面前基本都是举杯同乐的。

在一再追问下，郝男儿这才知道，在这段时间以来，刘京和陈思华的感情一直在升温，但陈云珠却一再想让陈思华帮她查找有关郝有旺的证据，陈思华不想因此破坏了自己和刘京及郝男儿等人的关系，并不乐于帮助她妈。因此，陈思华一副心事重重的样子，弄得刘京也高兴不起来。

"嗨，我说啥呢，天空依然飘着五个字，"这都不算事"。就一个女人，就把你弄成这样啦？你想想我，左边一个秦晓丹，右边一个张海燕，把我夹在中间，过的什么日子。"郝男儿泯下一口酒，喷着酒气劝着刘京。

刘京直盯盯地望着郝男儿，不屑道："你以为你是道歉界的万金油啊，你都快惹祸上身了，你知不知道。"

"我怎么惹祸了？"郝男儿问。

刘京一字一句地道："你没看出来吗？晓丹喜欢你。"

"晓丹喜欢你。"郝男儿反复咀嚼着从刘京嘴里吐出来的这五个字，尽管他也发现了晓丹最近有些异样，晓丹对他的依赖似乎比往常多了，也越来越在意他的言谈举止，可饶是如此，他也从来没有把晓丹往喜欢自己的方面去想过，还以为晓丹是更加入戏而已。

突然降临的"幸福"让郝男儿有点不知所措。再灌下一口酒，问刘京："那你说我怎么办啊？我真不愿意面对这件事。你看啊，一开始我在答应郝有旺和秦晓丹的时候，我也不认识海燕啊，但是现在不一样，现在我有海燕了，那怎么办？我能出尔反尔吗？我因为为了维护我自己的幸福，我毁掉别人的幸福？"

刘京唏了一声："行，那你怎么办？这事你管不管？"

两边都是严肃的问题，张海燕，她虽没海誓山盟过但长期以来心里却把她当成自己今后的伴儿；秦晓丹，和郝有旺约好了要继续扮演假情侣瞒天过海，好男儿大丈夫，他不得不在两手都要抓，两手都要硬上想办法。

"那你就搅和在人家当中，搅啊搅啊搅，全让你搅乱了，我都不知道你到底要干吗。"刘京抛出一个很现实的问题。

"我能想干吗？"郝男儿既向是对刘京说话，又像是在自言自语。

"晓丹呢？你不考虑吗？这么一个大美人，你就一点不动心吗？"

闻听这话，郝男儿一下就急了："刘京，你什么意思？她美不美跟我有什么关系？我管她秦晓丹、张晓丹、王晓丹、朱晓丹，跟我有什么关系呀？大哥，她的美是别人的美，我有海燕了，你认为我三心二意，是吗？我能对不起人家郝有旺吗？"

"但是，我真的没有动心过吗？"郝男儿在心里问着自己，找不到任何答案。但旋即他又理智地否定了自己，如果说有谁的理智能战胜私欲，那郝男儿绝对算得上一个。

生起气来的郝男儿让刘京也有点怕，赶紧摆手道："你别急，行吗？"

"我什么叫不急？你不能侮辱我呀。"郝男儿仍是怒气未消，

"好，我错啦，行吧？你高尚，你伟大，那你今天想怎么办呢？"刘京夹了一口菜道。

"如果说，我现在开始，不管郝有旺和秦晓丹的事，那郝有旺就会有损失，

对吧？他如果有了损失的话，请问他将来如何给秦晓丹以幸福？我必须要帮助那个郝有旺，给秦晓丹以未来的幸福。我得帮人家呀，对不对？"

刘京不以为然："你这逻辑有问题。"对于刘京而言，他觉得郝男儿是完全可以放下的，自己的幸福才是幸福，至于郝有旺和晓丹，罢手了也就罢手了，争遗产本身就是郝有旺的一个误区。

"我怎么会有问题，我跟你讲不清楚。"郝男儿答应了老郝大哥，就一定会做到。

"酒入愁肠愁更愁，刘京，我看这酒我们是不能再喝了，要不你陪我，去大街上走走。"

"那走呗。"

刚入夜的滨海市大街灯光闪烁，人来车往，两个爷们晃悠悠地荡在大街上，由于酒精的作用，步伐蹒跚而趔趄。

一阵冷风吹过，郝男儿晃向刘京，差点倒下，刘京赶紧扶住，郝男儿努力正了正身子，问刘京："你跟人家思华表白了没有。"

刘京现在还处在郎有情、妾有意，但谁都没有捅破那层窗户纸的阶段，有很多次刘京确实想说，但话到嘴边又溜了回去。

"你爱她，你得说出来呀。"郝男儿诡笑着拍了拍刘京后背。

"说那干吗，多肉麻呀。"刘京不好意思，要好意思他早也说了。

郝男儿成心要激刘京："你爱人家，你肯定得说啊。你，你打个电话，说我爱你呀。"

"你拉倒吧，多酸哪！"

刘京实在鼓不起那个勇气。

今天这酒，郝男儿比刘京喝得多，俗话说酒壮怂人胆，郝男儿鼓捣着在刘京的口袋里掏出手机，拨响了陈思华的电话。

刘京慌了神，往郝男儿手中抢电话，口中言道："我求你了哥啊，我求你了，别打，别打啊。"

电话是拨出去了，但在刘京的阻拦下，郝男儿已经没法和电话那一头的思华表明刘京的心思了。

那一晚，两人从大街上人来人往闹到路灯下只拖着他们两人的影子。"问世间，情最磨人！"在路灯下被冷风吹醒的郝男儿说了那晚最后的醉话。

晓丹接到海燕的电话，约她在咖啡馆见面。晓丹有点奇怪，海燕从来没有在郝男儿不在的情况下和她单独约过，上次的事看样子对她刺激得不小，见见海燕或许也是好事，至少她应该有番解释，话要说清楚，她并不是"真的"要把郝男儿从海燕手中抢走。

咖啡馆里，海燕在角落处的一张桌子前坐着，脑海里反反复复想着公司里一位大姐对她说过的话："你把那个女的约出来，你问她，你对这个男的怎么着了，你想怎么着。你再问那男的，你想对那女的怎么着。你问明白了，心里不就清楚了吗？"是的，与其内心纠结，不如打开天窗说亮话，海燕这样想。

晓丹径直地走到海燕桌前，叫了声海燕姐。

海燕抬头望着晓丹，示意她坐下，神情有些恍惚。

"海燕姐，你今天叫我出来有什么事啊？不会是因为郝男儿的事吧？"晓丹坐到海燕面前，替海燕要了杯拿铁。

"晓丹，我这个人说话直，也不会绕圈子。如果今天说了什么不该说的，你别往心里去。"海燕扬了扬眉说。

"咱们都不是外人，你说吧，没事。"晓丹事前已经有了心理准备。

"好啊，其实，我就是想知道，你跟郝男儿到底什么关系。"

晓丹生怕海燕误会，立即解释："什么关系呀？你知道的呀，我们就是那种，因为某些原因，所以不得不在一起工作的关系，你懂的。"

"那除此之外你对他还有没有什么其他的感觉？"海燕追问。

晓丹想了想，努力地在脑海里搜罗着海燕容易接受的词语："其他的感觉，那倒没有什么其他的，也不能说完全没有，有的时候，像友情，但是又比友情多么一点点，要说是亲情吧，好像又不太准确，反正就是挺复杂的。你看啊，那郝男儿这个人呢，是在我最无助的时候出现在我身边的。我不开心的时候他会哄我高兴，我哭的时候，他有可能还会陪我一起哭，反正两个人经历了一些事情，有时候我会觉得，我已经习惯他了，甚至有点离不开他，但是你别误会啊，我们俩可能就是那种蓝颜知己。"

"什么是蓝颜知己。"对于这个新出来的词汇，海燕显然还没有足够的认识。

"就是男闺蜜。"晓丹换了一个名词。

"男闺蜜?那在你心里,你觉得郝男儿是个什么样的人啊?"海燕亮着牌。

"在我心里,我觉得,他有时候像一个老大哥,有的时候又像一个小屁孩,单纯、善良、简单、天马行空、不切实际。有时候特有主张,但是禁不住别人忽悠,他还是一个喜欢做好事的傻瓜。"晓丹说的是实话,只是她没告诉海燕,她喜欢的,就是郝男儿这种特质。而到了这个时候,她也特别想知道海燕对郝男儿的看法:"海燕姐,那你呢?你对郝男儿有什么样的感觉?"

海燕想了想道:"就是像你说的那样呀,简单、善良,是一个老办好事的傻瓜,这可能就是我喜欢他的原因吧。而且你也知道,我们两个在老家见过双方的家长,而且我们也有着媒妁之言、父母之命。"

"那要是这些,你还会喜欢他吗?"晓丹还想知道海燕更深一层的想法。

"我当然会喜欢他,要是不喜欢,我大老远地跑到这儿来干什么呀?不过,我最近倒是挺迷茫的,你说他这个人吧,当朋友确实没的说,他处处为别人考虑,但是真要说踏踏实实过日子,我好像真的没什么把握。我总觉得他这个人有一种猜不透、又让我抓不住的感觉。"

从海燕的话中晓丹似乎读出了一些她自己和郝男儿的可行性报告,从最近发生的事件中,郝男儿那种专注于情感陪护的态度,应该是让海燕产生了一种距离感、模糊感。而且,从晓丹对郝男儿的态度,抑或从郝男儿对晓丹的态度中,她有一种不太真实的感觉,她这个局内人正在转变为局外人。

"太累!真的海燕姐,你这样太累了!爱情这个东西呀,是你的,躲都躲不了,不是你的,抓也抓不住。俗话怎么说来着,命里有时终须有,命里无时莫强求,你说对不对?"晓丹只好这样劝海燕。

"对,对,对。"把话说开了,海燕也觉得敞亮了,顺其自然也未尝不是好事这样烦心纠结,只会让自己更糟糕,甚至也会影响到郝男儿和晓丹,对大家都不是个好事。

两人一起喝完咖啡,晓丹又提议去海边溜达溜达,海燕很爽快地答应了。

浪花轻柔地亲吻着海岸,远处几只渔帆星星点点地点缀在海天一线之间,让人心情开阔了不少。海燕脸上也难掩兴奋之情，晓丹陪着她脱下鞋子，在海滩上慢悠悠走着，任海水在脚边恣意地漫过，又迅速退去。

"有一天我做了一个梦，我梦见你和郝男儿的婚礼。"海燕用脚挑起一捧海沙，突然说出来的这话把晓丹也吓了一跳。

"一开始，我觉得这简直就是个噩梦，可后来我慢慢觉得，也许这就是冥冥之中，或者说是一种预兆。我知道，你和郝男儿并不只是蓝颜知己吧。我喜欢郝男儿，我相信他也喜欢我，但不知道为什么，我们俩在一起，就像我刚才跟你说的，有一种抓不住的感觉，我看不到我们以后的日子，会是什么样？就像今天的天气一样，雾蒙蒙的，让人看不透。你们一定觉得我特别地敏感，特别脆弱，其实不是这样的。我有过一次婚姻，失败了，但正是因为曾经受过这样的伤害，所以我更明白我要的是什么，也更明白什么样的人和什么样的生活更适合我，也更明白，婚姻光有爱情是不够的。晓丹，如果你愿意对郝男儿好，如果将来你们有缘分在一起，如果将来你们在一起会很幸福，我会祝福你们的。但是现在，我还是舍不得他，我不想放弃，所以，我的意思是，如果你愿意的话，我们一起试一试吧。"

海燕将自己内心最真实的想法和盘托出。

晓丹沉默了，和海燕一起试一试？真的要和海燕抢？看最后郝男儿心中的天平到底会倒向哪一方？她无数次地这样在心里问着自己。

郝男儿在刘京家多待了一天，昨天那酒喝得，一整个上午五脏六腑都不得安生，心想木器厂也没啥事，今天就多陪会哥们儿得了。就这样一待，就到了下午，看看时间，已经差不多七点。

"叮铃铃……"郝男儿的电话响了，晓丹说她正在陪一个客户，让他赶紧过来。

这会儿，郝男儿也清醒得十有八九了，告别刘京，驾车往晓丹报的餐厅走来。

餐厅里灯火闪烁，郝男儿眼神扫视了一圈，终于在靠里墙的一张桌子前发现了晓丹的身影，哪里有客户的影子，就她一人在那儿趴着，桌前横七竖八地摆了一堆啤酒瓶。

郝男儿三步并作两步跑到晓丹旁边，远远地就闻见一股浓烈的酒味，弄得刚从醉酒状态醒过来的郝男儿一阵反胃。

郝男儿一把扶起晓丹,眼见她脸上喝得红晕密布,平常梳理得很是整齐的头发也散落开来,乱蓬蓬地垂在眼前。

时间已近九点,按照平常的安排,他这会应该已经回家,海燕也做好了满满一桌饭菜,几人正在开开心心地聊着家常,吃着可口的饭菜。郝男儿想给海燕报告一下情况,掏出手机,这才发现该死的手机,不知道啥时候已耗尽了电量,屏幕上一片死白。

郝男儿有点生气,一来抱怨晓丹耽误了他的正常作息安排,可能更加惹恼海燕,二来怪她无缘无故地喝了酒,而且这客户,也不知道跑到哪个旮旯去了。

"你的客户在哪儿呢?你的客户为什么这么不靠谱?他在哪里啊?什么意思吗?"郝男儿晃了晃晓丹的肩膀,要她给个说法。

"我就跟你说吧,今天就没有客户。"晓丹眨巴着双眼,狡黠地看着郝男儿。为什么要喝酒,只有她自己知道,她、郝男儿,还有海燕这个三角恋如何完结,她自己也找不到答案,她希望郝男儿和她在一起,但又不落忍海燕为此伤神疲惫。从海边回来后,她就来了这家餐厅,想要借助酒精麻醉自己,这个时候,她特别想要郝男儿在她身旁,平常的缘由肯定不能引起郝男儿的重视,无奈,她只好说她约了客户。

郝男儿受不得晓丹这样没来由地骗她,怒气上涌:"你不神经病吗你?你没有客户,你想不想喝酒,跟我有什么关系呐?我得回家,我家里边一大堆人等着我呢,海燕等着我呢!我不明白,没有客户你喝什么酒?我家里边……"

郝男儿提高音量,晓丹的气也跟着上来了,心里埋怨郝男儿,陪自己难道就那么不乐意吗,反唇道:"谁告诉你没客户?我不是客户吗?你不是什么感情感陪护师吗?那我现在需要你陪,我就是想你陪我喝点酒,不行吗?"

心里一生气,酒劲跟着就上来,晓丹捂着胸口,明白自己要吐,往卫生间跑去。

好不容易晓丹吐完,郝男儿在外面接着,掏出纸巾替她擦了擦嘴,扶着她往外走去,塞进自己车里。一阵疾驰,待到将晓丹安排在家中客厅沙发上,顺手给她盖上被子，郝男儿说道："你说你喝那么多酒干吗？多难受啊！你这个难受谁能替你受？"

"我心里苦啊。"晓丹一字一顿地，话语略显哽咽。

"谁心里不苦啊？现在大家压力这么大，事都这么多，人人都有本难念的经。问题是你得想开啊，你好不容易扛到现在了，你不往下扛？现在很黑暗，黎明马上就要来了。你只要扛过这一段去，马上就能好，你何必要把自己弄成这样呢？"要说劝人的话，郝男儿完全都用不着打草稿，出口即能成章。

"可是我扛到什么时候才是个头啊？你说我就是想跟郝有旺光明正大，简简单单地谈个恋爱，可是他怎么就这么不靠谱啊？谈个恋爱怎么就这么难呀？"晓丹心里想着郝男儿，口上却不得不推脱说是郝有旺的原因。

郝男儿哪里知道晓丹心里的真实想法，还以为老郝大哥又把晓丹给得罪了，赶紧就要找晓丹的电话，要给郝有旺打过去。

晓丹不让郝男儿打，嚷着自己拨，待她拨通郝有旺的号码，才把电话甩给郝男儿。

"关机。"郝男儿嘟哝道。

"哼，我就知道。"联想到这么多年，郝有旺只要有陈云珠在就必定关机，没好气地道："这么多年呀，电话都是这样。"

说着说着，猛然发现郝男儿正在她的手机里乱翻，立时叫："你干吗呢？"

"我找海燕电话。"郝男儿顺口应道。

晓丹一把抢了过来，醋坛子已经翻了，在她的意识中，她不允许郝男儿用她的手机来和海燕谈事，爱情都是自私的，她和海燕可以竞争，但她不能容忍自己的东西成为郝男儿和海燕沟通的平台。

"用你自己的电话打。"晓丹嚷道。

"我的手机不是没电了吗？"

"那也不行。"吃醋的女人都比较蛮横。

郝男儿跟她说不清道理，理了理衣衫就要走，谁料就是离开也让晓丹给拦下了。"让他多陪一会儿是一会儿。"晓丹脑海里有个声音这样告诉她。

"不行，你说郝有旺不管我，你也不管我，你们男人都是骗子。"

"谁骗你了？怎么叫我们男人是骗子？怎么骗了你了？你说我骗你什么

了？我从小到大，我没骗过你一根针一根……"

"你不是感情陪护师吗？"

"我是情感陪护师啊，问题是你不能骗我，你首先骗的我，你今天根本就没有客户，你把我骗来了，对不对？谁骗你了？"

"我不是客户啊，现在我就需要你的感情陪护，我就想跟你喝酒，我就想把话说出来。"

话说到这儿，晓丹又感觉胃里一阵翻腾，又要吐，赶紧推开郝男儿往卫生间跑去。郝男儿放不下心，只好站在客厅里先等着，先安抚好这位"小主"要紧。

等到晓丹出来，郝男儿上前扶住，看她还是一副东倒西歪的样子，搭在她肩膀上的手不觉加重了些力道。

"你别捂着我走，我都透不过气了。"

几分钟后，郝男儿才把晓丹重新扶到沙发上，又给她盖上毯子。因为呕吐的缘故，晓丹的脸由红转白，面容非常憔悴，咳嗽声也响了起来。郝男儿没法走，把包放下，拿杯子给晓丹接了一杯水，晓丹刚喝完，又要吐，没办法又往卫生间跑。如此三番五次，晓丹根本离不开人。等晓丹差不多稳定，郝男儿将她扶到床上时，已是凌晨两点了，郝男儿也没法回去了，加上困得不行，干脆就在晓丹家的沙发上合衣眯了几个钟头。

等郝男儿睁开眼睛，天已大亮，望了望墙上的挂钟，时针正好指到六点。郝男儿猛然惊醒，拍了拍脑门，心想坏了，估摸着又把海燕给得罪了，赶紧起来披上衣服，瞅着晓丹还没起来，拿上包，给晓丹掩好房门，出门急急忙忙驾着车往家里赶。

进门首先看到满桌的饭菜还摆着没动，心知定是海燕做好了想等他回来，而他却久候不至，饭菜都没咋动。心里有愧，忙奔海燕房间。

海燕在床头坐着，右手撑着自己的下巴，眼眶下面两行湿漉漉的泪痕极为明显，双眼无精打采地就那么望着。坏了，该不是一夜没睡吧，这下可惨了，郝男儿这么想到。这个时候，说道歉的话已经不管用了，得先把海燕哄好了再说。郝男儿想起上次给海燕演过的"人影戏"，照例拿出白布和翅膀，嬉皮笑脸地给海燕讲："我今天给你演个特别好玩的。"

海燕白了他一眼，一把将他拉到沙发上，从床头拿出以前他们放完孔明灯留下的残骸。郝男儿惊异莫名，没想到海燕竟会留着这个东西。海燕苦笑道："记得上次你说，孔明灯烧尽之后会化成灰烬，最后落在大海里。然后第二天，我就沿着海岸线，找了很久很久，没想到居然找到了，而且，这些字也都还在。你收好了。"

望着那堆废纸，郝男儿清清楚楚地看见自己当初写上去的"我爱海燕"依旧那么清晰，感觉自己的心好像猛地被扎了一下，就为了这几个字，海燕就将它当成是宝贝一样找到藏起来，而自己呢，最近对海燕的关怀，不得不承认，确实太少了。

海燕起身，轻轻地摸了摸郝男儿的头，意味深长地说："你要好好的。"说完自顾自地走了出去。

郝男儿都不知道自己那天是怎么到的木器厂的，整个路上，心里装的都是对海燕的愧疚。在厂子门口遇上晓丹，郝男儿像是终于找到了发泄的对象，狠狠地对晓丹吼："你骗什么呢你？你有意思吗？我们家破人亡，你高兴了。"

也不等晓丹多说，郝男儿小跑到自己的办公室，关上房门，将手机充上电，然后就那么垂头丧气地傻坐着。

不一会儿，手机响了，郝男儿一看，是郝有旺的，拿起电话应了声："老郝大哥。"

郝有旺告诉郝男儿，晓丹不高兴了。原来，刚刚被郝男儿吼过的晓丹觉得自己也很委屈，恰好这时郝有旺的电话过来了，晓丹正愁没处发泄，干脆就把郝有旺狠狠地数落了一顿，郝有旺觉得莫名其妙，于是这就给郝男儿拨了过来。

郝男儿也没好气，顶了郝有旺一句："我们家海燕还不高兴呢，那可能是我说话方式有问题。"

"你们家海燕高不高兴我不管，反正现在晓丹不高兴了，你赶紧给她买份礼物让她高兴高兴，赶紧去。"

郝男儿一肚子不乐意，但想到事情还没演完，大局还是要顾着的，只好应承下来。

在商场里费力地挑了半天，郝男儿才看上一款"M0851"的皮衣，这个诞生于 1987 年，来自于加拿大魁北克省蒙特利尔的皮具品牌，刚刚进入中国市场，郝男儿心里想着应该比较适合晓丹，而且这个深棕色的外色，搭配晓丹常穿的粉红长裙还不错，虽然价钱昂贵，还是忍痛买了下来，然后去专门的礼品包装店包装好，提着它来到了晓丹的办公室。

"刚才我的态度确实不好。你别看我是搞情感陪护出身的，但是，确实刚才太急了，挺不合适的。我希望你，大人不记小人过，原谅我刚才的行为。我借这份礼物，给你道个歉。"郝男儿边说边把包装拆开，取出皮衣，展示给晓丹看。

皮衣很有森林感，晓丹一看就喜欢上了，但是现在还是在和郝男儿闹别扭的当口，她不能这么快就服软。所以在面对郝男儿伸过来的手时，晓丹故作生气的样子推开了。

"比比大小。"郝男儿陪着笑。

"听说过给人穿小鞋的，没听过夏天买皮衣的，你对我有意见呐？"

"反季也能掏出好货啊，这色儿多漂亮，你看，多好看呢，是吧？"

晓丹还是没能忍住，笑了。这看在郝男儿眼里，就意味着事情好办了。的确，对待生气的女人，哄才是必杀技。持续地哄到她开心了，事情就化为无形了。当然，哄也不是万能的，对铁了心的女人恐怕就适得其反。比如这时候的海燕。

如果说用"凉透"来形容海燕此刻的心情那绝不为过，那个象征她和郝男儿的爱情杯子又被无情地摔碎一次，裂痕越来越大，原来那个她无比信任的郝男儿怎么啦，自从生活中多出一个女人以后，她就像变了一个人似的。海燕想倾诉，这些话窝在心里只会让她更难受。想来想去，海燕想到了祝云山。云山这人，虽然有时候毛手毛脚，但心却善良，为人本分，对她也算是细心周到。

海燕打电话让云山出来陪陪她，云山听出海燕声音不太对，连忙放下手中的活赶了过来，关切地问道："怎么了？海燕。"

海燕没说，反问起云山："说说你跟秀吧。你们俩怎么认识的。"

该不是老舅又做了对不起海燕的事吧，祝云山心想。

"我们两个是通过别人介绍认识的。"

"那你喜欢她吗？"

"喜欢，当然喜欢啊。"

"那你都是怎么向她表白的。"海燕追问。

云山不好意思再说了，替郝男儿说话："我老舅这个人，他有时候……"

海燕很不高兴："你别提他，我就想跟你聊一聊。"

祝云山只好转回话题："表达就实际行动做就行了，你比如说，她愿意吃黄瓜啊，我每顿都给她做一个黄瓜，最后把她脸吃得跟黄瓜色儿似的，但她特别喜欢我做的黄瓜。"

"那，你只考虑着别人喜欢吃什么，你有没有为你自己考虑过呀？"

"你要说不考虑，那是假的，但现在媛媛这么大了，我所有心思都放她那边。"

话说到这里，海燕的泪水再止不住，哗哗地流了下来，弄得云山好一阵抚慰忙活。

郝男儿发了疯似地想打电话给海燕道歉，但海燕一开始是不接，到后面干脆就把电话关了。郝男儿在公司、家里都没见着人，急得团团转。

祸事一件接一件，这边郝男儿要找海燕，那边郝有旺却正在怒气冲冲地在找他。

当时给晓丹挑选皮衣时，郝男儿并没把价钱放在心上，虽然用的是郝有旺的信用卡，但那是郝有旺点了名要他给买的礼物，想着名贵点的东西晓丹或许接受得也会快些。郝有旺收到短信提示，购物一下子花费好几千，也是有点肉疼，不过转念一想晓丹要是不再生气也就过去了。随即操起手机给晓丹拨了个电话过去，可谁知道晓丹还是没啥好脸色。为这，郝有旺越想越气，决定找郝男儿说个清楚，不能落个人财两空。

"啪！"正在办公室发呆的郝男儿被这声震天响惊得抬起头来，一看，郝有旺过来了，他也不知道郝有旺为啥发火，先把他稳住再说："你干吗呀这是。"

郝有旺也不落座，两手攥成拳头撑在办公桌上，怒视郝男儿："你那个礼物给晓丹了吗？"

"给了啊，刚才给的。"

"那她怎么还生我的气呢?"郝有旺等着郝男儿解释。

"那看来就不是皮衣能解决的问题。"郝男儿说:"那可能是我工作方式的问题。"

"你怎么工作方式有问题啦?"郝有旺的怒气还未消。

"昨天吧,下班,晓丹跟我说有个客户,我说那咱们去见,这个对工厂有好处。去了之后呢,客户没来,然后我们就等着去。左等没来,右等没来,完了她就喝了点酒,然后今天早上呢,晓丹把我给叫起来了。"

郝男儿不说还好,一说郝有旺更急,郝男儿是代理的,可不是正儿八经能和晓丹过夜的:"合着昨天你在晓丹家住的?"

"这个不重要,重要的是什么呢?我早上回家之后,我未婚妻海燕生气了,给我难受够呛,然后我再到公司上班的时候,我就看着你们家晓丹了。我张口,说了几句不该说的话,我就把她给骂了,我说话挺直的,我觉得可能是这个原因,所以她就……"郝男儿暂时还没找到郝有旺怒火的关键点。

"你怎么能在晓丹家住呢?我就问你呀,昨天你在晓丹家,你们俩有什么事发生没有?"郝有旺关心的是这个。

"就是发生了。"郝男儿说的话让郝有旺大吃一惊,正要发作,接下来听到的话才让他稍稍打消了怒火,按照郝男儿的还原,郝有旺得悉他担心的事情其实并没有发生。但郝男儿的作为,却让他妒忌,而且他也还是不放心:"你这个臭小子,昨天晓丹喝多了,是不是你给灌的?你这个卑鄙龌龊的小人!我算看出来了,你喜欢上晓丹了,想假戏真做,是不是?"

"你,你想得太多了吧!你不能这么想问题呀。"郝男儿马上辩白。算是明白了郝有旺关心的点在哪了。

"那我怎么想?"

"朋友之妻不可欺呀,我不是那样的人呐,我夹在两个女人中间,我已经很难受了,你干吗这么冤枉我啊?我告诉你,昨天是她喝多了,我得照顾她。我情感陪护员,我不可能看着她一个人……"

"我看你是表面忠厚,内心奸诈吧。"

郝男儿摆摆手:"我怎么能是这样的人?她喝多了,我不能看着她一个人在那儿难受。我给你打电话,你又关机了。那你告诉我,我该怎么办吗?"

"我不管,我算认清你了,你呀,你太阴险,比陈婆子还阴险。"

"懒得和你扯。"被一堆烦心事罩着的郝男儿并不想在这儿和郝有旺纠缠下去,该说的他已经说明白了,就让他自己消化吧,现在当务之急,就是取得海燕的原谅。

回到家后,没发现海燕,却看见祝云山一个人在喝酒,郝男儿忙问云山海燕的情况。

"海燕没事,老舅,我想找你聊聊。"

"啥?说。"郝男儿催着祝云山。

"我想问你件事,你对海燕是怎么想的?说句实话。"

郝男儿没想到,云山竟然会问他这样的事,那说明海燕肯定是告诉了他些什么。郝男儿预感到一丝不妙,坐到云山面前,看着他道:"我,什么叫怎么样呀?我们结婚呐,你,你干啥呀?"

"海燕会跟你吗?你不觉得很天真吗?"云山今天提出的问题在郝男儿有生之年的印象中,从来没有这么尖锐过。

"去你的,什么天不天真,怎么了?你要干啥?"

"老舅,你不能再伤害海燕了。"从与海燕的对话中,祝云山就是个傻子也明白海燕被郝男儿伤得不轻。"你算一算,从海燕到咱们家之后,她是哭多还是笑多?"

"这个东西是这样,我跟海燕呢,有我们俩相处的方式,你是外人,你不明白这个。无论是哭啊、笑啊、闹啊、吵啊,舌头哪有不碰牙的,锅哪有不碰勺的,对不对呀?这是一个必然过程,等我把那些生意、那些事都了了,我答应人家的事办完了,我俩自然就恩恩爱爱、幸幸福福了。"郝男儿给他和海燕的事找着理由。

"老舅,你说的这些,你不觉得你很自私吗?你说的都是自己的感受,你考虑过对方吗?你提过海燕两个字了吗?你只在乎你自己。"

"云山,如果咱们这一大家子都是火车的话,你是车厢,媛媛是车厢,海燕是车厢,木器厂是车厢,道歉公司是车厢……谁是车头啊?我这个火车头,没有我的话,你们走得起来吗?你现在跟我说自私,你什么意思啊你?"

"老舅,你说的这些都是物质上的,你想过精神上的吗?你说的这些话,你做的这些事,你让我每一次我都期盼着,你能改,能改,可是每一次你都让我失望。今天你知道海燕喝了多少酒吗,你为什么不早点回来?"如果要说明白海燕,这一刻郝男儿肯定不如祝云山。

"老舅啊,拥有的时候要懂珍惜,一旦失去不要后悔呀。"祝云山甩出一句意味深长的话。

另一边的郝有旺,当然不会只相信郝男儿的一面之词,郝男儿走后,他就去了晓丹的住处,有些事情,一定要查个清楚明白。见着晓丹,郝有旺开门见山地问:"你是不是喜欢郝男儿了?"

晓丹没提防郝有旺突然来了这么一句,装聋作哑道:"你没事吧?你今天是不是吃咸了?"

"不是,他那天是不是在你这儿过夜了?"郝有旺追问。

晓丹无可奈何,又把那天的事情原原本本地复述一遍,对完口供,心情放下来,这才安慰晓丹:"你放心,你再给我点时间,等我把陈婆子公司的钱挪走,咱们的好日子马上就要来了。冬天来了,春天还会远吗?"

晓丹没工夫跟郝有旺闲扯,现在郝有旺站在她的面前,她是无论如何都找不到那种恋爱的感觉了。

郝男儿赶到陈启明拉货来的地方，远远发现工人们围在一起，吱吱呀呀地议论着什么，不少人更是一副义愤填膺的样子。

郝男儿意识到不对劲，小跑两步。大家一看郝男儿来了，都不再吭声，眼巴巴地望着他。地上横七竖八地摆着七八个箱子，有的箱盖已被工人们打开，里面哪里是他们说好的机器，分明就是一些石块和废铜烂铁。

20. 郝有旺索赔

凡是心情不是很好的时候，郝男儿就会来找刘京，这是他在滨海市养成的习惯，只有和这个铁哥们儿，他才有无话不说之感。前些天他为了刘京，还曾经亲自去找陈思华代刘京表白过，弄得思华娇羞无限。至于他自己和海燕、晓丹之间的情感纠葛，他相信，只要耐心等待，用心处理，早晚会有云开见日的时候。既然这样，索性不去劳心费力地去想，见着海燕再说。郝男儿开始往木器厂赶。路上接了个电话，让郝男儿兴奋不已。

风风火火赶到木器厂，郝男儿一把推开晓丹办公室的门，抓起晓丹喝茶的水杯灌了一口，晓丹白他一眼。郝男儿不管她，告诉她："咱们那个库里边，你去查一下，八十乘八十那木箱子，你看看有多少？有个客户要订货。"

"要多少？"

"有多少要多少。"晓丹有点诧异，木器厂的生意一向都可以用惨淡来形容，今天不知是撞啥大运了："什么客户啊，不让他来看看货，然后签个合同什么的吗？"

"就是远郊的一个瓷器厂，人家着急，但是他肯定对我们的产品有所了解。为什么？一接电话第一句话就是，你好，请问是有利木器厂厂长郝有旺吗？这就说明人家肯定在网上看了咱们的产品介绍了，所以信任我们，那我们肯定也信任他。他既然是有急茬了，我们就应该有责任有义务来帮他这个忙。大不了我带着合同和公章，亲自押货过去。我要觉得不靠谱，那我就不签合同。要是合适的话，一手交钱一手交货，这事就完了，多好啊！"

晓丹心想，郝男儿说得也是在理，答应了。

第二天，晓丹和工人们将郝男儿送出门，作为木器厂有史以来的最大一单生意，晓丹没忘好好叮嘱郝男儿，同时让他路上小心。陪同郝男儿出发的是两辆大货车，满满地装着木箱子，风驰电掣地行驶在高速公路上，郝男儿心情突然间变得非常爽快，一如今天的好天气。

晓丹回到办公室，下意识地抽开抽屉，突然发现厂子的公章还在这儿，没公章签啥合同？晓丹一下就急了，给郝男儿发了个微信："郝男儿，你这个丢三落四的糊涂蛋，去签个合同连公章都不带。这样吧，一会我给你送过去，咱们呢，瓷器厂见。"

郝男儿正在得意忘形地哼着一曲，查看着合同，看到晓丹的微信，感激晓丹这副厂长确实"称职"，用语音给晓丹回道："你是诸葛亮啊，没有你坐镇，咱们这个厂可怎么整呢。咱们瓷器厂见啊。"

总算万事俱备了，郝男儿感觉得向郝有旺报告一下这个好消息，证明他郝男儿不只是个门脸，他也是能干事的。

拨通郝有旺的电话，也不待对方回答，郝男儿先自个讲了起来："老郝大哥，你先别说话，我要跟你说一个大好事啊。你不是觉得我一点也不能做生意吗？我现在还就做成了，瓷器厂跟咱们厂要一批木箱子，我问他要多少，他说有多少要多少，我说那我把所有库存给你够不够，他说不够你再给我加。怎么样，你高兴不？我告诉你，等你将来你接手的时候，我一定让你整个账上全都是一片红火。另外，你们家晓丹太靠谱了。我现在过去跟人谈生意，连公章都没带，幸亏她提醒了。我向你隆重推荐，等将来我光荣卸任，你正式接手木器厂的时候，你们俩一定要全力配合……"

郝男儿正在眉飞色舞地描绘着郝有旺未来的伟大蓝图，没想电话那头传来一个他最不愿意听到的声音："郝老板。"

郝男儿冷汗涔涔往外冒，完全不明白郝有旺的电话怎么到了陈云珠手上，为今之计，只好先给郝有旺打圆场："陈大姐，这个，你知道，刚才……打错了，信号不好，我挂了啊。"说完摁掉手机，心里忐忑不安，以至于他这个带路的竟然走过了头,在司机的提示下才赶紧掉头,往预定地点赶去。

郝有旺今天放心大胆地把平时看管的东西暴露在陈云珠面前去洗了个澡,他和陈云珠之间的"战争"看样子是快有个结果了。在郝有旺的进攻计划实施过程中,他请来的私家侦探很好地向陈云珠阐明了晓丹既是郝男儿女朋友,海燕也是郝男儿女朋友的这一事实,同时思华也多次做她的工作,弄得陈云珠心灰意冷,在和郝有旺的交谈中,话里话外透露着她不想再这么侦察下去的意思。

郝有旺欢欣鼓舞,紧绷的神经逐渐放松下来。哪里晓得,最糟糕的事情也是这时候发生了。郝男儿的一通电话又直接鼓舞了陈云珠斗争下去的士气。"原来他们真有鬼!"陈云珠发誓再不善罢甘休。

待到郝有旺披着浴巾从浴室里出来,她才从容不迫地说:"不好意思啊,我替你接了个郝老板的电话。"

郝有旺洗澡前放松的神经突然又绷了起来,勉强压下惊疑的表情涌上额头,故作镇定地道:"他说什么了?"

"他说,他那个厂长是假的,他一口一个你们家晓丹你们家晓丹的,还说将来你和你们家晓丹在一起又会怎么怎么样,什么意思?"

"他这小子向来不着四六的,他肯定是喝多了酒胡说八道呢。"郝有旺心里七上八下,面上不露声色。

"我听他说话可是非常地清醒。"

"我知道了,上次我们俩谈生意没谈拢,他这故意报复我,故意说给你听的。"

"他怎么知道接电话的人是我?"

"我哪知道啊?那这样,你把电话给我,当你的面我现在给他打一电话,好不好?把电话给我。"

郝有旺无言以对,心想和郝男儿"对质"清楚,也好打消陈云珠这突然升起的疑虑。

郝男儿正在指挥自己的货车往正确的路线上走,看到郝有旺电话进来,心下怀疑是陈云珠又来杀回马枪了,哆嗦着没敢接。

郝有旺气得咬牙切齿,但又不便对陈云珠发作。直到见到陈云珠昂头走向自己的房间，才气得将手机往沙发上一摔，无辜的手机从沙发上滚到地板上，发出"啪"的一声脆响。

晓丹急切地想要把公章给郝男儿送去，由于厂子里会开车的两个人都被郝男儿调去当货车司机了，只好找了一个勉强会开车的大姐载着她，驾着厂里的面的赶过来。

大姐手生，看样子是好久没摸过方向盘了，一路上都在哆嗦。在车流拥挤的中华街路口弯道，脚底一打滑，面的占道擦在了一辆大货车上，被大货车一个拱，很不幸地翻倒在路边的排水沟里。

巨大的撞击力让晓丹一阵头晕目眩，鲜血顺着额头汩汩往下流下来，将她衣裤瞬间染得猩红，晓丹慌了神，趁着还有一点意思，给郝男儿打了个电话，说明自己的情况。

这个晴天霹雳的消息让郝男儿的心情瞬间降到冰点，赶紧让司机掉头，往出发地点赶去。

心急火燎地赶往事发地点，得知晓丹和司机已经被市一医院的"120"接走，郝男儿又往市一医院狂奔。

上气不接下气地跑到医院，迎头碰上医院的一个护士，郝男儿抓住她一阵好拽："请问这个地方是不是刚送进来一个叫秦晓丹的？她怎么样？"

开始以为郝男儿要耍流氓的护士心神定了下来，告诉他："是的，她只是脑震荡，没有生命危险。"

情况看来没有预想的坏，郝男儿捶了捶自己的胸口，这时旁边一位护士得知晓丹的亲人赶了过来，像遇见救星似的递给她几张单子，告诉他这是晓丹的医疗费，非常客气地麻烦他先去窗口把费交了。

郝男儿问明收费处地址，三步并作两步跑去，确认了先期医疗费用，一万五，掏出郝有旺的信用卡交给收费员。

"不好意思，先生，您这张卡被冻结了。"收费员鼓捣了半天没把卡里的钱划出来，这才确认是卡的问题，不是划卡机的问题。

郝男儿的脸一下就绿了，该死的郝有旺，偏偏这时候做了手脚。不过怒归怒，事情还得解决，晓丹那边命悬一线，这边交不了费，事态将会更加恶化。

"喂，老郝大哥。"郝男儿尽力控制着自己的情绪。

"你还有脸给我打电话。"一股气没法出的郝有旺情绪比他更坏。几分钟前,他首先想到的就是把钱先给郝男儿冻了,先将自己的损失降到最低再说。

郝男儿没法细说:"不,咱先不说什么敢不敢。我问你啊,人家说你这张卡冻结了,什么意思啊?没,没钱了。你能不能赶紧把卡里边给打上钱呐?我现在急用啊,现在晓丹出车祸了,我现在在医院要用钱,我没带那么多现金,你说怎么,怎么办啊?"

"你这招也太老土了吧。"郝有旺直觉这是郝男儿又给他导演的把戏,坚决不"上当"。"我跟你提个醒,以后骗人的时候用点新招。"说完,一把挂了电话,无辜的电话再次重重地摔在地上。

郝男儿急得团团转,赶紧打给刘京,没人接。再厚着脸皮找海燕,可惜海燕隔得太远,一时半会也赶不过来。最后,郝男儿又打给祝云山,幸好云山还算方便,听到消息后放下手头的工作赶了过来,交了钱,两人急呼呼地跑到病房看护晓丹。

晓丹打着点滴,头上缠着厚厚一圈绷带,脸色刷白,衣服上斑斑点点的全是血迹。郝男儿和祝云山过去,一人一头搀扶着晓丹,问了点情况,郝男儿想到这恁大一个医院竟然没给晓丹安排一张病床,心中有气,就去找医院院长。院长开始还不乐意,后来得知郝男儿本名郝有旺,又问了些他认不认识陈云珠和病人名叫秦晓丹的话,病床的事竟然很快搞定。郝男儿虽觉诧异,但也管不了那么多了,扶着晓丹来到医院安排的病床前坐好,给晓丹端药递水,服侍得非常殷勤。不一会儿,海燕也赶了过来,有祝云山和海燕帮忙,郝男儿才一时没再显得那么手忙脚乱。

不一会儿,晓丹迷迷糊糊地睡了过去,看着该在的人都在身边,她心里踏实了许多。

郝男儿、祝云山和海燕空了下来,郝男儿这才知道祝云山拿过来的是公司的钱,赵明还不知情,立即就要祝云山去把自己的钱取出来给公司填上,祝云山拗不过他,只好照办。看见祝云山要走,海燕也找了个借口,说是去给晓丹买些生活用品,和祝云山一起出了病房。

没一会儿工夫,刘京、思华、陈云珠齐齐赶了过来。海燕也买好东西赶了回来。原来这医院的院长和陈云珠是相识,问明郝男儿情况后就给陈云珠打了个电话，陈云珠又打给思华，思华正在和刘京浪漫呢。刚才郝男儿打给刘京的电话，刘京以为郝男儿又是来说胡话的，就没接，听到陈云珠说明情况后，这才了解到事情的严重性，和陈云珠母女一起赶了过来。郝有旺偷听到陈云珠的谈话，也尾随着急急忙忙往医院赶来。

陈云珠寒暄几句就和刘京、思华走了，她并不是真的关心晓丹，主要目的还是想套郝男儿、海燕的话。随她来的还有个律师，提着个公文包，看起来一句话都没插，实际上一直在凝神琢磨几个人话中的意思，尤其是听到海燕为晓丹辩护时，他的眼角还不自然地动了动。

郝有旺随后赶到，瞥见陈云珠和律师一前一后地走出医院，心下一阵惊惶，没敢往医院里闯，就那么直直地又折了回去。

很快，晓丹痛醒了过来。郝男儿把她的枕头往床壁塞了塞，给晓丹一个舒服的姿势平躺着，简单介绍了一下刚才发生的情况，向晓丹提议："我觉得此地不可久留。今天就住这儿一晚上，明天赶紧出院，反正医生也说了，说脑震荡本身不是什么大病，尤其你这种轻微的，有张床一养就行，赶紧回家。明天，海燕，你把晓丹送回家，你们觉得行吗？"

心里想着这医院和陈云珠的关系，晓丹自然也觉得险象环生，点了点头。这事和海燕没啥关系，虽然不想让晓丹这么折腾，但眼下，也没别的法子，只好随了两人去。

第二天，海燕就把晓丹送回了家。

"回家的感觉真好！那个，我给你倒点水吧。"晓丹痛了一天，加上病房里那一股子药水味闻得她很不舒服，这会回到家里，身心都觉得舒畅了许多。

郝男儿因为公司有点事晚来了一点，事情处理完以后赶紧去买了点水果，往晓丹家赶来。拐角处，突然撞见黄建华。郝男儿和晓丹的事黄建华多少也听了些风言风语，对于这个潜在的情敌，他一向没啥好脾气。

"你以后少来看晓丹，听见没有？"

郝男儿同样厌恶黄建华的德行，顶撞他道："我跟她是同事，我怎么不能来看她？倒是你，别老缠着她，别老骚扰她。"

"我骚扰不骚扰她跟你有什么关系啊？"黄建华拿出小混混的脾气。

俩人你一言我一语，越说越激动。黄建华见郝男儿动手，心里有点怯了。

郝男儿也不是真要跟他拉扯，顺坡下驴。

海燕已经走了，听晓丹说海燕就没呆两分钟，然后黄建华就来了，说了些让她保重身体之类的废话。郝男儿把买来的东西递给晓丹，瞅着她把这些东西和黄建华带来的东西放一块，连忙说："别把我东西跟他东西放一块。"

"怎么啦？"

"看着我就……差点我就揍他，我跟你说。"

打架这事晓丹想着搁郝男儿身上不靠谱，他嘴皮子行，拳脚功夫却不见得高明，劝着他："你得用语言教育说服人家。"

郝男儿看了看表，心里想着厂子里还有事，嘱咐晓丹："你好好自己养着吧，厂里边你不用着急回去，都好着呢。有什么事你给我打电话。"

望着郝男儿的背影，晓丹怅然若失。

门铃声响，晓丹以为郝男儿返了回来，突然高兴起来，跑过去正要拉门，却从猫眼里看到了郝有旺的嘴脸，晓丹犹豫了半秒钟的样子，还是将他让进了屋。

"晓丹，这是住院费，你明天给郝男儿。"郝有旺坐下，也不先问问晓丹的伤情，先自从皮包里掏出叠百元大钞来，搁在晓丹家的茶几上。

晓丹心下老大不欢喜："把钱拿回去吧，要是还的话也是我自己还。"

"晓丹，你别再生我气了，我那天真的以为郝男儿他骗我呢，我要真知道你出车祸了，你别说这点钱，你要我命我都愿意啊。"郝有旺以为晓丹还在生自己的气。

有些话，现在也该给郝有旺说清楚了，郝男儿在他雇主面前捅了这么大个娄子，要想像原来一样收拾残局并不好办，索性把话说开来，让郝有旺自己去选择。想到这，晓丹明明白白地告诉他："你真会说话。不过我告诉你呀，现在我宁愿用郝男儿的钱，也不会接受你的施舍。"

郝有旺张大了嘴巴，半天才道："晓丹，你是不是真的对郝男儿动心了？"

"动心？起码他可以时时刻刻地陪着我，我生病了，他可以照顾我；我不开心了，他可以哄我开心。"

"晓丹，你是不是出车祸，这脑子糊涂啦？那郝男儿没有我，他能像现在这么人模狗样的吗？天天大把地时间陪你，哄你开心？没有我的钱，他温饱都是个问题,他能大把大把地这么给你消费吗？我告诉你,他一个月工资连包都给你买不起。"郝有旺还想挽回点劣势。

"是不是在你眼里,没钱的都是小混混,有钱的都是正人君子啊？"晓丹没好气地回他。

"你这不是较劲吗？我是说,郝男儿这个人根本就不可靠,他跟咱们根本就不是一个世界的人。"

"他不是,那你是吗？我不跟你说了。"

"晓丹,我觉得你的病还没完全好,反正我对你都是真心的,我相信你心里也清楚。再说了,郝男儿他心里有海燕,你这不是剃头挑子一头热吗？"

"但是起码他是一个真心实意的人,他对我好,对海燕好,对周围人好,对所有人好,不像你,为了钱,只会逢场作戏。"

郝有旺想不通,自己的原则不可能有错:"我是逢场作戏,但是我从来没对你逢场作戏过,再说了,现在这个世道,没钱你根本就寸步难行,对不对？"

不说这个还好,一说这晓丹更气:"你知道吗？我特别讨厌你现在这副嘴脸,明明自己心理阴暗,还要把这些归结在环境上。自己做错了事,还一副心安理得的样子。"

郝有旺理屈词穷:"我不跟你说了,晓丹。我还是那句话,如果你真的喜欢郝男儿,我坚决清理他出去,我让他离开木器厂,离开道歉公司。"

"吓唬谁呢？你还得让郝男儿为你演戏呢。"晓丹不为所动。

"晓丹,我看你真的是病得不轻,但是我提醒你一句,你要选择了他,你一定会后悔的。"

"后不后悔是我自己的事,我累了,你赶紧走吧。要不然,陈婆子找不着你,又该叫唤了。别回头你那亿万家产泡汤了,赖我头上。"

话说到这儿,晓丹觉得已经没法再继续,扳着郝有旺肥胖的身躯往门外推,她本来就是病体,这一推,差点跌到沙发上。

郝有旺视若不见,还在一个劲儿地说:"晓丹,我跟你说郝男儿根本就不是咱们一个世界的人。"

"你说完了吗,说完了赶紧走。"晓丹指着自己的房门。

郝有旺无奈，将开始拿出来的钱全部塞回皮包中，气鼓鼓地下了楼。

郝男儿不知晓丹这边发生的状况，依然忙碌地在木器厂打理，当初那个瓷器厂要的箱子并没有送出去，经员工反映，那个地址根本就不对，郝男儿这才意识到可能是被骗了。不过天上飘来五个字——"这都不是事"的郝男儿很快就完成了心态自我修复，又在厂内里里外外地忙活起来。

几天后，晓丹感觉好了很多，在房间里搜罗了半天，没搜到什么能下锅的东西，心想小区外面有个小吃店，做的饭菜都还不错，于是信步下了楼。

店里果然食客满座，晓丹好不容易找到一张桌子，点了两个家常小菜。等着上菜的间隙，旁边一个精瘦的戴眼镜的中年男子引起了她的注意。

男子表情焦急，看样子是有什么重要的事，在电话中对人打着包票："对对对，是，你放心，只要是由我们的机床生产的家具，绝对包销。对了，我还要告诉你一个好消息，那个，喂，喂……"

好像是手机没电了，男子颓丧地摇了摇头，走到旁边两个年轻男子处，要借手机一用，被那两人回绝了。

男子起身看了一眼店内，最后走到晓丹旁边，礼貌地说道："姑娘，我手机没电了，我正在谈一个重要的事情，能不能借我电话用一下？"

晓丹感觉这人好像并没有恶意，就把电话递了过去。男子在晓丹旁边坐下，快速按了几个键，通了，只听他道："老宋啊，我启明，我的电话没电了，我这借别人电话跟你打的。咱们长话短说啊，就一句话，只要你们厂子用我们机床生产的家具，我们都包销。这新单子不都来了吗？你就放心吧，你就等着数钱吧。就这样，咱们回头再聊，好不好？好好好。"

生意好像谈成了，男子把电话递给晓丹，并从钱夹中抽出一百元钱来，表示这是对晓丹借了电话的酬谢金。

晓丹从男子的话语中听出他是做家具生意的，心里琢磨是不是能给木器厂拉个活来。一来让郝男儿真正做笔生意也风光风光，二来也算是回馈一下郝有旺。于是也不收男子这钱，和他聊起了家常。

原来，这男子名叫陈启明，是做进口机床生意的，他们那个机床是生产家具的，而且还对家具包销。晓丹一听大喜，自我介绍是有利木器厂的，主要做家具的外包装。陈启明仿佛也对晓丹的业务很感兴趣，坚持自己给晓丹买了单，并直言他在咖啡馆还约了人，邀请晓丹同去，晓丹很爽快地答应了。

咖啡馆中，陈启明环视一圈，似乎并没发现自己约好的人。两人随便找了一个位置坐下，陈启明提议再借晓丹电话一用。晓丹把手机递给陈启明，只听陈启明拨号后对着电话那头说："喂，老王，我就在咱们经常来的咖啡馆，我等你啊。好好好，拜拜。"

男子挂了电话还给晓丹，晓丹怯生生地道："陈先生按照您刚才说的意思是，只要我们用了您的机器，那我们就不用愁销路了，是这个意思吗？"

陈启明眉毛挑起："对，只要你用我的机器生产出来的家具，我包销。"

这不是纯赚吗，晓丹心想："包销啊？那您自己怎么不这么做呐？"

陈启明不以为然："我有太多别的业务啦，家具这一块早已经不是我的主业了。"似乎这点小利已经吊不起他的胃口了。

"怎么个包销法？"

"具体说就是你把家具生产出来，然后我收购过来，完了我往外卖，赔了算我的，但是我挣多少钱，你们别眼红。当然，您要是有更好的销售渠道，也可以自己做这一块。"陈启明解释。

"那这么做的话，你们的风险会不会很大呀？"晓丹仍有疑虑。

"这点您不用担心，我们做这行也不是一天两天了，门道早就摸清了。我们的机器好，生产出来的家具质量也高，不光国内，国外也有很多订单呢。秦小姐要是还有一些顾虑的话，那你再考虑考虑。"陈启明完全一副为晓丹着想的说辞。

"不是的，陈先生。我的意思是说，我们很想跟您合作，但是您看能不能这样，我给我们厂长打个电话，跟他再商量一下，然后您稍微等一下。"

陈启明眼中闪过一丝不易觉察的狡黠，道："可以可以，那这样，那您先忙，我上个洗手间。"

晓丹铁了心要给木器厂拉笔大生意，想到前两天和郝有旺摊牌的情形，有点后悔，想到不如先把郝有旺稳住，把单子签了再说。于是趁此机会打给郝有旺，一阵道歉以后，郝有旺心花怒放，原本想要把厂子交给自己外甥的想法也压了下来。晓丹这时才转过话头："我想用木器厂做笔生意。"

到了这个时候，郝有旺还不啥都依着晓丹，讨好地道："你想做生意还不分分钟的事，你想怎么做就怎么做。"

有了郝有旺的授权，晓丹又拨通了郝男儿的电话。郝男儿正在烦不怕道歉公司教祝云山学习五笔，听说晓丹要签个大合同，说好马上赶过来。

等郝男儿来到咖啡馆，陈启明等的老王还没来，陈启明正在晓丹面前端端正正地坐着。见着郝男儿，晓丹迎上去，介绍了陈启明，"这是陈总"，又说郝男儿即是木器厂的厂长。

双方握手，宾主坐定。陈启明道："刚才我把一些情况都跟这位秦小姐说了，我们这个机床啊都是从国外进口的，生产出来的家具质量也过硬，这点您放心吧。"

郝男儿一搓手，不好意思地笑道："特别好，我们厂啊，现在就是因为这个设备老化了，所以挺长时间没有活了。"

晓丹生怕郝男儿嘴上又跑了火车，赶紧咳嗽示警，郝男儿明白过来，住口不言。

陈启明做了个绅士的摆手姿势："是是是，那就先这样，你们回去考虑一下。定好了以后给我来个电话。"说完把名片递给晓丹。

和陈启明的谈话已经结束，郝男儿和晓丹都没注意到那个"老王"自始至终都没有出现，两人都沉浸在就要签大单的喜悦中，出了咖啡馆，还欣喜地互相击了一下掌。

有利木器厂和陈启明双方的合作谈判进行得非常顺利，凡是对木器厂有损的细节陈启明这边都一概揽去，风险全摊在了他那边，郝男儿和晓丹心花怒放，放心地在合同上签了字。

没过多久，晓丹又给郝男儿带来一个好消息，说是这个陈启明准备跟他们长期合作，还要帮他们投资，扩大生产量。不过，因为陈启明人在东北，晓丹需要过去一趟，跟他面谈。

郝男儿不是很放心："好好好好。但是道太远了，你跟一个人去吧？"

晓丹不让："不用了，要是快的话，我估计一两天就能回来。再说厂子里面，你不还得盯着吗？"

"我不去，给你派别人去吧。"

"别人啊，那就更不用了。等我的好消息吧。"晓丹喜笑颜开，一副成竹在胸的样子。郝男儿不好意思再多说什么，把她送上车，嘱咐她注意安全就回到了厂子。

回到厂里，听见敲门声，郝男儿打开门一看，是海燕。

"郝厂长啊。"海燕清脆地叫了句。

郝男儿没反应过来，海燕这是咋啦，几天不见生分啦，嗫嚅着道："你再叫我一遍。"

"郝厂长啊，我就想跟你说机器快到了，工人们正准备接车呢。"海燕仍然是叫的"郝厂长"。

郝男儿一时没法去理会海燕的转变，惊愕道："这么快就来了？"

海燕点头。

"我说你，还从来……不是我得赶紧给人家陈总打个电话呀。太快了。"

说完拿起电话给陈启明拨了过去："你们这么神速，现在说机器马上就要进我们厂大门了，我代表全厂老少爷们表示感谢，咱们以后继续合作，好不好？"

陈启明爽快的声音在耳边响起："郝老板你太客气了。"

"行，那哪天请你吃饭，好不好？咱哥俩好好喝一回啊。"打完电话，郝男儿挽起海燕的手说了声"走"，海燕把他的手荡开，远远地跟在他后头。

郝男儿赶到陈启明拉货来的地方，远远发现工人们围在一起，吱吱呀呀地议论着什么，不少人更是一副义愤填膺的样子。郝男儿意识到不对劲，小跑两步。大家一看郝男儿来了，都不再吭声，眼巴巴地望着他。

地上横七竖八地摆着七八个箱子，有的箱盖已被工人们打开，里面哪里是他们说好的机器，分明就是一些石块和废铜烂铁。"肯定上当了。"周围的工人又开始小声议论起来。

郝男儿简单不敢相信自己的眼睛，这事情一直走到这儿，都没什么岔子啊，那陈启明也不像是个骗子啊。

"要不要给那个陈老板打个电话。"海燕用手肘顶了顶郝男儿。

郝男儿回过神来，照着原来的号码给陈启明拨了过去，嘟嘟响了两声，然后语音提示关机，看来，陈启明是骗子的事已经八九离不开十了。转过头问海燕："你账打过去了吗？"

"打了啊,上午我跟王姐一起打的。"听到海燕的话,郝男儿直觉天旋地转,一时间愣愣地站在那里,不知如何是好。他想不明白,他和陈启明什么仇什么怨,这人咋就把黑手伸向了他呢?

同一时间,晓丹马不停蹄地赶到了东北陈启明报告的所谓自己公司前台。这是一个装修并不考究的公司,内里稍微有些杂乱,几个工作人员悠闲地聊着天,晓丹心里纳闷,但仍旧礼貌地问了问公司前台,得到的却是陈启明去欧洲考察了的不好消息。

晓丹更加纳闷:"欧,欧洲?那他昨天打电话给我让我过来?"突然间,晓丹感觉有点六神无主,一股恐惧袭上心头。

果然,前台小姐告诉她:"不会吧?我们陈老板这两个月都在欧洲。"

"小姑娘,我想问一下,你们老板是不是戴一副眼镜?而且是那种高度近视的那种。"晓丹开始怀疑她遇到的陈启明和这公司的老板陈启明是不是同一个人。

"您说什么呢?我们老板一表人才,不戴眼镜,也没有近视啊。"

"那你们有分厂吗?你们分厂的厂长有没有叫陈启明的。"

"没有,我们分厂厂长姓孙。"

完了,有那么一会儿,晓丹脑海里一片空白,满满的欣喜感瞬间化为乌有。陈启明是骗子是明摆着的事,她也闹不明白,自己怎么就盘上这种煞神了。晓丹黯然地离开这家公司,给郝男儿打了个电话,心里仍然盘算着要是钱没给陈启明转过去,兴许会把损失降低一些:"郝男儿,你查一下账,看看钱转没转过去。"

郝男儿颓丧地道:"我也刚问过海燕,都打过去了。"

晓丹有种五雷轰顶的感觉,差点没站住。好一会儿才镇定下来,理了理思路,心中抹过黄建华的影子,但又不好确定。她告诉郝男儿:"郝男儿,咱们真的是遇到骗子了,这个陈启明是个冒牌的。"

"什么是冒牌货。"郝男儿颤抖着声音问。

"启明机床厂,它确实在东北,而且也有其他的分厂,但真的陈启明出国了,他们分厂的厂长姓孙。"

郝男儿很是难过,这件事情他并没有晓丹操办得多,要说责任,当然主要原因还是晓丹急功近利所致,不过他也脱不了干系,为了给晓丹减轻压力,他轻描淡写地说了句:"我知道了。你回来吧,别着急。我是厂长,我来处理。"

那边的晓丹已经泪如雨下,她完全没有想到,事情的结局会是这样的。

千叮咛万嘱咐,郝男儿才将晓丹稳住,让她赶紧买了机票回来,现在最重要的是,不要有任何一个人出问题。

郝男儿也有种想哭的感觉,聚拢的工人们已经陆续离开,看着眼前的一堆石头废铁,郝男儿身子一软,差点没摔了下去。

旁边的海燕见机扶住,让他报警。

郝男儿不同意:"我如果报警的话,警察就来了,来了就知道我是假厂长,如果我是假厂长的话,那陈云珠知道的话,郝有旺怎么办?我不能够自己掉坑里,把人家郝有旺给折腾出来了。"

这话一说出来,海燕就火了,她不愿意看到的就是郝男儿这种啥都为别人着想的态度,正为此,她和郝男儿的感情才被冲淡了许多,而有意无意之间,她和祝云山之间却好像一天天亲密起来。

"这都什么时候了,你怎么还想着郝有旺呢?"

"是,我不……我答应了人家郝有旺,如果说郝有旺这事被兜出来的话,他和晓丹的事全都完了,他那个遗产就过不来了,你明白这个,这个……我给老郝大哥打电话吧。"

海燕一声不吭,暗想这郝男儿太有原则。同时,心里又想起了祝云山,那晚回到家,云山一阵劝慰让她非常感动,同时有意无意间她也了解到一个事实,在老家时,祝云山其实心里就装着她,为此,他才一而再再而三地拒绝了周女士的有意无意地示好。

"老郝大哥,你方便现在来一趟木器厂吗?"郝男儿正在和郝有旺通着话。

"什么事?"郝有旺的声音传来。

"咱们遇到骗子了。"

自从让郝男儿和晓丹演出这出戏以来,郝有旺的心情就像过山车,平静的状态总是持续不了多久,猛然听闻郝男儿又出事了,一团怒火又提到嗓子眼,挂了电话驱车就往这边赶来。郝男儿和海燕在这个烂摊子前一直坐到郝有旺过来,老半天了,两人都没有过一句交流。直到看见郝有旺气势汹汹地下车过来，郝男儿才迎了上去，苦笑道："老郝大哥，你来了，这个，这个，你先听我慢慢说……"

"我想好了，没办法了，你就以命抵债吧。我今天要不弄死你，我就不姓郝。"急火攻心的郝有旺挥起了拳头，海燕赶紧拦住，呼吁他要冷静。

"我怎么冷静？我，我让你过来给我演戏，你倒好假戏真做，把晓丹给我拐跑了，现在把工厂也给我弄砸了，我今天跟你拼了，大不了咱俩同归于尽。"郝有旺这会是真有种人财两空的感觉。

郝男儿拱手，哭丧着脸："老郝大哥你听我说，她也在咱们工厂，她天天在这儿，你觉得我能做什么出格的事？我真没有拐跑你家晓丹，但是说这个骗子这个问题，我真不知道是怎么回事。我现在脑子……"

"你少跟我狡辩。"

"我没有跟你狡辩。"

"我告诉你，我不管，反正我认准你了。没有你我不可能这么倒霉，这么惨。你还我晓丹，你还我工厂，还我晓丹，还我工厂……"郝有旺越说越激动，同时，一个报复措施在脑海里升腾起来，再对着郝男儿咆哮几句后，甩手而去。

晓丹心情失落地在宾馆收拾着东西，心里担心郝男儿，现在工厂出了这么大的事儿，也不知道郝男儿应不应付得过来。她是主要责任人，也万不能让郝男儿一个人全扛了。

正准备出门，郝有旺打来电话，晓丹迟疑了一下，还是接了。

"晓丹，你老实告诉我，你跟郝男儿是不是真的好了。"那头传来郝有旺不友善的声音，晓丹心里一阵厌恶，耐着性子没挂掉。

"你们俩现在把木器厂搞成这样，对你们有什么好处？你们没有得到，我也没得到。晓丹，我哪点对不住你了？你要什么我给你什么，你想怎么样就怎么样，我跟陈云珠现在斗成这样，要那遗嘱为了谁啊？我不都为了你吗？我真没想到，你最后跟郝男儿现在穿一条裤子了，为什么？谁远谁近你不知道吗？我是你什么人啊？我是爱你的人，你是爱我的人，最后你怎么跟他走到一起去了？你们现在合起伙来，把这个木器厂搞黄了，对你们有什么好处啊？你们俩就是一对狗男女！你们俩简直就不是人！"按郝有旺的思维，这次事件就是郝男儿和晓丹做的局，处处针对他，怒不可遏下竟然说出了最难听的话。

晓丹的火也上来了:"郝有旺,你听我说,我就是跟郝男儿好了。你爱怎么想怎么想吧。"干脆招了,也落得痛快。

郝有旺:"好,既然你们不仁,就别怪我无义。我告诉你晓丹……"晓丹再不想听他多说一句话,摁掉了电话,伤心欲绝地哭了出来。

郝男儿和海燕商量后,觉得木器厂现在的状况已经无法经营,而且,他们也不知道现在的财务状况在国家政策上对厂子会是怎么一个安排。在厂子里懂点事的工作人员提醒下,两人一起来到了银行,一番咨询后,郝男儿得到厂子只能宣布破产的坏消息。

事已至此,郝男儿也没有了别的办法,带着银行的工作人员,回到厂子,将厂子里不多的资金全部拿出来遣散了工人,又看着工作人员把两个大大的封条贴在了厂子门口,"封"字扎进郝男儿心里,心里有种说不出的失落感。工人们有感于郝男儿的热心周到,平时里里外外的照顾,自发地站成两排,注目着这一切,好长时间舍不得离去。

郝有旺的报复一点一滴地进行着。同晓丹通了电话后,他就报告了警局,控告郝男儿商业诈骗。警局的办事效率极为惊人,没一会儿工夫,车就到了,不容分说将郝男儿带回了警局,海燕和一众工人们瞪大了眼睛也没想明白是怎么回事。

晓丹的飞机准时降落在滨海市机场,开机以后,晓丹焦急地看了一下短信和微信,有关郝男儿的信息空空如也。"莫不是出了什么事。"晓丹心里闪过一丝不好的念头,拦了一辆出租车往木器厂赶来。

大门的封条耀眼而刺目,晓丹的心一下凉到谷底。从旁人口中得知厂子因为这事只好宣布破产,资产都拿去抵债了,而郝男儿也被郝有旺给告了,现在还在拘留所里蹲着了。

"该死的郝有旺。"晓丹暗骂,身子缩回出租车,往郝有旺家赶来,她拿不准郝男儿的罪名是不是真的能成立,当务之急是让郝有旺撤诉,别让郝男儿受苦,任何事情都没有郝男儿不出事来得重要。

风风火火地叫开了郝有旺家的门,郝有旺和陈云珠都在,晓丹尽量压制着自己的脾气,向两人道:"陈大姐,郝老板,我今天来是,是因为郝男儿的事。您能不能再想一想，您看郝男儿跟您这么多年的交情，您也知道他的人品，而且有些话现在也不方便讲，您说是吧？"

郝有旺摊开双手，做出无奈的手势："我别无选择。"现在陈云珠还不明就里，最坏的结果是，就算木器厂和晓丹都失去了，那份遗产他无论如何都要保住。

晓丹有种要揍郝有旺的冲动，口气一硬道："我一直以为，郝老板是一个有情有义的人。那好，那我今天就以郝男儿女朋友的身份告诉你，这件事情我会负责到底。"说完拍了下桌子，转身而出，背后隐隐听到郝有旺向陈云珠讲事实的声音："你刚才都听见了吧，晓丹亲口说的，她是郝男儿的女朋友，以后你少在我面前提晓丹，少在我面前提遗嘱！"

路上晓丹重新理了理事情的经过，现在唯一的办法就是问律师对这件事情的看法了。晓丹问了下祝云山，祝云山也同意，在滨海市，振声律师事务所的李律师向来都是一个有正义感、好打抱不平的人，晓丹和祝云山多方打听，终于才请动了这么一个大忙人。

李律师详细了解了事情的经过以后，心中有了底。

岁月如梭，郝男儿突然有种一切都变得陌生的感觉，他好想不再与周遭的人再有瓜葛，当实的转成空的时候，他的心也变得拔凉拔凉的。就这样，他默默地把自己的电话换了，谁也没有告诉。

21. 命里有时终须有

　　一个月后，郝男儿的案件有了结果，郝男儿被当庭宣判诈骗罪名不成立，予以释放。审判席下，晓丹、海燕、刘京、思华、云山、媛媛无不高声欢呼，郝有旺和陈云珠却铁青着脸，尤其是郝有旺，因为自己又竹篮打水一场空，一直耷拉着脸，迅速思考着新的对策。

　　从法庭回来后，郝男儿的情绪好像和大家调了个个，大家都为他被释放而开心，可他呢，心里却固执地认为自己的确对不起郝有旺，自己也该受到惩罚，只是没想到国家的法律程序不让他得偿所愿，他也不止一次地想要向郝有旺表示歉意，可是郝有旺不是不接电话就是避而不见。海燕拿他没办法，只好让晓丹过来陪她。可晓丹也拿他没法子，而且晓丹也很自责。

　　这天，媛媛突然告诉大家，说外头有法院的人找舅姥爷。

　　听闻这个消息，郝男儿的眉头突然舒展开来，正好，我也该担点罪了吧。心里这么想着，坦然地走了出来。

　　同法院的人的交谈中，众人得知，郝有旺原来是贼心不死，一计不成又生一计，竟然向法院申请了要郝男儿对他进行民事赔偿。

　　晓丹在心里把郝有旺骂了个遍，跟着郝男儿来到滨海市法院，恰好碰见郝有旺和他的律师从里面出来，晓丹心头火起，上前叉着腰拦住郝有旺："为什么？郝男儿这么帮你，你为什么要这样对他？"

　　郝男儿只想息事宁人，上前拉了拉晓丹，晓丹心里没好气，将他的手甩开，还是那样怒目瞪视着郝有旺。

郝有旺嬉笑："帮我？他帮得我木器厂破产，帮得我心爱的女人，都帮到他手里面去了，他这叫帮我？"

"你的心里面怎么这么龌龊呢？"

"行行，我不跟你说了，咱们法庭上见。"郝有旺不想跟晓丹多扯，绕了个圈，钻进他的奔驰悻悻然地走了。

滨海市的法院大堂，庄严而肃穆，审判席上的警徽有如神圣的眼睛一样炯炯有神地注视着这里发生的一切，仿佛是要告诉人们，不管恶人，居心险恶的人如何挣扎，都将是徒劳的。

法院的人动作很快，就在郝男儿一行人言辞恳切地讲述事情经过的同时，他们已完成了大部分的取证调查，这里面法官发现了一个他们先前忽视的情节，那就是郝男儿和郝有旺之间存在雇佣关系，木器厂的所有工人都可以为郝男儿作证，郝有旺存在着隐瞒事实的行为。众人一听，心里的结豁然打开，这么一来，郝男儿自然不用承担什么民事赔偿了，只有郝男儿还在那儿长吁短叹。

不久，陈思华也赶了过来，又给众人带来了一个惊天秘密。

原来，陈思华一直怀疑陈启明诈骗郝男儿和晓丹另有隐情，经过长时间的调查取证，才搞清楚事实果然如此。那个假陈启明其实是黄建华找来故意安排的，目的就是要搞垮郝男儿和晓丹，为陈云珠提供郝有旺和晓丹有染的证据。为此，陈云珠不惜付出了整整10万元的代价。

"哥呀，告诉你个好消息。那伙人都抓住了，黄建华也抓着了，这回思华可立一大功啊。"刘京的电话也适时响起。

"那陈启明抓着了吗？"郝男儿问，将声音开到免提。

听见刘京的声音，思华嘴角扬起一道众人都没察觉的幸福笑容。本来陈云珠并不同意她和刘京交往，觉得门不当户不对，思华不能这样降了身段委屈自己，但经过三番五次的考察之后，发现刘京实诚、真心对思华好，也就慢慢不再言语，算是默许了两人的交往。

"陈启明的事你就别着急啦，总得慢慢来吧。"刘京告诉郝男儿。

众人一阵欢呼，事情到了这一步，总算得到一个圆满的解决，而郝男儿的心情也舒畅了许多，这就是一个阴谋，他和晓丹都被套入了其中，责任其实并不都在自己身上，而黄建华才是真正进了局子。

晓丹听说后，心想好歹也和黄建华相识一场，虽然他罪有应得，但她也应该去看一看他。

晓丹来到了监狱接待室。监狱里铁窗高墙，给人一种阴森森的感觉。厚厚的玻璃门内黄建华被带了出来，几日不见，他像是老了许多，蓬头垢面，脸容憔悴。

一面，是没有自由的钢筋水泥；一面，是呼吸着自由空气的接待室大堂。晓丹和黄建华隔着玻璃窗面对面坐下，拿起面前的电话。

"晓丹，你来啦。事情到这个地步了，我也就没什么好瞒你的了。你出车祸那次是我设计的。本来我是想害郝男儿的。还有那个陈启明，也是我找的，骗了你和郝男儿。"黄建华语声悲怆。

"其实我想到了，但是我没想到真的是你，不过我挺欣慰的，真的。你今天能跟我讲出来，证明你自己真的知道错了。挺好！"晓丹苦笑。

"晓丹，其实我就是想对你好。"

"知道，我知道你是想对我好，在里边好好改造吧，争取减刑，出来以后找一份稳定的工作。我们还年轻嘛。"

"好。"黄建华低着头轻轻地应了一声。

晓丹如释重负，黄建华是真的知道悔过了，如果这样，事情就还算不坏。

郝男儿一早听说晓丹去了公安局，又去了监狱，生怕再出什么事端，在晓丹进去以后就一直在监狱外面候着，搓着双手，凝神望着大门。

见着晓丹出来，郝男儿赶紧迎上去，拉着她的手关切地问："出来啦？怎么样？"

晓丹心里涌起一阵暖意，任他捏着自己的手，轻叹一口气道："没事，我听说公安局已经立案通缉'陈启明'了，只要抓到他，你就没事了。"

郝男儿一阵唏嘘："谁能想到是他呀！"这才发现自己握的是晓丹的柔荑般的小手，赶紧松开。

"你待会儿想去哪儿？"晓丹白了郝男儿一眼，柔声问道。

"晓丹，事情闹到这样，老郝大哥失去了太多，直接、间接我也逃不了关系，他出资开办的道歉公司我也没脸经营下去，我准备回趟公司，这就把公司解散了,就当是给老郝大哥一个最后的交代吧。"

晓丹虽然愠怒于郝男儿一直还把郝有旺当回事,但转念一想他这样跟郝有旺撇清了关系也未尝不是好事,这出戏演完以后,但愿他们俩能从内心的牢笼解放出来,自由飞翔。黄建华住的是有形的监狱,在她心里,长久以来还有一个无形的监狱束缚着她。

"去吧。"晓丹嘘道。

"你呢?"

"我也有一些事要办,有的事情,到了最后了结的时候了。"

郝男儿不明白晓丹说的是什么,见她不肯说,也不好意思多问。分别后,自己来到了道歉公司,召集公司的所有人在会议室开了一个会。

"最近所有发生的事,可能大家都知道了。我首先对不起老郝大哥,其次我也对不起大家。咱们今天可能是最后一次开会。从明天开始,我也不再是大家的老板,这个公司可能就到这儿了。我们这个道歉公司,是老郝大哥给我开的,所有的账啊,这些东西啊,包括启动资金呐,都是老郝大哥在给我承担着。这次我做了对不起人家的事,有利木器厂也倒了,所以我们这个公司也不存在了,对不住大家啊,我也不知道这话应该怎么开口,我给所有人道歉。从明天开始大家自谋生路,我这边还有一点钱,把这个月的工资给大家发完。今后啊,咱们大家还是朋友,有什么事需要我帮忙的,我一定尽全力帮助大家。就这样,对不起啊。"郝男儿宣布。

赵明早料到郝男儿会有此举,借机告诉他:"郝董,有件事一直没跟您说,前一段您也都一直忙,没在公司,我和云山呢,就做了个主,把前期公司开业的时候借的那笔启动资金啊,都还给人家了。"

"咱哪有那些钱哪?"

"那会您不是忙木器厂的事嘛。这钱,咱们开公司的,该收的钱也得收啊。郝董,有一句话我得说,咱们以后可不能那样了,您不能这儿免费那儿优惠的,咱们开公司哪儿都需要钱。再说了,员工也不能喝西北风啊。"

"不是,你的意思是说,咱们公司活了。"

"是啊!这回啊,公司是咱们自己的啦!"

郝男儿笑了,心里面特别感激赵明和祝云山,这俩小子凭借自己的本事把郝有旺投资的钱给还了，道歉公司不再属于郝有旺投资的，而真真正正是自己的，他也不再那么欠郝有旺的了。

同时，晓丹也一阵轻松，回家后思前想后他还是决定给陈云珠写一封信。

"你拿到这封信一定觉得很意外，我想告诉你，我和郝有旺确实是恋爱关系。郝男儿从始至终是个附属品，是我和郝有旺的一个工具。这几个月发生了太多的事，每个人为了这件事，都付出了代价，每个人为了这件事都变得不快乐。我不想过这样的生活。我不知道我这样做，会不会对不起郝有旺，但是我真的不想再撒谎下去。秦晓丹。"

经过了一系列跌宕起伏，郝男儿重新燃起了信心，他和郝有旺的事情结束了，他的生活理应回到正轨，他现在要考虑的，就是怎样弥补自己带给海燕的损失。

心情变好，大街上的一切也就变得那么"真实"。

"晓丹花店"路边一家花店的名字取得特别迎合郝男儿的心意，他信步走了进去，给海燕挑了一束红玫瑰，精心包装好。这些日子来，他忙里忙外，从来没有给海燕制造过浪漫，这回好了，海燕肯定喜欢，他心里思忖。

回到家里，正好看见海燕和云山在客厅吃饭。

"我回来了。"郝男儿把玫瑰藏在身后，意图给海燕一个惊喜。

见到郝男儿，海燕和云山齐齐站了起来，郝男儿有点吃惊："我这……"

当着郝男儿的面，海燕缓缓拉起了祝云山的手。

这是怎么啦，郝男儿感觉一阵落寂。一切对他来说都是这么突然！他诧异的目光中饱含着泪水，捧着鲜花呆立在门口，不知所措。

海燕告诉他，就在他忙活的这些日子，她仔细思考后发现祝云山才是那个适合她的人，云山心里一直装着她，她也觉得云山好，她愿意一直唱歌给媛媛听。一天前，她就打定了主意，要和云山共结连理，甚至回家把户口本也拿来了，郝姝贤听说海燕的决定，也是非常欢喜，所有人都很支持他们。她刚才和云山也商量过了，两人决定近期就把婚结了。

郝男儿从来没有想到事情会发展成这样，现在，他还能说什么呢，他现在能想到的就是去找刘京，痛诉一番再来祝福海燕和云山。

天色已近黄昏，晚霞照得滨海市的大街一片金黄。刘京的台球厅已经打痒。郝男儿绕到侧后，推开刘京宿舍的房门，却见刘京和思华正一脸幸福地紧紧拥抱在一起。

"哎呀！哥，你说你真会挑时候，早不来晚不来的，你能不能晚进来一分钟？"刘京抱怨道。

"思华人家肯定都是同意你了，才让你抱的，你以后不有的是时间抱嘛！还在乎这一两分钟？"郝男儿心中有事，没心情和刘京玩笑。

"你回家吧，该抱谁抱谁去。"刘京嬉皮笑脸地道。

"我该抱谁？"郝男儿咕哝着对自己言道。

"还有谁啊，海燕嫂子呗。"

"是啊，我觉得海燕人挺好的，你别让人家等太久了。"思华也附和着。

刘京和思华一直没有看出郝男儿的心事，他也不想再打扰两人的幸福生活，掩上房门，回到长街上，霞光依旧，郝男儿却不知道该要去往哪里。

晓丹接到海燕的电话，听说了海燕要和云山结婚的消息，心下高兴，现在，将不再是她和海燕一起来争郝男儿，如果郝男儿有意的话，那他就是她晓丹一个人的。在礼品店，晓丹特意为海燕挑选了一条项链送给海燕，这让海燕十分欣喜，脸上洋溢着幸福的笑容。

岁月如梭，郝男儿突然有种一切都变得陌生的感觉，他好想不再与周遭的人再有瓜葛，当实的转成空的时候，他的心也变得拔凉拔凉的。就这样，他默默地把自己的电话换了，谁也没有告诉。

转眼，海燕和云山结婚的日子到了。海燕和云山都十分用心，婚礼现场布置得非常浪漫温馨。幸福的海燕挽着云山慢慢踱向主台。主持人的声音响起："新郎新娘，祝福你们。结婚延续的是一生的相互陪伴，这里包含了，两个人之间的相互帮助、安慰和爱。今天你们步入了婚礼的殿堂，所有的来宾饱含着祝福将掌声送给你们。"

所有宾朋的掌声响起，郝男儿站在一个角落里注视着这一切，心里如五味杂陈。想起以前自己和海燕的点点滴滴，更觉一股闷气塞在胸中挥之不去。他不好意思继续待下去，悄然离开了海燕和云山的婚礼现场，他决定从此以后不会以任何方式打搅他们，除了难受外，他心里更多的却还是祝福。

"我真应该离开了。"

回到家的郝男儿凝视着出租屋里的一切，默默收拾好所有的行装，背着昔日为逗海燕开心演人影戏时制作的翅膀，拉着行李箱孤独地走在夜晚的马路上。霞光照下，将他的身影拖得老长。

"晓丹花店"，不知什么时候，郝男儿又来到了这里，嘴角泛起一丝苦笑。

"郝男儿，真的是你啊。"

晓丹从花店里冲了出来，一把抓住郝男儿。

郝男儿有点不明所以，晓丹为什么会出现在"晓丹花店"。晓丹朝他努努嘴说："喏，我的花店，怎么样？不在木器厂干活了，我就寻思着怎么养活自己，后来一想，我对花卉还比较在行，就开了这么一家花店。别生气，我没跟你说哈。"晓丹摇晃着郝男儿的胳膊，但一眼看见郝男儿拖着行李箱，不明所以："你这是……"

郝男儿并不想告诉晓丹实情，支吾着说："有个人说是要开公司，让我上他那边住去，给出出主意什么的……"

"道歉公司吧。"晓丹笑。

"对对对……"郝男儿撒着谎。

"太好了，你还可以实现你自己的梦想。坚持自己的梦想。但是，以后你打算怎么办啊。"晓丹望着郝男儿，希望他给自己一个满意的答复。

"我帮他们把这个饭店给忙活开起来之后，然后我再想干点什么。饭店啊什么的。"

"挺好。"晓丹敷衍道，转念想起郝男儿的电话这些日子都没打通，找他要了他最新的号码，郝男儿不好意思不给。与此同时，晓丹也将自己的名片递给了郝男儿。"晓丹花店，秦总。"郝男儿喃喃道，恍如隔世。

"咱俩一辈子好朋友啊。"晓丹伸出手来。

"是，好朋友。"郝男儿终于挤出丝微笑，"那我就不孤独了。"

"别孤独了，傻子。"晓丹甩出一句意味深长的话，同时娇羞无限地跑回花店。

郝男儿没地方可去，一个人来到海边，看着手机里海燕的照片发愁。突然看见远处一个身影好像非常熟悉，他揉了揉眼睛，才发现那是郝有旺。一瞬间，他决定和郝有旺好好聊聊。

"老郝大哥，我想跟你道个歉。"郝男儿走近郝有旺。

"道啥歉，都过去了。"郝有旺愣了那么半分钟，这才悠悠地挥了挥手道。原来，他本来找了一个私家侦探，叫宋志军的，已经差不多就堵住了陈云珠的行动，可谁料，天算不如人算，晓丹一封"检举信"彻底击穿了他的如意算盘，实在无法抵赖，他只好按照遗嘱把老婆的遗产拿出一半给了陈云珠。一开始，郝有旺心里还忿忿的，但时间久了，他也就看开了，这些天又自由又轻松的日子是他以前没有感受过的，这样过，又何尝不好，哪像原来，太累！

"好啊！老郝大哥，今天能跟我说这个，我觉得你又回到了当初我第一次见到的那个老郝大哥，你还是那个重情重义的好人。真的！我挺高兴的，我这心里面一下子热了。"

"不瞒你说兄弟，这段时间我其实特后悔，你知道吗？你说之前啊，我净关心那些什么遗产啊钱啊，然后就把晓丹给忽略了，这多好的一个女孩，错过了。"郝有旺发着感慨。

"是啊，你说咱们活这一辈子，到底图什么呢？那等有一天七老八十了，你摆了一桌子好酒好饭，那吃不了了，你吃口米饭，你恨不得都扒拉到胸脯上，哈喇子流了一嘴，话都说不清了。但是你这儿是最清楚的，这时候是最痛苦的，什么都明白，什么事也做不了了。躺到病床上也好啊，你坐到轮椅上也好啊，我们让人护工推着，你周围无儿无女，也没个老伴伺候你，你放眼四望左手是金山，右手是银山。没亲情、没爱情、没友情。想追求的时候你又放弃了，你想着遗产了。过去了……"郝男儿突然间又开启了神侃模式。

"好了，反正现在都已经过去了，对了，你说得没错，你最近见没见晓丹啊？她现在做什么呢？"

"她开了个花店。我带你去见他。"

"现在？"郝有旺没做好准备。

"现在。"郝男儿斩钉截铁地道。

晓丹在花店里里里外外地忙碌着，一脸阳光，猛然间看见郝男儿和郝有旺，有点诧异："你们怎么在一起了。"

郝有旺道："我们在海边碰上了，晓丹，我知道之前有很多事你可能误会我了。能不能和你单独聊聊。"

"其实咱俩之间，已经不存在什么误会不误会了。"晓丹没好气。

"不，我觉得有些话一定要说清楚，你看我……"边说边把晓丹拽往一旁："晓丹，你看你一个人开这个花店肯定很辛苦，我帮你找几个人，给你开更大的花店，好吗？"

"这样的花店不好吗？"

"没有，我不是这个意思，我只是觉得你一个人干太辛苦了。"

"其实我想要这样的生活，我觉得挺好的。"

"晓丹，我知道你还没有原谅我。如果我们再回到原点，你能给我一次重新来过的机会吗？"

"回不去了呀，过去的事情就让它过去吧。其实你今天能跟我说这些，我挺开心的。因为我觉得我没有白爱过你，但是真的回不去了。我觉得现在特别好，我很自由，我有自己的事做，踏踏实实、平平淡淡地生活，这才是我最想要的。"晓丹表明自己的态度。

命里有时终须有，命里无时终归无，郝有旺自知最后的挽回的努力也白费了，索性就放下吧，长吁一口气道："我懂了，晓丹。晓丹，那你能不能帮我包一束花啊，行吗？"

"嗯，那你要……"

"红玫瑰，好吗？"

"好。"晓丹精心给郝有旺挑了一串玫瑰，亲自包好，交给他。郝有旺看着玫瑰，最后注视了一眼花店，怅然地走了。晓丹闪过一丝微笑，她知道她总算是完全和郝有旺没有了关系，可以自由地翱翔了。

郝男儿不知道什么时候已经走了，自以为给了郝有旺和晓丹一个独处的机会。那天，他去了道歉公司，在没有告知云山的情况下，将公司过户给了祝云山，他相信有这个底子在，云山必然能够更好地对待海燕。之后，无处栖身的郝男儿不得不寄宿在刘京的台球厅。

一些日子以后，得益于海燕和晓丹的张罗，郝男儿的工作开始有些眉目，他也没闲着，这期间完成的最艰巨的任务就是调和了郝有旺和陈云珠的矛盾，并成功地让两人做了深刻的反省，这对以前你防我防的"猫和老鼠"现在已变成了毫无隔阂的家人。

这日，天气晴好，郝男儿再一次来到海边，和煦的阳光照下，郝男儿感觉浑身轻松，索性就那么脱了衣服直挺挺地躺在沙滩上，取下帽子遮住头脸，尽情享受着这静谧的下午时光。

突然，一双柔软的脚蹬在自己胳膊上，郝男儿吓了一跳，将帽子从脑门上拉下，然后他就看见了晓丹那张带着微笑的脸。

"你怎么来了。"郝男儿赶紧坐起来，以最快的速度把上衣穿上。

"我来找你啊。"晓丹似笑非笑地看着他。

"找我，干啥。"

"你不是希望看到我和郝有旺的事吗，我和他已经谈好了。"晓丹做了个鬼脸。

"有情人终成眷属，挺好，什么时候办事？"郝男儿还以为……

"都办完了。"晓丹依旧笑。

"我去。啥意思啊？这么大事你不告诉我，你们俩的事，我好歹是出过力的。行了，都不是事，办了就行。"

"我们分手了。"

郝男儿猛然听到晓丹这样说，不敢相信这会是真的。

晓丹坐到他面前，不经意地玩着沙子，又把刚才的话重复了一遍，告诉他："其实我知道，他也知道，我们两个人并不合适。这样挺好的，他现在终于想开了，而我呢，可以把他当成一个朋友，甚至是亲人来看待，我觉得特别好。还有就是，他现在不用再为遗嘱的事情纠结，我也不用再这么继续矫情，我为他高兴。你不用为我们可惜，因为我觉得这样特别好，你说你要是硬把两个不合适的人扭在一起，那最终的结局一定是互相沉默。而且我们尽力了，你也尽力了，这样多好，就算是彼此放对方一条生路，你应该为我们感到高兴啊。"

"那你以后怎么办？"郝男儿替晓丹担忧。

"我倒是想问你，你以后怎么办？"晓丹看着郝男儿。

"我呀，挺好的。"郝男儿在晓丹面前隆起的沙堆上插上一根木棍。

"你呀。"郝丹悠悠地道："适合你的工作有很多，但有的我和海燕都不满意。其实，你知道吗？当你突然又是道歉，又是感情陪护，云里雾里地出现在我的面前，我整个生活就已经被你搅乱了。其实你没有帮到我，反而给我添了不少麻烦。你思维不正常，你知道吗？你跟别人不一样，你知道吗？你土里土气、碍手碍脚，别人不需要你做什么，你就做什么，别人需要你做什么，你一样都做不来。我常常在想你这个人到底是个什么人哪？你这人脑袋里到底是怎么想的呀？我很烦你。但是挺奇怪的啊，你在我身边的时候吧，我烦你、讨厌你，可是突然有一天你不在我身边的时候，我觉得我的生活里面好像缺了点什么。有时候，我甚至怀疑我自己是不是得病了，有虐待倾向。你特别像一个动物，我让你做什么的时候，你就做什么，我可以随便地跟你发脾气，甚至我可以打你，你都不会生气，你还会陪着我。有时候我就在想啊，我不知道你在我心里面到底是什么，而且，咱俩的这种情分到底是什么。我想不清楚，难道，难道真的就是工作之间的这点友情吗？但是，但是有人跟我说，也许这种情分就是爱情。"

听到"爱情"两字，郝男儿心里一惊，"晓丹喜欢你。"刘京的话又在他耳边响起，无意识地挖着沙堆，那根他刚插上去的木棍软软地倒下。

"敞开天窗说亮话吧，海燕现在，她已经找到自己的幸福了，郝有旺呢，也已经想开了，这个世界好像突然就变得安静了，没有吵吵闹闹，没有喋喋不休，可是唯一一个能够陪在我身边的人，离开我了，我不知道我该怎么办，你该怎么办，我们该怎么办。郝男儿，你想一想啊，如果有一天，我是说如果有一天，有没有可能咱俩在一起过日子啊？"

郝男儿愣了，有那么一瞬间，他有种拥晓丹入怀的冲动，可是想起海燕，他又觉得啥都不真实，因为对海燕的歉疚，他不敢接受晓丹的爱。他也不知道他心里是海燕多些，还是晓丹多些。

整了整思路，郝男儿才告诉晓丹："你刚才说，你说你天天见着我的时候吧，烦我。一天见不着我，觉得好像缺点什么。我呢，说实话，一天见不着你呢，我也觉得没有被虐待，但是我觉得这个东西，跟说爱情不爱情是没有关系的。我心里面是海燕，虽然说她嫁人了，但是我心里还是海燕。因为我呢，是给她一个承诺，知道吗？当然了，海燕是嫁人了，很幸福，她现在是不需要我。就是说，全世界都不需要我了……"说这话时，郝男儿自己都感觉自己特别痛苦，泪水不自觉地涌出来。

晓丹伸出双手，抱着郝男儿的头："傻子，你真的跟正常人不一样。你知道吗？海燕已经找到自己的归宿了，可是如果你这样的话，你觉得海燕和云山，他们能够快乐吗？他们会天天为你牵肠挂肚的，他们是不会幸福的。你是希望他们幸福的，对吗？当然他们也一定会希望你能够幸福。"说着说着，晓丹自己也哭了，"我觉得，你真的需要一个人，来帮你，你真的需要我，陪着你……"

"可是，我……"郝男儿抬起头，仍然不敢正视眼前的晓丹。

"命里有时终须有，命里无时终须无。"晓丹这样想着。

若干天后，晓丹父母要来看望她口中那个姓郝的男朋友，晓丹给又跑去海边看风景的郝男儿打电话："我爸妈说，要来看我男朋友。"

郝男儿哪料到晓丹是话里有话，只当是晓丹真的找到了新的男友，心下茫然，好半晌才道："你有男朋友了？"

"是的，我有了。"回答着郝男儿的话，心里联想着郝男儿在海边玩沙子的情景。

郝男儿失望至极，痛苦地蹲了下来："好啊，那我祝你幸福啊！"

晓丹明白了，郝男儿这是真笨啊，默然挂掉手机，有那么一阵，就那样傻傻地立在当地。想起郝男儿的话，天空飘来五个字"那都不是事"，给郝男儿发了个短信，想要明明白白地告诉他——"那个男朋友就是你。"她不愿再打马虎眼。

郝男儿呢，他却在恨，恨自己不懂风情，恨自己不知珍惜，恨自己老是错过，也恨晓丹"转变"太快，就在晓丹念叨着他的口头禅"那都不是事"，将短信发出时，郝男儿猛一转身，愤愤地将自己的手机扔向大海。

"叮"，"啵"，清脆的短信接收铃音伴随着手机入水的撞击声一起响起，郝男儿怔了怔，背身扬长而去……

（终）

附录：

张译《好男儿》采访实录

问：戏中的男主角好男儿跟戏外的自己有什么相同和不同之处？

张译：和我本人几乎完全是不同的，他是我们大家在一起一边演一边攒剧本时想象中的一个人物。可以说，张三身上有一点特点，李四身上有一点特点，把他们的特点聚合到一起，就变成了一个特别傻特别傻的好人。我们希望把他塑造成一个都市中的天使。我跟他没有什么相近之处。

问：首次和父母共演一部剧有什么心得体会？

张译：其实谈不上共演，只不过是因为我爸爸妈妈在拍摄地，我请他们陪了我大概近两个月的时间，然后他们也会去现场探班。导演特别关照我，说要不然让老头老太太也一块儿演个戏，我说这事儿好。他们从来没有参与过我的工作，我妈妈当时说了一句话，让我特别的感慨，我妈说："我今年72岁了，人生当中第一次化妆。"我妈连结婚的时候都没化过妆。跟他们二老演戏特别逗，我不可能叫他们爸爸妈妈，在戏里得管他们叫阿姨和大爷，有一种很"背叛"的感觉。（笑）

问：可以和我们聊一聊这次和高露合作的感受吗？

张译：高露很聪明，大家在一起碰撞会有很多很多创意的火花，她也很善良，帮了我很多忙。有一天她看见我脸上长痘痘了，就给我拿了一种奇效的药，到现在我也不知道是在哪儿买的，特别管用，下回见到她我一定问她。我觉得她是一个非常好的大青衣，这个女孩往那儿一戳就是一个既漂亮又有气场的女一号,我觉得这个人物由露露来演是一个特别正确的选择,跟她在一起合作也很值得,很愉快。

问: 这部剧你有什么想向观众推荐的地方吗?

张译: 可能大家都看惯了家长里短、婆媳纠纷,看惯了婚恋大战等题材的电视剧。"好男儿"是一个异军突起的故事题材。我觉得好像过去没有什么人去涉猎这类故事。它讲了一个也许不存在,但是也许就恰恰存在于你我身边的一个天使故事。就因为他一心想的是别人,想的是别人的情感护理,最后却发现他自己的情感上也出了一些问题。但是因为他帮助别人,快乐自己,被他帮助的人最后都愿意走向他,一起来帮助他,所以最后郝男儿也感受到了他曾经的付出换来的温暖。这个故事至少很感动我自己,我做电视剧也有十几年了,我愿意用我十几年从业的经历来向大家保证这是一个非常好看的故事,很感人。在看回放的时候我无数遍地哭,就是因为这个人物真的很让我感动,所以我相信也会感动你们。